CŒUR DE SORCIÈRE

LES SORCIÈRES DE KEATING HOLLOW, TOME 2

DEANNA CHASE

Traduction par

VIVIANE FAURE

BAYOU MOON PRESS, LLC

Traduit de l'anglais par Viviane Faure pour Valentin Translation

Image de couverture : © Ravven

ISBN: 978-1-953422-09-5

Bayou Moon Press, LLC

www.deannachase.com

RÉSUMÉ DU LIVRE

Bienvenue à Keating Hollow, le village enchanté plein d'amour, de magie et de cupcakes.

Il n'y a que trois choses qui comptent pour Noel Townsend : l'amour, la famille et la magie. Sur les trois, elle en a obtenu deux. La vie lui a offert une grande famille soudée et sa magie n'a jamais été plus forte. Mais l'amour ? Ce volet de sa vie a pris fin il y a trois ans, quand son mari l'a laissée seule avec sa fille sans un regard en arrière.

Ces derniers temps, dans le cœur rapiécé de Noel, il n'y a de place que pour sa fillette de six ans. Mais quand Drew Baker débarque sur le seuil de son auberge avec des nouvelles de son mari, le destin semble en avoir décidé autrement. Tout comme Drew. S'il réussit à franchir les barrières qu'elle a dressées, Drew fera tout ce qui est en son pouvoir pour guérir son cœur de sorcière.

CHAPITRE 1

Drew Baker descendait la rue principale de Keating Hollow. En sa qualité de shérif adjoint, il faisait en sorte de rester visible, de créer quotidiennement un lien entre les citoyens et les commerçants. Il n'y avait pas de meilleure façon de prévenir le crime que de faire en sorte que les canaux de communication restent ouverts.

Non que Keating Hollow soit une plaque tournante du crime. Loin de là. Mais il tenait à ce que cela reste ainsi. Une voix féminine et familière retentit derrière lui.

— Adjoint Baker, bonjour.

Il réprima une grimace et essaya de garder une expression neutre alors qu'il se retournait.

— Bonjour, Shannon. Comment vont les affaires ?

— Bien. Avec les fêtes, on est bien occupées Miss Maple et moi à Une Cuillerée de Magie.

La jolie rousse se rapprocha et posa la main sur le bras de Drew. Il se raidit alors qu'elle ajoutait :

— J'espérais que tu aurais le temps de passer goûter notre nouveau chocolat chaud à la cannelle.

Il se racla la gorge et fit un pas en arrière.

— J'essaie de faire un peu attention ces temps-ci, dit-il en se tapotant le ventre. Il ne vaut probablement mieux pas.

Le regard de la jeune femme tomba sur son ventre plat. Elle haussa un sourcil sceptique et dit :

— Tu n'es quand même pas si vaniteux, Drew ? Tu n'irais pas chercher une excuse juste pour éviter d'avoir un nouveau rendez-vous avec moi, si ?

Sa nuque se mit à chauffer et il secoua la tête.

— Je suis juste très occupé ces temps-ci, Shannon. Je ne voudrais pas forcer une jolie fille comme toi à attendre pour moi.

Elle souffla et ouvrit la bouche pour protester sans nul doute qu'il n'était pas occupé au point de ne pas pouvoir sortir quand une autre femme l'interpella.

— Adjoint Baker, vous voilà.

Drew se tourna et repéra Noel Townsend, la femme qui tenait l'auberge de la ville. Elle avait l'air différente. Est-ce qu'elle n'était pas rousse encore quelques jours auparavant ? Visiblement, elle s'était teinte en blonde. Et pour être franc, ça lui allait bien. Elle était jolie avant, mais désormais, elle était belle, élégante.

— Un problème, Noel ?

— Non, non, il n'y a aucun problème, dit-elle en esquissant un sourire. Mais je voulais te parler de la sécurité pour qu'on soit prêts pour le Premier de l'an.

— La sécurité ? demanda Shannon en fronçant son petit nez parfait. Depuis quand on a besoin de sécurité à Keating Hollow ? C'est une ville de sorcières.

Drew fronça les sourcils. Il se demandait de quoi voulait parler Noel. Personne ne lui avait dit quoi que ce soit quant à la sécurité pour le Premier de l'an.

Noel inclina la tête et fixa Shannon, les sourcils froncés.

— Tu ne savais pas que de nouveaux sorts de protection sont lancés chaque année ?

— Des sorts de protection ? répéta Shannon.

Elle ajusta ses lunettes sur ses yeux couleur whisky, l'air un peu perdue. Drew ouvrit la bouche pour demander à Noel de quoi elle parlait, mais elle fut plus rapide que lui.

— Ne t'inquiète pas pour ça, Shannon, dit Noel en passant son bras sous celui de Drew et en tapotant son épaule. L'adjoint Baker s'occupe de tout.

Elle leva les yeux vers lui avec un sourire malicieux.

— Pas vrai, Drew ?

— Heu, oui ? finit-il par se rattraper.

Il se sentait un peu idiot d'avoir deux temps de retard sur la conversation.

— Tu n'as pas l'air très sûr de toi, remarqua Shannon en étrécissant les yeux.

— Il a probablement besoin de mon aide pour finaliser les derniers sorts, dit Noel avec entrain. J'ai du temps maintenant.

Elle jeta un regard entendu à Drew.

— On peut retourner à l'auberge et je nous ferai du thé pendant qu'on examinera les détails.

— Super, ça me va, dit-il, soulagé de pouvoir échapper à Shannon.

Elle était gentille, mais un peu trop entreprenante à son goût.

Une fois arrivé à la moitié de la rue et Shannon de retour à l'intérieur d'Une Cuillerée de Magie, il se pencha vers Noel et dit :

— Merci.

Elle retira son bras du sien et fourra les mains dans ses poches.

— De rien. Tu avais un peu l'air d'une biche paniquée par des phares de voiture quand elle t'a coincé. Je me suis dit que tu ne serais peut-être pas contre un peu d'aide.

Il grimaça.

— C'était si évident que ça ?

Elle haussa les épaules.

— Probablement pas, du moins pas pour quelqu'un qui ne te connaît pas aussi bien que moi.

Les mots flottèrent entre eux un instant tandis qu'il se rappelait l'été juste après le lycée, quand ils avaient tous les deux travaillé comme animateurs de colo. L'été où il avait eu le cœur brisé et où Noel Townsend avait plus ou moins réussi à le recoller.

— Enfin, dit-elle en interrompant ses réminiscences. Cette histoire de sécurité pour le Premier de l'an, ce n'était pas juste une excuse pour te tirer des pattes de Shannon, tu sais. Je me disais que ce serait une bonne idée de se préparer depuis que Pansy Parker a écrit cet article qui est devenu viral dans la communauté paranormale il y a quelques semaines. L'auberge est complète et c'est le cas pour tous les hôtels des environs sur la côte.

— Vraiment ? demanda-t-il, intéressé désormais.

Keating Hollow recevait un certain nombre de visiteurs, mais ce n'était jamais bondé à ce point-là. C'était une petite ville de Californie du Nord assez à l'écart des sentiers battus.

— On devrait probablement établir une sorte de comptage.

Elle ouvrit la porte de l'auberge et il la suivit à l'intérieur.

— J'ai déjà quelques chiffres ici, dit-elle en passant derrière le bureau de la réception.

Il retira son chapeau et attendit en admirant la ligne gracieuse de sa nuque tandis qu'elle rabattait une mèche de cheveux blonds derrière son oreille. On ne pouvait nier que

Noel Townsend était une belle femme. Elle était élancée et mince, souple comme un mannequin, mais moins grande. Elle faisait une quinzaine de centimètres de moins que lui, ce qui voulait dire qu'elle devait faire un mètre soixante-dix. Mais c'étaient ses yeux bleus expressifs qui le captivaient et l'intensité avec laquelle elle lui rendait ses regards.

— Et voilà, dit-elle en lui tendant un post-it sans détacher son regard du sien. Il semblerait qu'un millier de visiteurs s'apprêtent à venir chez nous.

Il se frotta la nuque et se détourna, soudain mal à l'aise sous le poids de son regard.

— On dirait que je vais devoir faire venir des renforts temporairement.

— C'est sans doute une bonne idée. J'ai aussi quelques sorts prêts à l'emploi qui pourraient faciliter la surveillance.

Il la regarda à nouveau et haussa un sourcil.

— Ah oui ?

Noel posa les deux mains sur le comptoir et se pencha en avant. Son pull s'étira sur sa poitrine et Drew trouva difficile de se concentrer.

— Ce sont des sorts de détection et ils permettent de conjurer l'énergie résiduelle plus facilement. Dis-moi si ça t'intéresse. Je les jette régulièrement sur l'auberge. Les clients sentent généralement la trace magique et ça les incite à bien se tenir.

— D'accord. Je veux dire, ça m'intéresse. Les sorts, balbutia Drew en se retenant de plonger les yeux dans son décolleté.

Il ferait vraiment mieux de ne pas mater Noel Townsend.

— Je te recontacterai.

Avant qu'elle puisse dire quoi que ce soit, il se carapata dans la rue et prit une grande goulée de l'air frais de cette fin d'automne.

— Seigneur, Andrew, reprends-toi, marmonna-t-il dans sa barbe.

— Est-ce que ça va, Drew ? demanda une femme derrière lui.

Il se retourna pour voir Miss Maple. Elle portait un bonnet rouge et blanc sur ses cheveux gris bouclés, des collants verts, et elle était engoncée dans un manteau en laine rouge. Tous les ans, d'aussi loin qu'il s'en souvienne, elle portait cet uniforme pour tout le mois de décembre. Quand il était gamin, il était persuadé qu'elle était un des elfes du père Noël. Peut-être que c'était le cas, après tout. Ses yeux pétillaient d'amusement tandis qu'elle le contemplait.

— C'est une femme qui te met dans cet état ? demanda-t-elle en coinçant quelques mèches rebelles derrière une oreille.

— Pourquoi vous dites ça ? demanda-t-il avec un sourire tranquille.

— D'expérience, quand un homme parle tout seul, c'est qu'il est perturbé par quelqu'un qui lui plaît. Et comme je ne t'ai jamais vu sortir avec un homme, je suppose que c'est une fille. Est-ce que c'est Shannon ?

— Quoi ?

Il secoua la tête.

— Non, certainement pas.

— C'est ce que je me disais, répliqua-t-elle, imperturbable. Elle est adorable, mais la subtilité, ce n'est pas son truc. Il va peut-être falloir que tu te montres plus clair quant à tes intentions.

— Je n'ai aucune intention.

— Je sais, mon cher. C'est là-dessus qu'il faut que tu sois clair.

Elle jeta un coup d'œil vers la porte de l'auberge. Elle ouvrit la bouche, surprise, et un éclair de compréhension alluma son regard.

— Eh bien. N'est-ce pas intéressant ?

— Je ne vois pas de quoi vous parlez, dit-il en fourrant les mains dans ses poches. Écoutez, Miss Maple, il faut que je retourne au bureau. Est-ce que je peux vous raccompagner à la boutique ?

Elle pouffa de rire et secoua la tête.

— Non, mon petit. Ça va. Mais merci.

— Je vous en prie.

Il inclina le bord de son chapeau et se remit à avancer.

— Bonne chance avec vos histoires de cœur, cria Miss Maple derrière lui.

Il leva la main pour faire signe qu'il avait entendu sans regarder en arrière, et il accéléra le pas. Miss Maple voyait trop de choses. Et elle en imaginait trop aussi. Il n'y avait rien entre lui et Noel Townsend. Et il n'y aurait jamais rien. Ce n'était pas un chemin qu'il était prêt à emprunter à nouveau.

Drew poussa un soupir de soulagement quand il rentra dans le bureau du shérif. C'était son domaine. Cela faisait cinq ans qu'il avait pris son poste à Keating Hollow. Cinq ans qu'il assurait la sécurité dans sa ville natale.

— Oh, Adjoint Baker, vous voilà, dit Clarissa, la réceptionniste. Il y a un appel urgent pour vous sur la ligne 1.

Il jeta un regard au téléphone sur le bureau où une petite lumière rouge clignotait.

— C'est qui ? demanda-t-il en se hâtant déjà vers son bureau.

— Le shérif Barnes, dit-elle en se mordant la lèvre inférieure. Il a juste dit que c'était important.

— Merci.

Il rentra dans son bureau d'un pas décidé et attrapa le téléphone.

— Baker à l'appareil.

Il resta complètement figé tandis qu'il écoutait son patron à l'autre bout de la ligne. Un frisson le parcourut en écoutant ce qu'il avait à lui dire. Cinq minutes plus tard, il reposa le combiné sur l'appareil, carra les épaules et ressortit de son bureau pour prendre le chemin de la sortie.

— Adjoint Baker ? demanda Clarissa, visiblement inquiète. Est-ce que tout va bien ?

Il s'interrompit et lui jeta un coup d'œil.

— On dirait que vous avez vu un fantôme, dit-elle.

Elle se redressa et posa les mains à plat sur son bureau.

— Qu'est-ce qui s'est passé ?

Il secoua la tête.

— Je vais bien, Clarissa. Il faut juste que j'aille annoncer une mauvaise nouvelle à quelqu'un. Je vous expliquerai tout à mon retour.

Elle se rassit lentement et lui fit un petit signe de tête. Elle était suffisamment professionnelle pour ne pas poser davantage de questions. Pas avant que la famille n'ait été informée. C'était ce qu'il détestait le plus dans ce travail. Mais ça faisait partie du métier, et attendre n'arrangerait pas les choses.

Il se prépara mentalement et retourna à l'auberge de Keating Hollow. Il attendit patiemment dans l'entrée tandis que Noel Townsend procédait à l'enregistrement d'un couple âgé qui fêtait son cinquantième anniversaire de mariage. Le mari garda la main dans le dos de sa femme tout du long. Ils avaient l'air si heureux ensemble que Drew ne put s'empêcher de leur sourire.

— N'est-elle pas adorable ? dit le vieil homme. Aussi magnifique qu'elle l'était quand on avait seize ans.

— Oh, George, s'écria la femme en lui adressant un sourire rayonnant.

Et puis elle se tourna vers Drew.

— Vous comprenez pourquoi j'ai épousé mon amoureux du lycée, hein ?

Drew eut l'impression de se prendre un coup dans le ventre alors que des images de Charlotte assaillaient son esprit, mais il se força à sourire et leur fit un signe de tête.

— Joyeux anniversaire de mariage à vous deux.

— Merci.

La femme plaça une petite main sur son bras. Et puis, en passant devant lui, elle murmura :

— Ne vous inquiétez pas, mon brave. Votre promise vous attend déjà.

Une fois qu'ils eurent disparu dans l'ascenseur, Noel lui adressa un sourire moqueur.

— Elle parle sûrement de Shannon.

Mais Drew était parfaitement sérieux quand il se tourna vers elle et qu'il retira son chapeau, le regard grave.

— Je suis désolé, Noel. J'ai de mauvaises nouvelles.

Son sourire disparut et elle se figea.

— Est-ce que c'est mon père ? Est-ce qu'il lui est arrivé quelque chose ?

— Non.

Il secoua la tête et prit une brève inspiration.

— Il s'agit de ton mari, Xavier. On l'a retrouvé.

CHAPITRE 2

— Auberge de Keating Hollow, comment puis-je vous aider ? demanda Noel Townsend au téléphone alors qu'elle finissait de taper les détails d'une réservation.

— Maman, devine quoi !

C'était la voix de sa fille de six ans, Daisy. Elle hurlait tellement dans le combiné que Noel fut forcée de l'éloigner de son oreille en grimaçant, ce qui ne l'empêcha pas de sourire de contentement devant l'exubérance joyeuse de sa fille.

— Qu'est-ce qui se passe, ma puce ? demanda-t-elle. Est-ce que ta tante va enfin t'emmener faire une course de voiturettes de golf ?

La plus jeune sœur de Noel s'était récemment réinstallée en ville et elle n'avait pas tardé à s'acheter une voiturette tunée. Daisy était immédiatement tombée amoureuse de ses lumières clignotantes et de ses enceintes. Elle avait entendu parler de courses de voiturettes et depuis, elle n'arrêtait pas de supplier pour y participer.

— Non, répondit Daisy, la voix soudain boudeuse. Tante

Abby a du travail. Elle a dit qu'on pourrait faire ça ce week-end si tu étais d'accord.

— Je vois. Bon, alors, pourquoi tu m'appelais ?

— Tu es d'accord ? demanda Daisy.

— D'accord pour quoi ?

— Est-ce que je peux aller dans la voiturette avec tante Abby ?

— Je vois, dit Noel en pouffant de rire.

Sa fille avait de la suite dans les idées.

— D'accord, mon cœur.

Daisy poussa un cri de joie. Quelques instants plus tard, Noel entendit sa sœur aînée, Yvette, dire :

— N'oublie pas pour le chiot.

— Le chiot ? demanda Noel avec inquiétude en jetant un coup d'œil autour d'elle à son auberge récemment rénovée. Quel chiot ?

Les parquets brillants avaient été polis à la perfection. Des rideaux neufs pendaient jusqu'au sol devant les baies vitrées. Elle avait retapissé les meubles anciens, créant la parfaite atmosphère pour sa bâtisse victorienne du début du siècle. Si Yvette avait offert un chien à Daisy, Noel allait la tuer. Avec sa fille à élever et le fait de tenir la seule auberge de la ville, Noel avait déjà du mal à trouver du temps pour aller chez le coiffeur. S'occuper d'un chien était hors de question.

Daisy roucoula et dit :

— Gentil toutou. Maintenant il faut que tu sois sage pour que maman veuille bien te laisser habiter avec nous.

Noel sentit tout son corps se mettre à chauffer d'agacement. Elle baissa les yeux vers le bureau, à la recherche de son téléphone portable. Comme elle ne le repéra pas immédiatement, elle agita la main et la magie jaillit du bout de ses doigts. Elle demanda « amène-moi mon iPhone » et l'air crépita aussitôt.

La pile de papiers au bout du comptoir se souleva dans les airs, mais il n'y avait rien d'autre que le bois en dessous. Sa magie grossière suivit son cours et les papiers volèrent par terre. Elle continua à progresser sur le bureau avec des résultats similaires, éparpillant les flyers et les publicités avant de passer à la pile de factures.

— Mince, marmonna Noel.

Le chaos organisé de la réception donnait désormais l'impression que Taz, le diable de Tasmanie, s'était roulé sur le comptoir. Enfin, la magie flotta au-dessus de son sac à main ouvert.

— Oh non, dit-elle en écarquillant les yeux.

Si le sort renversait son sac à main, elle allait se retrouver avec toute sa vie éparpillée par terre. Mais à sa grande surprise, la magie plongea à l'intérieur et sortit précautionneusement son téléphone. Il vola tout droit dans sa main.

Noel forma le numéro d'Yvette alors que sa fille babillait :

— Papy m'a trouvé un chiot. Et je l'adore !

— Ce n'est pas moi, dit Yvette en décrochant.

— C'est ce que j'entends. C'est une idée de papa ? Il est devenu fou ? répondit-elle à Yvette.

Et puis elle ramena le combiné du fixe à sa bouche et dit :

— Est-ce que papy garde le chien chez lui ?

— Non. C'est le mien. C'est ce qu'il a dit, pleurnicha sa fille.

Noel raffermit sa prise sur le combiné.

— Je n'ai pas souvenir qu'on m'ait demandé mon avis, Daisy. Il va falloir qu'on en parle quand je viendrai te chercher.

— Mamaaaaaaaan. Elle a besoin de moi.

— Je suis sûre que c'est ce que tu penses, ma chérie. Mais je viens de dire qu'on en parlerait quand je serai là.

— Mais…

— Si tu insistes, Daisy, c'est non.

Noel fixa le plafond. Elle avait conscience qu'elle parlait exactement comme sa propre mère lorsqu'elle avait supplié pour avoir un chien quand elle était petite, et elle détestait ça. Elle se rappelait encore la colère qu'elle avait faite quand on lui avait refusé le chien qu'elle voulait adopter. Mais Daisy et elle n'habitaient pas dans une ferme à côté des bois. Elles vivaient dans une auberge où elles recevaient des clients. Prendre un chien était une sacrée responsabilité.

— C'est compris ?

— Oui, maman.

Une seconde plus tard, un bruit métallique retentit dans l'oreille de Noel, suivi par la voix de Daisy qui se plaignait bruyamment que la vie n'était pas juste.

Ses exagérations firent pouffer Noel de rire et elle reprit l'iPhone contre son oreille pour demander à Yvette :

— C'est quel genre de chiot que papa m'a mis dans les pattes ?

— Je ne sais pas vraiment, répondit sa sœur aînée. Pour l'instant, c'est juste une adorable boule de fourrure. Il y a deux chiots qui sont apparus devant sa porte. Faith en garde un et il t'a donné l'autre.

— Comment ça se fait que toi tu ne te sois pas retrouvée avec un chiot ? demanda Noel en étrécissant les yeux.

— Isaac est allergique aux chiens.

— Abby peut régler ça, rétorqua Noel d'une voix raisonnable.

Leur plus jeune sœur était une sorcière de terre très douée.

— Je suis sûre qu'elle a une potion qui arrêterait net les allergies de ton mari.

Cette déclaration fut accueillie par un silence à l'autre bout de la ligne.

— Yvette, allez. Tu sais que je n'ai pas le temps de m'occuper d'un chien. Entre Daisy qui court partout et les clients à gérer…

— Tu sais, si ces chiots étaient arrivés le mois dernier, j'en aurais pris un dans la seconde. Mais… il y a pas mal de stress à la maison, là. Ce n'est juste pas le bon moment.

Il y avait quelque chose dans la voix d'Yvette qui fit taire les protestations de Noel. Sa sœur aînée était celle qui était forte et sûre d'elle, celle qui avait le mari parfait, la vie parfaite. Tout le monde aimait Isaac. Si Yvette était confrontée à du stress chez elle, c'est qu'il se passait quelque chose de grave.

— Vette ? Est-ce que ça va ?

Sa sœur poussa un long soupir.

— Je ne sais pas encore.

— Tu veux en parler.

— Pas au téléphone, répondit Yvette.

— Tu veux prendre un café tout à l'heure ?

— Peut-être demain. Je t'appelle demain matin, d'accord ?

— Ça marche. Mais si tu as besoin de quoi que ce soit, tu sais où me trouver.

Noel aurait voulu passer à travers le téléphone pour serrer sa sœur dans ses bras. Yvette laissa un petit rire lui échapper.

— En train de courir derrière un chiot dans toute l'auberge ?

— Par la déesse, non. Ça ne peut pas marcher. J'ai des clients toute la semaine. Papa va devoir garder le chien jusqu'à ce qu'il soit dressé.

— Bonne chance, hein. À demain.

Noel était en train de secouer la tête en se demandant ce qu'elle allait bien pouvoir faire d'un chien quand la clochette de la porte tinta. Une femme âgée vêtue d'un pantalon en lin et d'un chemisier en soie rentra. Ses cheveux teints d'une belle couleur auburn étaient bouclés et coiffés à la perfection. Un homme du même âge qui faisait quelques centimètres de moins qu'elle se faufila à sa suite. Il plaça une main en bas de son dos et sourit à Noel tandis qu'ils avançaient jusqu'à la réception.

— Mr et Mrs Vincent ? demanda Noel.

— C'est bien ça.

Les yeux clairs de la femme pétillaient de joie.

— Bienvenue à Keating Hollow, déclara Noel en souriant.

Elle fit un signe de tête à Alec qui travaillait là à mi-temps et s'occupait de rentrer leurs bagages.

— Emmène ça dans la suite nuptiale.

Mrs Vincent gloussa et posa la main sur le torse de son mari.

— Tu nous as réservé la suite nuptiale ?

— Il n'y a rien de trop beau pour mon épouse.

Il coinça une mèche des cheveux de sa femme derrière son oreille. C'était un geste tendre. Noel se tourna vers son ordinateur avec l'impression de s'immiscer dans un moment privé. Elle s'occupa de remplir leur dossier et puis sourit à nouveau en leur tendant leur clé.

— Pas de bêtises, hein ? dit-elle avec un clin d'œil. L'Auberge de Keating Hollow est un établissement respectable.

— Je ne peux rien promettre, déclara Mr Vincent en souriant à celle qui était son épouse depuis cinquante ans. Madame ici présente m'a demandé un week-end romantique. Je ne peux pas la décevoir, n'est-ce pas ?

— Certainement pas, dit Noel en prenant note de leur envoyer du chocolat et un seau à champagne. Les Vincent étaient mariés depuis un demi-siècle et on aurait toujours dit un jeune couple. Une émotion douce-amère s'empara de Noel et elle détourna le regard. C'était le futur qu'elle avait espéré quand elle s'était mariée juste avant la naissance de sa fille. Mais ce rêve s'était évanoui quand son mari était parti sans un regard en arrière. La douleur aiguë qui lui serrait le ventre quand elle pensait à Xavier s'était transformée en une peine sourde et elle en était reconnaissante. Il était grand temps qu'elle fasse son deuil de cette relation.

Elle releva la tête pour voir le couple partir vers l'ascenseur et elle aperçut l'adjoint Baker à côté de la porte d'entrée, les bras croisés sur le torse. Depuis quand était-il à l'intérieur ? Est-ce que la clochette avait sonné ? Elle ne l'avait pas entendue.

Grand, mince et large d'épaules, ce type était bien trop bel homme pour son propre bien. Il était également intouchable. Il le lui avait bien fait comprendre il y avait des années de cela, après un été où ils s'étaient beaucoup trop rapprochés. Ils avaient fini dans les bras l'un de l'autre, à se rouler des patins passionnés, quand il s'était détaché d'elle pour lui dire qu'aller plus loin serait une erreur. Ça lui avait fait mal, mais elle s'en était remise. Leur amitié s'était relâchée suite à cet épisode, et ça, ç'avait été plus difficile à avaler. De toute façon, elle n'était plus sur le marché. Depuis que son mari avait disparu, elle avait renoncé aux hommes. Elle réservait toute son attention à sa fille, Daisy, qui avait désormais six ans.

Noel s'apprêtait à demander au shérif adjoint ce qu'elle pouvait faire pour lui, mais quand le couple âgé passa devant lui, elle entendit la femme murmurer :

— Ne vous inquiétez pas, mon brave. Votre promise vous attend déjà.

Si Noel n'avait pas été une sorcière d'air, elle n'aurait même pas entendu ce commentaire. Mais les voix portaient dans l'air, affinant son audition, un don qu'elle regrettait parfois. Elle savait qu'elle n'aurait pas dû le regarder comme ça, qu'elle aurait dû laisser un peu d'intimité à Drew, mais quand son expression se fit sombre, presque torturée, son cœur se serra pour lui. Elle connaissait bien cette expression. C'était celle qu'il prenait toujours quand quelqu'un mentionnait sa petite amie décédée, Charlotte. Elle était certaine qu'il était en train de penser à elle. Évidemment. Charlotte serait toujours la femme de sa vie, celle qu'on lui avait arrachée trop tôt.

— Elle parle sûrement de Shannon, intervint-elle pour essayer de détendre l'atmosphère.

La jolie rousse qui travaillait à Une Cuillerée de Magie avait rendu ses intentions à l'égard de Drew claires pour toute la ville, même s'il était évident que Drew n'était pas intéressé. Chaque fois que Noel l'apercevait en train d'essayer de se dépêtrer de son admiratrice entêtée, elle ne pouvait pas s'empêcher de glousser. C'était de sa faute s'il était trop beau et trop poli pour l'envoyer balader.

Drew retira son chapeau et croisa son regard. Son expression alarmée fit courir un frisson le long de sa colonne vertébrale.

— Noel, je suis là pour le travail.

L'angoisse la saisit et elle eut soudain du mal à respirer. Elle s'agrippa au bord du bureau et demanda automatiquement :

— Est-ce que c'est mon père ?

Celui-ci luttait contre un cancer et c'était une peur qui la suivait partout. Mais Drew ne pouvait pas venir pour Lincoln Townsend. Elle venait de raccrocher avec Yvette qui était chez lui. S'il y avait eu un problème, elle aurait été au courant.

— Qu'est-ce qui s'est passé ?

— Non, ce n'est pas ton père, confirma-t-il en se rapprochant. Il s'agit de ton mari, Xavier. On l'a retrouvé.

Ex-mari, pensa-t-elle aussitôt. Xavier avait disparu depuis trois ans. Dix-huit mois plus tôt, on lui avait accordé le divorce pour abandon de famille. Noel cligna des yeux alors qu'une nouvelle peur s'emparait d'elle. Elle avait dû mal comprendre.

— Tu peux répéter ?

Drew Baker se racla la gorge.

— J'ai reçu un appel du bureau du shérif du comté. Ils ont trouvé un bateau qui s'est échoué sur la rive à quinze kilomètres au nord de Trinidad. Il avait été loué par Xavier Anderson sept jours plus tôt.

CHAPITRE 3

Le monde de Noel s'arrêta. Sa vision s'étrécit au point qu'elle ne vit plus que Drew, et elle n'entendait qu'une sorte de bourdonnement. Elle voyait Drew bouger les lèvres, mais elle n'arrivait pas à comprendre ce qu'il disait. Et comme elle ne lui répondait pas, il passa derrière le bureau et posa les mains sur ses épaules.

— Allez, Townsend. Reprends-toi, dit-il en se penchant pour la regarder dans les yeux. Ne t'effondre pas devant moi.

Le son de sa voix grave la ramena à la réalité et elle le repoussa.

— Ça va.

— Tu es sûre ? demanda-t-il en reculant pour lui laisser un peu d'espace.

— Oui.

Elle prit une grande inspiration pour faire le vide.

— Bon, tu as dit qu'ils l'avaient retrouvé. Où est-il ?

Drew grimaça.

— À Eureka. Il a été identifié ce matin.

Une douleur vive broya le cœur de Noel alors qu'elle analysait ses mots. *Identifié.* Ça voulait dire…

— Il est mort, alors ?

— Je suis désolé, Noel, dit-il.

Ses yeux clairs exprimaient toute sa compassion.

— Il faut que tu viennes confirmer son identité.

Elle s'agrippa au comptoir et ses ongles s'enfoncèrent dans le pin. La douleur se transforma soudain en une colère brûlante. Cet enfoiré était venu ici la semaine précédente et au lieu de rendre visite à sa fille, il avait loué une saloperie de bateau à la place. Par la déesse, qu'est-ce qui clochait chez lui ?

— Où était-il ?

— Ils l'ont trouvé dans le bateau juste au-dessus de Trinidad.

Elle rectifia, les yeux étincelants de rage :

— Je veux dire, où est-ce qu'il était toutes ces années ? Et qu'est-ce qu'il foutait à Trinidad ?

Drew jeta un regard alentour dans le hall avant de la prendre par le coude et de la guider gentiment vers la sortie.

— Peut-être qu'on devrait parler de ça dehors ?

— Pourquoi ?

Elle enfonça ses talons dans le sol et arracha son bras de sa poigne.

— Pour que toute la ville m'entende craquer ? Quelle différence ça fait, Drew ? Ma fille va devoir grandir en sachant que non seulement son père l'a abandonnée, mais qu'il n'a même pas pris la peine de venir la voir alors qu'il était à même pas cinquante kilomètres d'ici. Tu as une idée de ce que ça va lui faire ?

— Je peux l'imaginer.

Elle souffla, laissant la colère alimenter sa crise.

— Non, tu ne peux pas. Tes parents vivent ici dans cette

ville. Ma mère s'est barrée quand j'avais dix ans. Elle n'est jamais revenue, n'a même jamais envoyé une carte d'anniversaire à la con, et ça m'a anéantie. Et depuis que Xavier est parti, j'ai prié pour qu'il revienne. Pas pour moi, mais pour Daisy. Elle ne s'est jamais remise de son départ. Et maintenant, je sais qu'elle ne pourra jamais s'en remettre.

Noel attrapa son téléphone afin d'envoyer un message à Alec pour lui demander de faire monter du champagne aux Vincent et lui dire qu'elle allait devoir s'absenter un moment. Sans attendre sa réponse, elle prit son sac à main sur le bureau et sortit de l'auberge. La porte claqua derrière elle, mais elle s'en aperçut à peine tandis qu'elle traversait la rue pour rejoindre la voiture de patrouille de l'adjoint Baker. C'était un SUV blanc avec *Département du shérif de Keating Hollow* écrit sur les portières.

Normalement, l'air frais du début de décembre l'aurait fait frissonner, mais elle était trop anesthésiée pour s'en rendre compte. Prendre un manteau ne lui avait même pas traversé l'esprit. Elle entendit le pas lourd de Drew derrière elle et elle accéléra l'allure. Elle n'était pas pressée d'identifier le corps de son ex-mari, mais il fallait qu'elle bouge. Elle avait envie de jeter des choses, de crier à pleins poumons. Au lieu de cela, elle fulminait en silence, les bras croisés devant sa poitrine tandis qu'elle attendait que Drew ouvre la portière passager.

Il ne dit rien tandis qu'il lui tenait la porte, ni quand il se glissa derrière le volant. Mais, toujours en silence, il prit sa main dans la sienne alors qu'il démarrait et sortait de la ville.

Noel fixa leurs mains jointes et se concentra sur les doigts minces et puissants de Drew. À quand remontait la dernière fois où elle avait autorisé un homme à lui tenir la main ? Ce n'était pas arrivé depuis Xavier, elle en était certaine. Elle était sortie deux fois avec un homme au cours de l'année écoulée, mais ça n'avait jamais dépassé le stade du premier dîner embarrassé. Les deux étaient gentils, c'était juste qu'elle n'était pas prête à avoir une relation. Elle n'avait de place dans son cœur que pour Daisy et sa famille. Mais même si elle pensait que ç'aurait dû être bizarre et gênant de laisser l'adjoint Baker lui tenir la main, en vérité, ce n'était ni l'un ni l'autre. En dépit de son désir de garder une certaine distance entre eux, Drew était toujours un ami, et c'était le cas depuis dix ans.

Elle serra légèrement sa main et dit :

— Merci.

— Tu n'as pas à me remercier. Je fais juste mon travail.

Il jeta un coup d'œil vers elle et lui fit un petit sourire. Noel secoua la tête.

— Je doute que me tenir la main pendant que tu me conduis à la morgue fasse partie de ta fiche de poste. Si tu veux te la jouer détaché, je t'en prie, *Adjoint Baker,* mais on sait tous les deux que j'étais probablement censée conduire moi-même.

— Hors de question, Noel. Pas alors que tu es en état de choc. Et puis, ajouta-t-il en lui jetant un petit regard, tu as un peu exigé que je le fasse.

— Non.

Elle essaya de retirer sa main, mais il raffermit sa prise.

— Si. Autrement, comment tu vois le fait de foncer jusqu'à ma voiture et de m'attendre devant la portière ? Tu crois vraiment que j'aurais refusé de te conduire à Eureka ? demanda-t-il avec une mine incrédule.

— Tu aurais dû. Après tout, j'ai un SUV qui fonctionne très bien garé devant chez moi.

Elle regarda leurs mains à nouveau.

— Tu peux me lâcher. Même si j'apprécie ton soutien, je crois que je peux me débrouiller maintenant.

Le regard de Drew dériva également vers leurs mains

jointes et pendant un instant, elle crut qu'il allait refuser. Mais il fronça les sourcils et relâcha sa prise.

— Désolé. J'ai un caractère surprotecteur, je crois.

— J'aurais dit ça aussi, dit-elle.

Sa main lui sembla soudain froide et abandonnée. Elle serra les dents et se secoua mentalement. *Arrête ça, Noel,* se dit-elle. C'est juste un ami. Rien d'autre. Mais c'était un autre mensonge. Ils avaient été meilleurs amis à une certaine époque. Et elle était prête à parier qu'il la connaissait toujours mieux que quiconque, même s'ils faisaient des efforts appuyés pour garder leurs distances.

— Désolé, répéta-t-il en manœuvrant la voiture de façon experte sur la route à deux voies qui s'étendait en sinuant vers la côte.

Ils étaient entourés de séquoias majestueux et au loin se dressaient des collines basses derrière lesquelles s'étendait l'océan Pacifique. L'image de Xavier étendu le visage contre terre dans un bateau de location la fit frissonner et elle resserra ses bras autour d'elle.

— Est-ce que tu as froid ? demanda-t-il en tendant déjà la main vers le chauffage. Tu aurais dû prendre une veste.

— Non.

Elle secoua la tête en baissant les yeux sur elle-même. Elle portait un pull vert, un jean et des bottes en cuir. Il avait raison. On était en décembre sur la côte de la Californie du Nord. Elle aurait dû prendre une veste, mais en vérité, elle était en état de choc. Elle ne ressentait à peu près rien. Ce n'était pas une veste qui allait l'aider.

— Eh bien, moi, j'ai froid, dit-il en allumant le chauffage.

Si elle ne l'avait pas vu appuyer sur le bouton, elle n'aurait même pas remarqué l'air tiède qui se mit à souffler. Elle tourna la tête pour regarder par la fenêtre. Les magnifiques séquoias qui bordaient la route la fascinaient d'habitude. Mais pas aujourd'hui. Elle ne parvenait à penser à rien d'autre qu'à Xavier, ses cheveux blonds clairs, ses yeux verts, son sourire aisé. Elle était tombée sous son charme dès qu'elle l'avait vu pour la première fois. C'était quelqu'un de décontracté, drôle, plein de vie. Il l'avait fait sortir de sa coquille à une période de sa vie où elle se sentait sous l'eau. Yvette venait de se marier. Abby vivait à La Nouvelle-Orléans et n'était pas rentrée à la maison depuis trois ans. Faith venait de partir à la fac. Et son père s'était jeté à corps perdu dans le travail à la brasserie. La seule personne encore en ville dont elle avait été proche était Drew, et cela faisait longtemps qu'il avait freiné leur amitié après une nuit de beuverie qui s'était terminée par des baisers passionnés mais irréfléchis.

Noel avait songé à quitter Keating Hollow, mais Xavier était venu un jour à la brasserie et tout avait changé. Sa vie avait été comme un rêve pendant quatre ans. Jusqu'à ce que ça devienne un cauchemar.

Elle serra les poings, sentant la colère monter dans son ventre.

— Comment est-ce qu'il a osé ? demanda-t-elle en se parlant à elle-même.

— Comment il a osé quoi ? demanda Drew.

Elle tourna vivement la tête vers lui et ses entrailles se tordirent d'amertume.

— Comment est-ce qu'il a osé mourir en me laissant sans réponses.

Drew ouvrit la bouche pour dire quelque chose, probablement des paroles apaisantes, mais elle leva la main pour le faire taire.

— Arrête, dit-elle d'une voix basse et dure. Tu n'as pas plus de réponses que moi. Il n'y a rien à dire.

— Il y a toujours quelque chose à dire, Noel.

Elle lui jeta un coup d'œil et secoua la tête.

— Pas cette fois.

Il resserra les mains sur son volant et elle vit qu'il mourait d'envie de la contredire, mais il n'ajouta rien et elle sut au plus profond d'elle qu'elle avait raison. Il n'y avait rien à dire pour la défense d'un homme qui avait abandonné sa fille de trois ans sans un regard en arrière.

CHAPITRE 4

Drew se tenait derrière Noel dans le bureau du coroner. Elle s'était arrêtée à un mètre de la porte, figée, comme si elle était incapable de faire un pas de plus. L'air semblait crépiter autour d'elle et ses cheveux blonds étaient pleins d'électricité statique. C'était comme si sa magie d'air était emplie de son stress. Ça arrivait. Trop d'émotions pouvaient affecter la magie de diverses façons. Il espérait juste pour eux deux qu'elle parviendrait à garder le contrôle.

— Tu peux le faire, Noel, dit-il à son oreille, en espérant qu'un petit encouragement la calmerait.

— Je… je ne crois pas, non, dit-elle, la voix tremblante. Ce n'était vraiment pas ce que j'avais prévu de faire aujourd'hui.

— Je sais, dit-il doucement. Personne ne s'attend jamais à devoir faire ça. Mais plus vite on ira, plus vite ce sera terminé. Tu es forte, Noel. Je sais que tu peux le faire. Je viendrai avec toi. Prête ?

Elle prit une grande inspiration et la relâcha dans un long soupir.

— Non. Je ne serai jamais prête.

Il tendit les mains vers elle et lui frictionna les bras. Le pouvoir de Noel vibra légèrement sous ses paumes. Elle se raidit, ne s'étant visiblement pas attendue à ce contact, puis elle avança de deux pas, décidée, et ouvrit la porte vitrée.

— Tu viens ? demanda-t-elle en regardant vers lui, un sourcil haussé.

— Oui.

Il se hâta à sa suite dans le bureau terne. Tout était beige : les murs, le sol, les uniformes. Même la voix de la réceptionniste était morne.

— Votre nom ? demanda-t-elle sans relever la tête de son ordinateur.

— Noel Townsend est ici pour identifier son ex-mari, Xavier Anderson, dit Drew.

La réceptionniste releva enfin la tête et dévisagea Drew.

— Et vous êtes ?

— Adjoint Baker, de Keating Hollow.

Elle prit bien son temps pour rentrer ces renseignements sur son ordinateur. Drew la regarda s'agiter mollement en n'utilisant que ses index pour taper sur le clavier. Est-ce qu'ils avaient tellement de mal à recruter qu'ils étaient incapables de trouver une réceptionniste qui sache dactylographier ?

Noel triturait le bord de son pull vert tout en se balançant sur ses talons. Ensuite elle commença à taper du pied et à pianoter avec ses doigts sur le comptoir.

— Vous pourriez arrêter ça ? demanda la réceptionniste, agacée. J'essaie de me concentrer.

— C'est comme ça que vous appelez ça ? demanda Noel en la regardant droit dans les yeux.

La réceptionniste se hérissa, fusilla Noel du regard et

commença à taper encore plus lentement, exprès. Drew grinça des dents. Si sa réceptionniste s'était conduite comme ça, elle se serait retrouvée à pointer au chômage. Il n'arrivait pas à croire que cette personne soit chargée d'accueillir les gens qui venaient identifier un être cher. Même si Xavier Anderson était l'ex-mari de Noel, il restait le père de son enfant, et elle l'avait aimé à une époque. Apprendre sa mort restait quelque chose de traumatisant.

— Pour l'amour de…, commença Noel.

— Oh, Baker, vous êtes là, déclara un homme avec une voix bourrue derrière eux.

Drew se retourna et fit un signe de tête à Fisk, le coroner. Malheureusement, ce n'était pas la première fois qu'il avait une raison de se présenter à son bureau. Drew lui adressa un autre signe de tête et désigna Noel.

— Voici Noel Townsend.

— Miss Townsend, je suis désolé que ce soit en ces circonstances, mais c'est un honneur de vous rencontrer.

Il tendit la main et serra celle de Noel.

— Prête ?

— Autant que possible, dit-elle en agrippant le bras de Drew si fort qu'il se dit qu'elle risquait de lui couper la circulation.

Mais il s'en moquait. Elle aurait pu lui arracher un membre en cet instant qu'il n'aurait pas pipé mot. Il savait trop bien ce que cela faisait de perdre quelqu'un d'important. Drew resta collé à elle tandis qu'ils avançaient vers le fond de la morgue.

— Nous pensons que ça faisait moins de douze heures que son corps était arrivé sur la berge. Mais il était mort depuis au moins trois jours. Il n'y a pas de traumatisme évident, donc vous n'aurez pas à voir un cadavre déchiqueté.

Noel trébucha sur un obstacle inexistant quand il prononça les mots « cadavre déchiqueté » et elle s'agrippa d'autant plus fort à Drew, des deux mains, pour éviter de tomber. Drew la rattrapa en hâte et l'aida à se stabiliser.

— Ça va aller, murmura-t-il à son oreille.

Il aurait voulu pouvoir faire quelque chose pour lui épargner cette épreuve. Elle hocha la tête, carra les épaules, et ses traits délicats prirent un air absolument déterminé. C'était la Noel Townsend qu'il connaissait si bien.

— Bien sûr, ça veut dire que nous allons devoir procéder à une autopsie pour découvrir ce qui s'est passé, continua Fisk.

Il jeta un regard à Noel par-dessus son épaule.

— Est-ce que vous lui connaissiez des ennemis ? Une raison de soupçonner une mort non accidentelle ?

Noel haussa les épaules.

— Aucune idée. Ça faisait trois ans que je ne l'avais pas vu.

— Oh. Je vois.

Fisk croisa le regard de Drew.

— Vous avez dit *ex-femme*, c'est ça ?

Drew hocha la tête.

— C'est sa fille la plus proche parente, mais elle n'a que six ans. Xavier Anderson n'avait pas d'autre famille a priori.

— D'accord.

Fisk ouvrit la porte et les fit rentrer dans une pièce stérile. L'air était glacial et Drew ne put retenir le frisson qui le parcourut. Mais Noel ne sembla pas s'en apercevoir. Elle se tenait au milieu de la pièce, les yeux rivés sur la table où un corps était couvert par un drap.

— Vous êtes prête ? demanda Fisk en allant se tenir de l'autre côté de la table.

— Oui, répondit-elle d'une voix étranglée.

C'est à ce moment-là que Drew se rendit compte qu'elle tremblait. Mais étant donné que son front perlait de sueur, ça ne devait pas être à cause du froid.

Fisk tendit la main vers le drap et le souleva juste assez pour montrer le visage de l'homme à Noel.

Celle-ci émit un petit hoquet, cligna des yeux deux fois puis secoua la tête en détournant le regard. Elle était devenue si pâle que Drew fit un pas en avant, de peur qu'elle ne s'évanouisse.

— Ce n'est pas Xavier, dit-elle.

— Ah bon ? demanda Fisk.

Ses sourcils disparurent sous ses cheveux épais.

— Vous êtes sûre ?

Le tremblement s'arrêta alors qu'elle redressait les épaules et le regardait droit dans les yeux. Il n'y avait rien de faible chez elle quand elle répondit :

— Certaine. Je suis capable de reconnaître le père de mon enfant, Mr Fisk. Alors à moins que vous n'ayez un autre cadavre à me montrer, je crois qu'on peut ressortir d'ici.

Drew ne put s'empêcher d'admirer sa férocité. Noel était quelqu'un qu'il convenait de ne pas sous-estimer.

Fisk les fit sortir de la morgue et leur fit signe de les suivre dans un petit bureau sans fenêtre.

— Attendez-moi ici, demanda-t-il avant de disparaître.

Il réapparut une minute plus tard et leur fit signe d'entrer.

— Le shérif adjoint Reilly est ici. Il aimerait vous parler avant que vous ne partiez.

Le shérif adjoint Reilly ? Qu'est-ce que cet abruti faisait ici ? Reilly travaillait directement sous les ordres de Barnes, le shérif du comté. Est-ce que ça voulait dire qu'il soupçonnait un acte criminel pour l'avoir envoyé ici ? Et si c'était le cas, qu'est-ce que Noel avait à voir là-dedans alors qu'elle ne connaissait même pas l'homme qui était étendu sur la table ?

— Asseyez-vous, Miss Townsend, dit Reilly à Noel.

C'était un homme maigre et chauve. Il était assis sur un fauteuil en cuir, les coudes appuyés sur le bureau en métal.

— Je préfère rester debout si ça ne vous dérange pas, dit-elle en fourrant les mains dans les poches de son jean.

— Comme vous voudrez.

Reilly se renfonça dans son fauteuil, mit les pieds sur la table et noua ses mains derrière sa nuque.

— Aviez-vous déjà vu cet homme auparavant ?

— Non.

— Vous en êtes certaine, Miss Townsend ? Si vous ne dites pas la vérité, ça pourrait très mal se passer pour vous.

Reilly la fixa d'un regard dur, comme si elle était suspectée d'un crime quelconque.

Son attitude énerva Drew. Il était sur le point de dire à cet abruti d'arrêter de se la jouer quand Noel répondit :

— Je vous ai déjà dit que je ne le connais pas.

Elle se tourna vers Drew et demanda :

— Je suis obligée d'être ici ?

Drew secoua la tête et lui tendit la main.

— Non. On peut y aller.

Elle glissa sa main dans la sienne et il resserra ses doigts autour des siens qui étaient glacés. Il commença à la tirer vers la sortie.

Reilly se leva, attrapa quelque chose dans le tiroir du haut et l'agita vers eux.

— Cet homme non identifié a été trouvé avec le portefeuille de Xavier Anderson. Il y a même une photo de vous et d'une petite fille à l'intérieur.

Il l'ouvrit pour leur montrer le permis de conduire.

— Vous êtes en train de me dire que l'homme sur cette photo n'est pas l'homme qu'on vous a montré à la morgue.

Noel se pencha et examina la pièce d'identité. Et puis elle se recula, les yeux écarquillés et pleins d'une émotion que Drew n'arriva pas vraiment à identifier. De la peur ? De la surprise ? De la perplexité ?

— Cette pièce d'identité est à jour, finit-elle par dire.

Reilly y jeta un coup d'œil.

— En effet. Mais vous n'avez toujours pas répondu à ma question. L'homme sur cette photo est-il votre mari ?

— Ex-mari, rectifia Noel, les dents serrées. Mais oui, c'est bien lui.

— Et vous êtes en train de me dire que ce n'est pas le même homme que celui que nous avons ici ?

— Oui, c'est exactement ce que je vous dis, répliqua Noel avec un regard furibond. Franchement, Adjoint Reilly, je suis surprise que vous ne voyiez pas la différence.

Reilly pinça les lèvres comme pour se concentrer avant de hausser les épaules.

— Je crois que je vois ce que vous voulez dire. Mais notre cadavre non identifié lui ressemble un peu. Ils sont tous les deux blonds en tout cas. Il aurait aisément pu se faire passer pour Mr Anderson.

Drew fut pris d'une envie terrible de mettre une droite à Reilly. À quoi est-ce qu'il jouait ? Il n'y avait pas de raison d'imaginer que Noel sache quoi que ce soit de cette situation. Mais il se contenta de serrer sa main plus fort pour lui rappeler qu'elle n'était pas toute seule.

— Qu'est-ce que vous essayez de me dire, Adjoint Reilly ? demanda Noel. Que l'identité de Xavier a été volée ?

— C'est une piste crédible.

Il passa une main sur sa mâchoire angulaire.

— Si vous avez des nouvelles de votre mari ou si vous avez la moindre idée de l'endroit où il pourrait se trouver, contactez-moi le plus vite possible. Il est peut-être la seule personne capable de nous éclairer quant à l'identité de notre cadavre mystère.

Noel étrécit les yeux et Drew sentit la rage qui émanait d'elle.

— *Ex-mari.* Je vous ai déjà dit que je ne l'ai pas vu ni n'ai eu de nouvelles de lui depuis trois ans. Ce n'est pas un mensonge et il n'y a rien qui pourrait laisser penser qu'il me contactera prochainement. Mais si vous le trouvez, faites-m'en part. Je serais ravie de récupérer l'argent de la pension alimentaire qu'il me doit.

— Oh, nous le trouverons. Ne vous inquiétez pas pour ça. Mais nous allons avoir besoin d'une meilleure photo que ça, dit-il en tapotant le portefeuille. Vous allez devoir nous fournir les photos les plus récentes que vous avez. Une de face et une de profil, si possible.

— Je ne…

Elle secoua la tête, visiblement frustrée, et dit :

— Très bien. Je les donnerai à l'adjoint Baker.

— Parfait. Un petit avertissement ; ne traînez pas des pieds. Ça ne ferait pas plaisir aux patrons et vous n'avez pas envie de vous les mettre à dos. Il nous les faut le plus vite possible. Demain au plus tard.

Elle se tendit, visiblement bouillonnante de rage, et Drew ne pouvait pas le lui reprocher. Pourquoi est-ce qu'on la traitait comme une criminelle ?

— Allons-y, dit-il en fusillant Reilly du regard.

Drew savait qu'il faisait son travail, mais ce n'était pas une raison pour malmener Noel. Pas alors qu'elle venait de faire face à la mort.

— On en a terminé.

Reilly haussa une épaule et se rassit comme s'il ne voyait pas le problème avec son comportement.

Drew poussa un soupir dégoûté en guidant Noel à l'extérieur du bâtiment. Une fois dehors, Noel retira sa main de la sienne et attendit sans un mot qu'il lui ouvre la portière passager. Une fois qu'elle fut installée, il s'empressa de monter derrière le volant. Il mit le contact, passa la vitesse et décolla aussitôt du parking.

Il fit des zigzags dans le flot des voitures pour s'éloigner le plus vite possible du bureau du coroner. Il n'avait pas envie de l'avouer, mais cette expérience l'avait secoué. En tant que shérif adjoint, il avait l'habitude de côtoyer la mort, mais regarder Noel assimiler le possible décès d'un proche avait fait remonter des souvenirs enfouis depuis longtemps. Des images du corps sans vie de Charlotte dans l'atelier d'Abby Townsend envahirent son esprit et firent accélérer son rythme cardiaque. Une pierre sembla tomber au fond de son ventre et la bile remonta dans sa gorge. Il resserra sa prise sur le volant et prit la direction du nord, perdu dans ses pensées.

En un rien de temps, il se retrouva sur l'autoroute 299 en direction de Keating Hollow. Tous les gens qui vivaient dans leur petit village magique connaissaient cette route par cœur, et Drew ne faisait pas exception à la règle. Il appuya sur l'accélérateur et prit les virages avec une précision experte.

À côté de lui, Noel prit une brève inspiration.

Sans détacher son regard de la route, il demanda :

— Est-ce que ça va ?

— Ça va aller.

C'est le tremblement dans sa voix qui attira son attention. Il lui jeta un coup d'œil. Son visage avait pris une teinte d'un vert maladif et elle se tenait le ventre.

— Ouh là.

Drew s'arrêta en hâte sur le bord de la route. Noel jaillit du véhicule et dévala le bas-côté vers la rivière. Drew courut après elle en se maudissant et la rattrapa juste au moment où elle tombait à genoux et commençait à vomir.

— Je suis vraiment désolé, Noel, dit-il en s'agenouillant à côté d'elle.

Elle essaya de secouer la tête, mais ses nausées ne s'arrêtèrent pas. Drew tira précautionneusement ses cheveux en arrière et lui caressa doucement le dos tandis qu'il attendait patiemment qu'elle vide le contenu de son estomac.

— Oh, ma déesse, finit-elle par murmurer en levant la tête vers lui, le regard humide.

C'est moi qui devrais m'excuser. Je n'arrive pas à croire que j'aie fait ça.

— Tu n'as pas à t'excuser.

Il se leva et lui tendit la main. Noel l'autorisa à la tirer sur ses pieds. Il la guida doucement jusqu'au bord de l'eau, tira un mouchoir de sa poche et le trempa dans la rivière. Il tint le tissu mouillé dans ses mains et murmura :

— *Vapos.*

L'eau glaciale fut instantanément réchauffée par sa magie et de la vapeur monta du tissu alors qu'il le lui tendait. C'était un puissant sorcier d'eau, mais il n'avait pas souvent l'occasion d'utiliser sa magie. Il était satisfait d'avoir réussi à faire fonctionner le sort du premier coup alors qu'il manquait d'entraînement.

— Merci, dit-elle.

Elle prit un moment pour se nettoyer. Quand elle eut terminé, ses joues étaient rosies par la chaleur du mouchoir.

— Ça va maintenant.

Mais ce n'était pas vrai. Ses joues étaient peut-être chaudes, mais elle frissonnait et elle tenait à peine sur ses jambes. Drew retira sa veste et la passa autour de ses épaules.

— Ce n'est pas la peine, dit-elle en essayant de s'en débarrasser.

— Noel, dit-il gentiment. Tu as le droit d'accepter de l'aide d'un vieil ami.

Elle le regarda, ses grands yeux bleus pleins d'émotion. Elle ouvrit la bouche pour parler, mais les mots semblèrent accrocher dans sa gorge. Drew lui tendit les bras et dit :

— Viens là.

La tête de Noel tomba en avant, mais elle marcha jusqu'à lui et l'entoura de ses bras. Il la serra contre lui, appuya sa joue sur le dessus de son crâne et murmura des paroles apaisantes. Ses mains se crispèrent autour du tissu de sa chemise, elle s'y accrochait comme si sa vie en dépendait.

— Je te tiens, Noel, murmura-t-il. Je ne vais pas te lâcher. Promis.

Elle hocha la tête et enfouit son visage contre son épaule.

Drew aurait donné n'importe quoi pour faire passer sa douleur. Pour lui épargner davantage de traumatismes. Il avait été là pour elle, bien sûr, quand son mari avait disparu trois ans auparavant. C'était lui qui avait enregistré le signalement de sa disparition alors qu'elle était en colère, qu'elle avait peur et qu'elle était incapable d'accepter qu'il se soit barré comme ça sans même un au revoir. Personne n'avait vraiment cru qu'il était parti de son plein gré. Elle et Xavier donnaient l'impression d'être le couple américain parfait. De loin, Xavier semblait être un bon père de famille, aimant et attentionné. Il n'était pas rare de les voir se balader en ville tous les trois, ou de voir Xavier emmener sa fille au parc ou à Une Cuillerée de Magie.

Mais quand ils avaient découvert qu'il avait fait sa valise

puis avait sorti de leur compte la plupart de leurs économies une semaine plus tard, il était devenu évident que Xavier Anderson était parti volontairement – pas une lettre, pas un appel, rien. Noel était devenue du jour au lendemain une mère célibataire sans réponses. Elle avait changé après ça. Ses sourires contagieux étaient devenus rares, sauf quand elle jouait avec sa fille, et elle avait perdu cette affabilité qui l'avait attiré chez elle dix ans auparavant. Elle avait eu le cœur brisé et il était clair pour tous ceux qui l'aimaient – y compris lui – qu'elle ne s'en était jamais remise.

— Je suis vraiment désolée, Drew, dit-elle enfin en s'arrachant à son étreinte. Je ne sais pas ce qui s'est passé. Je ne suis jamais malade en voiture.

Il lui offrit un sourire plein d'empathie.

— Peut-être que si je n'avais pas roulé comme un dingue, tu n'aurais pas rendu ton déjeuner.

— Ce n'était pas ça et tu le sais, dit-elle en fourrant ses mains dans ses poches.

Il leva la main pour l'arrêter.

— Je sais. C'est assez normal de ne pas être dans son assiette après une visite à la morgue. Tu n'as pas besoin de t'expliquer.

Elle resta silencieuse quelques secondes avant de lui faire un petit signe de tête.

— Merci. Je peux remonter en voiture. Il faut que je rentre chez moi pour me débarbouiller avant d'aller chercher Daisy chez mon père.

— Pas de souci.

Il la prit à nouveau par la main et l'aida à garder son équilibre tandis qu'elle remontait l'accotement.

La portière passager était restée grande ouverte et elle grimaça.

— Désolée, dit-elle une fois de plus quand il remonta derrière le volant.

— Si tu t'excuses encore, ça va finir par m'énerver, dit-il avec une mine faussement sévère en démarrant.

Il mit le chauffage à fond.

— D'accord, dit-elle en attachant sa ceinture. Plus d'excuses.

— Merci.

Il reprit la route en veillant à respecter les limitations de vitesse cette fois. Ils restèrent tous les deux silencieux alors que la lumière du jour déclinait rapidement et que le crépuscule s'installait. Quand ils arrivèrent à Keating Hollow, la nuit était tombée et la Grand-Rue était illuminée par les décorations de Noël. Alors qu'ils passaient devant l'auberge, Noel dit :

— Tu peux me laisser ici.

Drew secoua la tête tandis qu'il s'arrêtait sur le petit parking derrière le bâtiment et coupait le moteur.

— Il faut toujours que tu ailles chercher Daisy, non ?

— Heu, oui, dit-elle d'une voix hésitante. Mais ça va. Je peux conduire.

— Je préférerais que tu évites. Je me sentirais mieux si tu me laissais t'amener chez ton père.

— Drew, je t'en prie. N'en fais pas toute une histoire. J'étais juste… eh bien, en état de choc, j'imagine. Même si je n'aurais probablement pas dû, hein ? Je veux dire, rien n'a changé par rapport à Xavier. Il nous a toujours abandonnées, sauf que maintenant il semblerait que quelqu'un ait volé son identité. Ce qui n'est pas mon problème.

Elle étrécit les yeux et sa voix se durcit :

— Même si le fait qu'il soit à l'évidence passé dans les environs de Keating Hollow sans venir voir sa fille…

Elle referma vivement la bouche, secoua la tête et reprit :

— Je radote.

Il lui fit un petit sourire.

— On dirait que tu as juste un peu besoin de vider ton sac.

Elle soupira et hocha la tête.

— Je suppose.

— Allez viens. Rentre un moment avant que je t'emmène chercher Daisy.

— Drew, ma famille sera là-bas. Je ne veux pas répondre à leurs questions maintenant. Pas tout de suite. J'ai besoin d'un peu de temps. Si tu viens, ils vont me harceler de questions.

— Je t'attendrai dans la voiture. Tu peux juste leur dire que ta batterie est morte ou je ne sais quoi et que j'ai eu pitié de toi.

Il sortit et alla lui ouvrir la porte, déterminé à ne pas accepter son refus. Parce que depuis qu'elle l'avait laissé la tenir dans ses bras, l'avait laissé la rassurer, quelque chose avait changé en lui. Il se sentait saisi d'un besoin intense de la protéger. Et la laisser traverser la ville en voiture toute seule après un tel choc était hors de question.

— Un problème de batterie ?

Elle jeta un regard à sa vieille Honda et hocha la tête.

— Ça peut marcher.

Le nœud dans le ventre de Drew se desserra et il la suivit à l'intérieur de l'auberge.

Elle lui fit passer la porte derrière la réception et il entra dans l'appartement de deux chambres au rez-de-chaussée qu'elle partageait avec sa fille. Avec son plancher sombre, ses fauteuils rembourrés et des photos partout, c'était une habitation chaleureuse et confortable. Il y avait un bouquet de lys sur la table basse ainsi qu'une pile de livres et de grosses bougies. Noel passa dans une des chambres et dit :

— Je reviens tout de suite.

— Prends ton temps. Je peux t'attendre, dit-il sincèrement.

Mais quand il s'assit et se renfonça dans son canapé, le léger parfum citronné de Noel s'éleva autour de lui. Des émotions depuis longtemps enfouies remontèrent à la surface. Et soudain, il ne désirait rien d'autre que la serrer dans ses bras une fois de plus.

CHAPITRE 5

Les petites lumières qui éclairaient l'allée bordée d'arbres conduisant jusqu'à la demeure familiale procuraient à Noel un sentiment de paix en temps normal. Mais pas ce soir. Ce soir, elle se sentait juste anxieuse. Elle ne savait pas quoi penser du fait que Xavier était probablement venu dans la région. Ou du fait qu'il n'en avait pas profité pour la contacter.

Et elle n'arrivait pas à se sortir de la tête l'image de lui mort, allongé dans une ruelle quelque part. Cet homme non identifié avait mis la main sur son portefeuille d'une façon ou d'une autre. Une partie d'elle-même avait envie de sauter dans sa voiture et de se lancer dans une chasse à l'homme jusqu'à ce qu'elle l'ait retrouvé. Mais l'autre partie, celle qui voulait avant tout protéger sa vie, avait envie d'effacer cette journée de ses souvenirs et de faire comme si elle n'était jamais arrivée.

En plus, si Reilly était sérieux, le bureau du shérif du comté allait lancer une opération de recherche de toute façon. Elle avait déjà fait sa part en déterrant quelques photos de lui à l'auberge. Drew les avait et il les transmettrait aux autres enquêteurs.

— On dirait que Wanda est là, dit Drew en arrêtant son SUV.

— Hein ?

Noel releva la tête et parcourut des yeux le petit parking devant le superbe chalet de son père.

— La voiturette de golf. Il fait un peu froid, non, pour faire une course dans un de ces engins ?

Noel tourna son attention vers la voiturette six places dont sa sœur avait fait l'acquisition quelques semaines auparavant et elle renifla.

— Oh, non. C'est celle d'Abby. Elle s'en est acheté une après avoir été mise sur la touche par Wanda.

— Comment ça, « mise sur la touche » ? demanda Drew en fronçant les sourcils.

Noel eut l'envie soudaine de faire disparaître ces petites rides et elle tendit presque la main vers lui avant de se reprendre et de serrer les poings. Qu'est-ce qu'elle fichait ? Elle n'était pas censée le toucher. Pas comme ça. Ils ne sortaient pas ensemble, pour l'amour de la déesse. Il était juste gentil avec elle, c'était tout.

— Abby conduisait et elle a failli la faire basculer dans la rivière. Forcément, Wanda lui a retiré le droit de la conduire. Le lendemain, Abby s'est pointée avec ça.

Noel sentit un sourire venir retrousser ses lèvres.

— Je dois reconnaître que c'est plutôt sympa de faire mumuse avec ce truc.

— D'accord, dit Drew.

Son expression s'était faite sévère et il fusilla la pauvre voiturette de golf du regard.

— Un problème ? Est-ce qu'il y a une loi sur les voiturettes de golf que j'ignore, Adjoint Baker ?

— Non.

Drew secoua la tête, les yeux toujours sur la voiturette. Son regard étincela de colère, mais quand il cligna des yeux, toute émotion en disparut, comme s'il venait de fermer les volets sur la fenêtre par laquelle elle regardait.

— Alors c'est quoi le problème, Drew ?

— Rien. J'espère juste qu'elle et Wanda ne s'attireront pas d'ennuis avec ces trucs.

Noel lui jeta un regard perplexe. Qu'est-ce qu'il racontait ? La moitié de la ville possédait une de ces voiturettes. Il y avait même une piste spéciale ouverte pour elles le long de la rivière.

— D'accord. Bon, je vais chercher Daisy. Je reviens tout de suite.

Elle laissa Drew dans sa voiture et se hâta de rentrer dans la maison de son père. Elle reconnut le son du rire de sa fille qui provenait du salon, et le poids de cette difficile après-midi s'évanouit soudain. Daisy était la joie de sa vie et peu importe ses soucis, quand elle était avec sa fille, tout allait toujours mieux.

— Viens là, ma belle ! appela Daisy en tapant dans ses mains. Tu peux le faire. Bon chien.

Noel gémit. Elle avait oublié l'histoire du chien avec tout ça. Elle se prépara mentalement pour la dispute qui allait suivre et rentra dans le salon.

Daisy était allongée sur le ventre, le menton appuyé sur un coussin et elle souriait en observant la petite boule de poils qui faisait des cabrioles devant elle. Le chiot au pelage bringé se rapprocha et sortit sa langue pour venir lécher le nez de Daisy. Les yeux de la petite fille pétillèrent et elle gloussa, un son que

Noel entendait rarement ces temps-ci. Son cœur fondit, submergé d'amour.

Assise sur le canapé, Abby releva la tête et croisa son regard. Un sourire s'étendit sur son visage et elle articula silencieusement :

— *Tu es fichue.*

Noel étouffa un soupir et hocha la tête, reconnaissant sa défaite. Effectivement, elle était fichue. Comment pouvait-elle refuser à sa fille la joie que lui apportait le chiot le plus adorable du monde ?

— Est-ce qu'on a des croquettes ? Des jouets ? Une boîte ? Un truc pour la ramener à la maison ou il faut que je supplie Randy à l'animalerie de rester ouvert un peu plus tard ce soir ?

— Maman !

Daisy souleva le chiot dans ses bras et courut vers sa mère en tenant la petite créature devant elle, comme une offrande.

— Hein qu'elle est belle ?

— Elle est magnifique, mon cœur. Tu lui as déjà trouvé un nom ?

Des larmes emplirent les grands yeux de Daisy.

— On peut la garder ?

— Ça dépend, dit Noel en se balançant sur ses talons.

Daisy serra le chiot contre sa poitrine dans une étreinte protectrice.

— Comment ça ?

Noel s'agenouilla devant sa fille et lui sourit tendrement. Elle rabattit une mèche de ses cheveux sombres qui tombaient devant ses yeux et dit :

— Tu dois promettre que tu t'occuperas d'elle. Tu lui donneras à manger tous les jours, tu la promèneras, et tu nettoieras si elle fait des bêtises.

— D'accord, dit Daisy en serrant le chiot encore plus fort.

Une grosse larme roula sur sa joue. Le cœur de Noel se serra et elle essuya délicatement la larme.

— Et tu dois promettre de l'aimer de tout ton cœur.

— Ça, c'est déjà fait.

Daisy tourna sur elle-même et se précipita vers Abby.

— Tu as entendu maman ? Elle a dit qu'on pouvait garder Buffy.

Abby se mit à rire.

— J'ai entendu, ma puce. Maintenant, va dire ça à papy et rassemble ses affaires. Il y a école demain, non ?

Le visage de Daisy s'assombrit.

— Ah oui. L'école.

Elle jeta un regard vers Buffy.

— Tu crois que Miss Quinn me laissera l'emmener en classe ?

— Elle va devoir rester à l'auberge avec moi, Daisy, dit Noel en tapotant sa montre. Va chercher ses affaires, il faut qu'on y aille.

Daisy hocha la tête et partit en courant vers la cuisine, le chiot toujours dans ses bras.

— Fais attention ! cria Noel.

Daisy ralentit un peu avant de sortir par la porte de derrière. Noel se laissa tomber sur le canapé à côté de sa sœur cadette et pressa sa main sur son cœur.

— Tu parles d'une embuscade.

— Oui, mais elle est si heureuse, dit Abby en lui tapotant le genou.

Elle l'observa un instant.

— Eh, tu t'es teinte en blonde et tu as mis des extensions. Ça te va super bien. Tu ne voulais plus être rousse ?

— J'en avais marre de devoir retoucher la couleur tous les

mois. Et j'avais vraiment besoin de changement, dit Noel en haussant les épaules.

Elle se sentait agitée ces derniers temps et un soir, elle s'était regardée dans le miroir et avait décidé qu'elle détestait sa coupe asymétrique et sa couleur. Alors elle avait fait ce qu'elle faisait toujours : elle était revenue à son apparence naturelle, celle qui lui donnait le plus l'impression d'être la même qu'avant. La personne qu'elle avait été avant que tout le monde dans sa vie ne décide de la quitter.

— J'aime bien, dit Abby avec un hochement de tête approbateur.

— Merci. Je me suis dit que j'allais reprendre ma couleur naturelle un moment.

Noel se renfonça dans les coussins et regarda sa sœur d'un air soupçonneux.

— Comment tu as réussi à éviter d'adopter un chien ?

— Holà, dit Abby. Tu n'es pas en train d'oublier l'existence d'Endora, le labrador tout fou d'Olive ?

Elle leva la main à la hauteur de son front.

— J'en ai jusque-là en ce qui concerne les poils de chien et les câbles électriques mâchouillés. Un chien de plus causerait ma mort.

Noel gémit.

— Ah oui. J'avais oublié.

Elle jeta un coup d'œil à la posture détendue de sa sœur et à son sourire radieux. Elle débordait visiblement de joie et Noel se sentit soudain triste et vide. Elle avait été heureuse comme ça à une époque. Elle pensait qu'elle avait toute une vie d'amour devant elle, un futur avec une maison pleine d'enfants et tellement d'amour qu'ils arriveraient à peine à le contenir. Et voilà qu'elle était mère célibataire avec une petite fille qui passait rarement plus d'une nuit sans faire de cauchemars.

— Eh, où étais-tu à l'instant ? demanda Abby d'une voix inquiète.

— Nulle part. La journée a été longue, c'est tout.

— J'ai une nouvelle potion énergisante qui…

— Ça va.

Noel se leva alors que Lin Townsend arrivait par la porte de derrière, un sac brun dans une main, une caisse pour chien dans l'autre. Daisy le suivait et pépiait en disant que Buffy serait sa meilleure amie.

— Bien sûr, ma puce, dit-il à sa petite-fille avant d'adresser un sourire penaud à Noel. J'ai envoyé Claire chercher tout ce qu'il te faudra.

Claire était sa petite amie de longue date. Il souleva le sac, avec dans les yeux le même pétillement de joie que dans ceux de Daisy.

— Des croquettes, des friandises, des jouets à mâcher, une brosse. Il y a même une couverture dans la caisse.

Noel étrécit les yeux et fusilla son père du regard.

— Tu ne t'es pas dit qu'il fallait peut-être me demander d'abord avant de promettre un chiot à une certaine personne ?

Il jeta un coup d'œil tendre à Daisy et répondit :

— En tant que grand-père, j'ai certains privilèges.

Abby souffla et secoua la tête.

— Papa, tu es terrible. Qu'est-ce que tu aurais fait si mamie t'avait mis un chiot sur les bras quand on était gamines ?

— Parce que tu penses que ce n'est pas ce qui s'est passé ? demanda-t-il en haussant un sourcil. Tu penses vraiment que j'aurais choisi Barky moi-même ?

Une image du corniaud pelé tellement nerveux et incontrôlable qu'il avait détruit trois clôtures en six mois s'imposa à l'esprit de Noel. Ce chien était arrivé chez eux avec des touffes de poil arrachées, une patte boiteuse et aucune éducation. Ils avaient réussi à soigner sa patte et ses problèmes de peau, mais pas vraiment ses manières. Le chien avait fait des bêtises tous les jours de sa vie, y compris le dernier où il avait déterré la plupart des légumes d'hiver du jardin, quelques heures seulement avant de s'endormir de son dernier sommeil.

Il avait fini par mourir de vieillesse, mais il avait eu une vie bien remplie. Il s'était si souvent attiré des ennuis en s'en sortant de justesse qu'il devait avoir eu neuf vies, comme les chats.

— C'est à cause de mamie qu'on a eu Barky ? demanda Noel avec incrédulité. Est-ce qu'elle était folle ?

— Je répondrais oui, dit Lin en lui souriant. Il s'était pointé devant sa porte et personne ne voulait le prendre à part un refuge à Eureka où il l'aurait euthanasié. Alors elle a paniqué, elle est venue ici et elle l'a offert à Yvette. Celle-ci s'est illuminée comme un sapin de Noël et c'était fini. Il n'y a plus jamais eu de paix chez les Townsend.

— Si *Buffy* est comme Barky, tu vas me devoir des dommages et intérêts.

— Ne t'inquiète pas, Noel, dit Lin. Aucun chien ne sera jamais aussi terrible que Barky. Il a choppé la médaille du pire chien de la galaxie et l'a enterrée dans le jardin.

Lin repartit dans la cuisine et Noel ne put s'empêcher de remarquer qu'il se déplaçait plus lentement que quelques mois auparavant. Il semblait plus maigre, plus fragile aussi. *C'est la chimio*, se dit-elle.

On avait diagnostiqué un cancer à son père trois mois auparavant. Une leucémie. Et le fait que les Townsend étaient une famille de sorciers et sorcières ne changeait rien à l'affaire. Abby pouvait lui concocter des potions énergisantes, mais c'était tout. Tout ce que Noel pouvait faire pour lui, c'était manipuler la température de l'air. Elle n'était rien de plus qu'une clim au rabais. En d'autres circonstances, cette image l'aurait amusée, mais après la journée qu'elle avait eue, c'était trop.

L'émotion lui serra la gorge et menaça de l'étouffer. Elle ne voulait pas voir son père s'affaiblir ou réfléchir à la possibilité que Xavier soit dans les parages et fasse exprès de l'éviter... ou pire, que son cadavre repose au fond d'un fossé. Elle avait beau lui en vouloir, non seulement pour être parti, mais surtout pour être parti comme il l'avait fait, elle ne voulait pas pour autant qu'il lui arrive du mal. Pas juste pour Daisy, mais pour elle aussi. Elle l'avait aimé à une époque.

— Noel ? demanda Abby en lui touchant le bras. Il y a un truc. Qu'est-ce qui ne va pas ?

— Tout va bien, répondit-elle d'un ton un peu trop sec.

La mine inquiète d'Abby se transforma en une expression blessée et Noel se maudit. Sa relation avec sa sœur était déjà un peu tendue. Quand Abby avait fait ses bagages et était partie juste après le bac, c'était Noel qui l'avait le plus mal pris. Abby avait été sa meilleure amie et quand elle était partie, elle n'avait pas juste quitté la ville. Elle avait laissé toute sa famille derrière et n'avait fait que peu d'efforts pour garder le contact ou leur rendre visite. Noel avait souvent eu l'impression d'avoir perdu une partie essentielle d'elle-même et le fait qu'Abby n'ait pas eu l'air de ressentir la même chose n'avait fait qu'ajouter du sel sur la blessure. Depuis qu'elle était revenue deux mois auparavant, Noel faisait de son mieux pour oublier le passé, mais elle n'y parvenait pas toujours.

Ce soir, par exemple. La journée l'avait bouleversée et tout ce qu'elle voulait, c'était rentrer chez elle avec sa fille.

— Daisy, allons-y, ma puce.

— Viens, Buffy, dit la petite au chiot qu'elle serrait toujours contre son cœur.

Sa fille se dirigea vers la porte tandis que Lin lui passait les affaires pour chien et la caisse.

— Tu me remercieras plus tard, lui dit-il en la serrant dans ses bras avec plus de vigueur qu'elle ne s'y était attendue.

Les larmes lui montèrent aux yeux, mais elle les ravala. Noel ne pleurait pas. Pas devant les gens en tout cas, et certainement pas devant son père. Elle ne voulait pas l'inquiéter alors qu'il avait déjà bien assez de soucis comme ça.

— J'en doute, dit-elle en lui rendant son étreinte.

Elle le garda dans ses bras quelques secondes supplémentaires. Quand il se retira, il la regarda fixement :

— Qu'est-ce qui ne va pas, Noel ?

— Rien, dit-elle en secouant la tête. J'ai juste eu une longue journée. Bon, il faut que je ramène Daisy *et le chiot* à la maison.

Il l'observa encore quelques secondes. Noel l'embrassa sur la joue et lui sourit. Elle le lâcha et dit en commençant à avancer :

— Bonne soirée, papa. Merci de t'être occupé de Daisy.

— Pas de souci. Tu sais que j'adore l'avoir ici, dit-il.

Noel se sentit réchauffée de l'intérieur à ces mots. Elle fit un dernier signe de la main avant de se glisser hors de la maison. Daisy l'attendait déjà sous le porche. Noel se débrouilla pour prendre le sac et la caisse d'une seule main, et pour tenir sa fille de l'autre.

— Par ici, ma puce.

CHAPITRE 6

Drew jeta un regard à Daisy et sourit en voyant le chiot. Il pensait bien que Noel craquerait.

— Alors c'est qui, ça ? demanda-t-il à Daisy.

La fillette bâilla en caressant la tête du chien.

— C'est Buffy.

— Buffy ? répéta-t-il en riant. Qui a trouvé ce nom ?

— Tata Abby. Elle a dit que maman adorait Buffy.

Drew jeta un regard à Noel avec une mine amusée.

— Buffy… la Tueuse de vampires ?

— Exactement, intervint quelqu'un alors que Noel était sur le point de fermer la portière.

Drew étrécit les yeux et parvint à distinguer la silhouette d'Abby dans l'obscurité. Le clair de lune faisait paraître ses longs cheveux blonds presque argentés.

— Bon sang, marmonna Noel en se tenant le cœur d'une main.

À l'évidence, Abby l'avait fait sursauter. Elle se pencha et s'appuya d'un bras à la portière entrebâillée.

— Elle regardait cette série en boucle. Je me suis dit que ce nom la mettrait peut-être dans de bonnes dispositions.

Drew plissa les yeux pour mieux la voir dans l'obscurité et il sentit son sang se figer. Cela faisait plus de dix ans et il avait toujours du mal à se trouver en sa présence. Ce n'était pas quelque chose dont il était fier ; il semblait juste avoir du mal à dépasser ce traumatisme. Chaque fois qu'il la voyait, tout ce qu'il avait en tête, c'était le corps sans vie de Charlotte dans cette cabane sur le terrain des Townsend.

— Eh, Drew, qu'est-ce que tu fais là ? demanda-t-elle.

Soit elle n'avait pas conscience de son malaise, soit elle était déterminée à l'ignorer. L'un des deux. Drew se racla la gorge.

— La batterie de Noel est morte. Je suis juste là pour dépanner une vieille amie.

Abby inclina la tête de côté et son regard passa de lui à Noel.

— Je vois. Des amis.

— Abby, intervint Noel d'un air d'avertissement. Il te fallait quelque chose ? Je suis crevée et Daisy devrait déjà être au lit.

Abby leva les mains et recula d'un pas.

— Désolée. Je ne voulais pas te retenir. Je voulais juste vérifier que tout allait bien. Tu as l'air un peu… patraque.

Noel se raidit à ces mots et Drew réprima une envie de prendre sa main pour lui offrir un soutien silencieux. Au lieu de ça, il resserra sa prise sur le volant.

— Ça fait une décennie que je suis « patraque », Abby. Ou bien tu n'avais pas remarqué ? rétorqua Noel.

Oh là, pensa Drew. Qu'est-ce qui se passait là ? Était-il possible que Noel soit toujours fâchée contre sa sœur pour avoir quitté la ville à l'époque ? Il pensait qu'elles s'étaient réconciliées, mais peut-être qu'il se trompait.

Abby prit une brève inspiration et son visage inquiet afficha soudain une expression mi-blessée, mi-agacée.

— Laisse tomber. Fais comme si je n'avais rien dit.

Elle fit un signe de tête à Drew.

— Bonne soirée, Adjoint Baker.

— Bonne soirée, Abby, répondit-il.

— Mince, dit Noel à mi-voix en regardant sa jeune sœur repartir dans la maison d'un pas pressé.

Drew mit le contact et quitta l'allée. Il jeta un coup d'œil dans le rétroviseur et une bouffée de tendresse le submergea en avisant Daisy et son chiot qui dormaient tous les deux.

— Tu veux en parler ? demanda-t-il à Noel.

— Non.

Elle croisa les bras devant sa poitrine et regarda par la fenêtre.

— Oui, je comprends. Mais ce n'est pas très sain de garder toute cette colère en toi. Il va probablement falloir que tu lui pardonnes un jour.

Noel renifla.

— Parce que toi tu lui as pardonné ?

— Oui, dit-il simplement.

— Ce sont des conneries et tu le sais, répliqua-t-elle. Tu n'arrives même pas à la regarder dans les yeux.

— Ce n'est pas entièrement faux.

Il prit à droite au bout de l'allée pour revenir vers la ville.

— Mais ça ne veut pas dire que je ne lui ai pas pardonné. Toi et moi savons tous les deux que ce qui est arrivé à Charlotte n'était pas de la faute d'Abby. Elle ne mérite pas de payer pour ça jusqu'à la fin de ses jours, Noel. Est-ce qu'elle n'a pas déjà assez souffert comme ça ? Est-ce que ce n'est pas le cas pour nous tous ?

— Si, répondit-elle dans l'obscurité.

Elle n'ajouta rien de plus.

Charlotte avait été le premier amour de Drew et la meilleure amie d'Abby. Au printemps de leur année de terminale, Charlotte avait contracté une sorte d'infection et aurait dû manquer le bal de fin d'année pour se remettre. Elle avait supplié Abby de lui concocter une potion énergisante pour pouvoir y aller quand même. Elle s'était montrée très persuasive et Abby avait fini par accéder à sa requête.

Drew avait emmené Charlotte au bal. Ç'avait été une excellente soirée… jusqu'au moment où elle lui avait demandé de l'emmener chez Abby. Elle avait dit qu'elle avait juste besoin d'y faire un saut pour récupérer quelque chose. Vingt minutes plus tard, quand il était allé la chercher à l'intérieur, Drew l'avait retrouvée morte dans l'atelier d'Abby où elle était allée boire une deuxième dose de la potion énergisante.

Charlotte n'avait dit à aucun d'eux qu'elle était atteinte d'une maladie mortelle dont elle ne pouvait guérir. La potion avait été trop difficile à supporter pour son corps affaibli. Elle était morte la veille de son dix-huitième anniversaire. C'était un souvenir qui le hantait toujours.

Il supposait que ce serait le cas jusqu'à la fin de sa vie.

~

Il était neuf heures passées quand Drew revint dans le bureau du shérif. Il s'assit à son bureau et se passa une main sur le front. Il avait déposé Noel, Daisy et le chiot à l'auberge, avait promis de passer les voir le lendemain et était parti tout droit pour le bureau. Dormir était hors de question. Tandis qu'il attendait Noel devant chez les Townsend, la pensée qu'il devait faire quelque chose pour l'aider n'avait cessé de le tourmenter. Il savait que Noel se débattait avec le fait que Xavier ne les ait pas contactées… enfin, surtout Daisy. Et, encore pire désormais, elle ne savait même pas s'il était toujours en vie.

Tandis qu'il attendait dans le noir, Drew avait décidé de faire tout ce qui était en son pouvoir pour retrouver son ex. D'une façon ou d'une autre, il aiderait Noel à obtenir les réponses qu'elle méritait. Et il savait mieux que quiconque que le bureau du shérif du comté n'allait pas faire de cela une priorité, quoi qu'en dise Reilly. Ils n'avaient simplement pas assez de personnel pour s'attarder sur une affaire où il y avait si peu de preuves.

Drew se prépara du café, alluma l'ordinateur et se mit au travail. Une demi-heure plus tard, il avait envoyé des scans des photos de Xavier au bureau du comté et il avait fait des copies de son nouveau permis de conduire. Il fourra les papiers et les photos dans un dossier, ferma le bureau et partit droit à la brasserie de Keating Hollow.

Celle-ci était la propriété de Lincoln Townsend, mais c'était un ami de Drew, Clay Garrison, qui la tenait actuellement. Clay était un sorcier de terre qui utilisait ses talents pour faire la meilleure bière de la côte ouest.

Drew ouvrit la porte de la brasserie et s'arrêta net devant la vue qui s'offrait à lui. Son pote avait plaqué Abby Townsend contre le bar et l'embrassait d'une façon qui n'était pas appropriée pour tous les publics.

Drew se racla lourdement la gorge.

Le couple se figea. Et puis Clay jeta un regard en arrière et dit :

— Va-t'en.

Abby pouffa de rire et se défit de son étreinte.

— Drew, dit-elle en le regardant avec suspicion. Est-ce que tout va bien avec ma sœur ?

Il hésita. Noel n'avait pas voulu mettre sa famille au courant de ce qui s'était passé ce jour-là, préférant éviter leurs questions. D'un autre côté, la nouvelle qu'un cadavre avait été trouvé à Trinidad allait se répandre. Et il était assez probable que comme une enquête était ouverte, le nom de Xavier serait mentionné. Ils finiraient par être mis au courant. Mais il ne voulait tout de même pas trahir la confiance de Noel.

— Drew, répéta Abby. Qu'est-ce qui se passe ?

— Tu devrais lui parler.

Il marcha jusqu'au bar et s'assit. Elle resta silencieuse en l'examinant avant de hocher la tête.

— C'est ce que je vais faire.

Drew l'observa. Il s'était attendu à ce qu'elle proteste, qu'elle exige qu'on la mette au courant. Au lycée, Abby était implacable. Elle n'aurait jamais laissé tomber si facilement alors qu'elle voulait savoir quelque chose. Mais tandis qu'il la dévisageait, il vit en elle une maturité et une acceptation tranquille qu'il n'avait pas remarquées depuis qu'elle était revenue en ville. Dix ans, c'était long. Il n'aurait pas dû être surpris par sa transformation. Dieu savait qu'il n'était certainement pas la même personne qu'à l'époque lui non plus.

Abby se tourna, embrassa Clay une dernière fois et dit :

— Je file… je vais peut-être faire trempette avant que tu arrives.

Clay la détailla du regard, visiblement en train de l'imaginer dans son bain. Il la tira contre lui et murmura quelque chose à son oreille. Elle lui adressa un sourire mutin et promit de chauffer les draps pour lui.

Drew détourna le regard et demanda en désignant les tireuses à bière :

— Je peux ?

— Sers-toi, dit Clay en raccompagnant Abby à la porte.

Combien de fois Drew les avait-il vus ainsi au lycée ? Des

centaines. Il passait son temps avec eux, Charlotte dans ses bras à lui. Une douleur sourde pulsa dans sa poitrine tandis qu'il emplissait une pinte avec une Porter de saison. Il s'assit au bar et vida presque la moitié de la bière, déterminé à anesthésier cette douleur.

La porte claqua en se refermant et Clay revint au bar. Il jeta un coup d'œil à Drew, avisa son verre à moitié vide et commença à se verser une Porter aussi.

— Dure journée ?

— On peut dire ça.

Drew grimaça en prenant une autre gorgée de bière. Clay était son meilleur ami depuis l'école primaire. Ils avaient fait un tas de bêtises ensemble, et ils étaient restés aux côtés l'un de l'autre dans les meilleurs et les pires moments de leur vie, alors il ne fut pas surpris quand Clay tira le siège à côté du sien et dit :

— Il y a clairement quelque chose qui t'a remué. Je mettrais cent dollars sur Noel.

Drew grinça des dents et serra les poings, agacé.

— Je dirais que ce n'est pas un pari très risqué puisque je suis sûr qu'Abby t'a dit qu'elle nous avait vus ensemble.

Clay pouffa de rire.

— Bien sûr, ça aide, mais ce n'est pas pour ça que je parierais là-dessus. Les seules fois où je te vois avec un air aussi torturé, c'est après lui avoir parlé. Admets-le, mon vieux. On sait tous les deux que tu as envie d'elle.

— Ce n'est pas…

Drew secoua la tête.

— Je n'ai pas ce genre de relation avec Noel.

Clay renifla.

— Sans rire. C'est bien là le problème.

Drew vida le reste de son verre, jeta un billet de dix sur le bar et se leva. Il n'était pas d'humeur à avoir une conversation à cœur ouvert. Pas ce soir.

— Merci pour la bière. À demain.

— Attends.

Clay attrapa son verre et le remplit à nouveau. Et puis il refila le billet de dix à son ami.

— C'est moi qui offre.

Drew baissa les yeux sur la bière et capitula. Il ne pouvait tout de même pas laisser une bonne mousse se perdre, n'est-ce pas ?

— D'accord. Mais arrête de me casser les couilles.

La bouche de Clay esquissa un léger sourire.

— Bien sûr, mon vieux. Comme tu voudras.

Il leva son verre pour porter un toast.

— Aux belles-sœurs Townsend.

— Tu es un sale con, tu le sais, hein ? dit Drew en levant son verre.

— Tout à fait, sourit Clay.

En secouant la tête, Drew entrechoqua son verre avec le sien et dit :

— Aux belles-sœurs Townsend.

CHAPITRE 7

Noel se tenait sur le seuil de la chambre de sa fille, une potion calmante à la main. Daisy était profondément endormie mais Buffy, assise au bord du lit, geignit de façon absolument pathétique.

— Tu as besoin de sortir ? chuchota Noel à la chienne.

Celle-ci geignit à nouveau. Noel posa la potion sur la commode de Daisy, prit le chiot dans ses bras et se dirigea vers le petit jardin juste devant la cuisine. Une fois dehors, elle déposa Buffy dans l'herbe et dit :

— C'est ici que tu fais tes besoins.

Buffy s'assit aussitôt à ses pieds et la contempla avec ses grands yeux pleins d'adoration. Noel soupira.

— Vraiment ?

Le chien remua la queue et sauta contre sa cheville.

— Viens.

Noel fit marcher la chienne en rond dans la petite pelouse pendant une éternité jusqu'à ce qu'elle s'accroupisse enfin.

— C'est bien. Du premier coup et tout, la félicita Noel avant de la reprendre dans ses bras. Il faut faire comme ça à chaque fois, d'accord ?

Une fois de retour à l'intérieur, elle récompensa le chiot avec une des friandises fournies par son père et le ramena dans la chambre de Daisy. Elle le déposa dans la caisse au pied du lit de Daisy et murmura :

— Dodo maintenant. À demain toutes les deux.

À peine eut-elle refermé la grille que Buffy se mit à gémir. Il suffit d'un seul regard à sa fille en train de dormir tranquillement pour que Noel relâche le chiot.

— Ça ne va pas marcher, dit-elle au chien. Allez viens.

Elle ressortit de la chambre le chiot dans une main et la caisse dans l'autre.

L'épuisement la submergea et ses yeux s'humidifièrent alors qu'elle bâillait. Elle rêvait juste de s'effondrer dans son lit, mais d'abord, il lui fallait une douche pour l'aider à se défaire des souvenirs de la morgue. L'image du cadavre lui revint, dans tous ses détails. Ses yeux ronds et dépourvus de vie, ses lèvres bleues, ses joues gonflées. Il ne ressemblait pas du tout à Xavier, mais elle avait le sentiment qu'elle se souviendrait de ce visage pour le reste de ses jours.

Elle transporta Buffy jusqu'à la salle de bain et la déposa par terre. Ensuite elle se déshabilla rapidement et grimpa dans la douche où elle se contenta de rester immobile sous l'eau brûlante qui purifiait son âme. Quand elle en émergea enfin, elle s'enroula dans un peignoir épais et retourna dans la petite cuisine, Buffy sur les talons, où elle se fit une tasse de chocolat chaud.

Elle se tenait devant le bar, en train de remuer son chocolat, quand elle entendit Buffy faire un petit *kaï*. Elle fit le tour de la cuisine des yeux et trouva le chiot coincé entre le mur et un ficus en pot. Elle pouffa de rire, libéra la chienne et partit s'installer sur le canapé du salon. Elle jeta un coup d'œil au chiot.

— On dirait que tu vas avoir besoin d'un peu plus de surveillance.

Buffy répondit en se roulant en boule sur ses genoux et en s'endormant aussitôt.

— Forcément.

Noel caressa le chien et se renfonça contre les coussins. Alors qu'elle sirotait son chocolat, son regard tomba sur la table basse et la boîte pleine de photos qui était restée ouverte. Elle les avait laissées là après en avoir rapidement choisi quelques-unes pour que Drew les fasse passer au bureau du shérif du comté. Elle n'avait pas ouvert cette boîte depuis trois ans. Mais maintenant que c'était fait, elle était incapable de résister à cette déambulation dans ses souvenirs.

C'était une erreur.

Voir leur vie passée, l'espoir et le bonheur, Xavier sourire à Daisy, le regard plein d'amour, la terrassa de douleur et lui coupa le souffle. Elle bascula en avant et retint au dernier moment le bol de chocolat avant qu'il ne tombe par terre. Le ventre douloureux, elle haleta, en manque d'air.

Bon sang ! À quoi est-ce qu'elle pensait ? C'était exactement pour ça qu'elle avait refermé la porte sur son passé. Xavier lui avait déjà assez coûté comme ça : elle refusait de laisser son souvenir lui arracher encore davantage. Elle referma violemment le couvercle de la boîte, ce qui fit sursauter Buffy. La chienne releva la tête alors que Noel glissait la boîte sous le canapé. Hors de sa vue, hors de ses pensées.

Si seulement ça pouvait être aussi simple.

Elle rassura le chiot. Quand Buffy se recoucha, Noel s'enfonça dans les coussins et ferma ses paupières fatiguées.

Elle se réveilla en sursaut, le cœur battant, tirée du sommeil par les cris de sa fille.

Ses sanglots étaient plus forts que d'habitude, plus vifs, presque paniqués. Noel bondit du canapé et se précipita dans sa chambre. Daisy était assise dans son lit, elle hoquetait sans respirer tandis qu'elle fouillait frénétiquement les couvertures.

— Elle est partie ! Je ne la trouve pas.

Daisy tourna son regard baigné de larmes vers Noel.

— Maman, où est-ce qu'elle est ?

Noel se tint le cœur en comprenant quel était le problème. Daisy faisait une crise de panique parce que Buffy n'était pas là.

— Elle est dans le salon, mon cœur. Je vais la chercher.

Mais Daisy n'attendit pas. Elle bondit hors de son lit et se précipita dans l'autre pièce.

— Buffy ! hoqueta-t-elle à travers ses larmes. Ne… ne me laisse pas comme ça.

Noel suivit sa fille, mais juste au moment où elle s'apprêtait à quitter la chambre, elle avisa la bouteille de potion calmante. Mince, elle avait oublié de la donner à Daisy. Ce n'était pas étonnant qu'elle se soit réveillée en panique.

De grosses larmes coulaient sur les joues de Daisy alors qu'elle serrait le chiot contre sa poitrine comme si sa vie en dépendait.

Le cœur de Noel faillit se briser. Elle saisit la potion et rejoignit sa fille sur le canapé. Elle posa la bouteille sur la console et entoura Daisy de ses bras. La petite fille pleura doucement tandis qu'elle câlinait le chiot. Noel la berça tendrement en murmurant des paroles de réconfort, comme à chaque fois que sa fille faisait une crise d'angoisse nocturne. Ça avait commencé peu de temps après que Xavier les avait quittées. Daisy s'endormait et, presque chaque nuit, elle se réveillait en panique et cherchait sa mère. Sa psychologue n'arrêtait pas de dire que ça allait lui passer, mais Noel était sceptique. À moins que quelqu'un n'enchante Daisy pour qu'elle n'ait plus de rêves, Noel doutait franchement que ça passe. La nouvelle potion calmante qu'Abby lui avait concoctée faisait du bien, mais ça ne marchait pas à tous les coups et certainement pas quand Noel oubliait de la lui donner.

Les pleurs de sa fille s'apaisèrent enfin et Noel recula juste assez pour pouvoir la regarder. Daisy avait les yeux fermés et sa respiration s'était calmée.

— Tu dors déjà, ma puce ? murmura-t-elle en écartant délicatement ses boucles brunes.

Daisy ne broncha pas.

Noel jeta un regard au chiot blotti sur ses genoux et soupira. On dirait bien qu'elle allait avoir de la compagnie dans son lit. Elle posa Buffy par terre, attrapa la potion et se leva sans lâcher Daisy. Elle porta la petite fille dans sa chambre et dit :

— Allez viens, Buffy. Il est l'heure d'aller se coucher.

Le chien obéit et trottina à ses côtés comme si elle savait déjà où elles allaient.

— Tu es maligne, hein ? dit Noel en déposant Daisy sur le lit.

La fillette s'agita et cligna des yeux en la regardant.

— Où elle est, Buffy ?

— Là, ma puce.

Noel lui passa la chienne avant de lui tendre la potion.

— Bois ça avant de te rendormir.

Daisy fit ce qu'on lui demandait sans discuter et puis elle se blottit sous les couvertures. Le chiot tourna trois fois sur lui-même avant de se coucher, la tête sur l'oreiller juste à côté de Daisy.

Noel ne put s'empêcher de sourire en les regardant. Elle ne

pensait pas avoir jamais rien vu d'aussi mignon. Le cœur un peu moins contusionné, elle grimpa à côté d'elles, les embrassa toutes les deux, puis elle ferma les yeux et laissa la nuit s'emparer d'elle.

CHAPITRE 8

— Noel ? Où es-tu ?

Des bruits de pas sur le plancher tirèrent Noel d'un sommeil profond et sans rêves. Elle s'assit tout droit et plissa les yeux, aveuglée par le soleil qui s'engouffrait par la fenêtre.

— Abby ? répondit-elle en se frottant les yeux. Je suis réveillée. Qu'est-ce qui se passe ?

— Noel ?

Abby passa la tête dans la chambre de sa sœur. Ses cheveux blonds étaient tirés en un chignon mal fait et elle portait son tablier de travail comme si elle s'était dépêchée de venir ici depuis son atelier.

— Est-ce que ça va ?

— Oui, je crois, dit-elle à travers un bâillement. Pourquoi ?

— Il est presque dix heures. Certains de tes clients sont descendus au café pour se plaindre de l'absence de petit déjeuner.

Noel se dressa d'un bond et regarda son réveil. Il indiquait 9 h 47.

— Oh la vache !

Elle jaillit du lit et courut dans la salle de bain. Moins de deux minutes plus tard, elle en ressortait en courant pour enfiler un jean et le pull le plus proche.

— Daisy, tu as tes chaussures ?

— Je l'ai déjà emmenée à l'école, répondit Abby depuis le salon.

Noel se figea, le sang toujours parcouru d'adrénaline. Puis elle vint se placer sur le seuil de sa chambre et contempla sa sœur qui était assise par terre au milieu de la pièce, en train de câliner Buffy. Même si elle portait un vieux jean et un tee-shirt de la brasserie de Keating Hollow sous son tablier, elle était magnifique, comme toujours. Ses yeux bleu clair étaient saisissants, et ses joues étaient naturellement rosies, lui donnant une apparence ingénue.

— Comment ça, tu l'as emmenée à l'école ?

Elle haussa les épaules.

— Tu étais dans les vapes. Complètement partie. Quand j'ai essayé de te réveiller, tu m'as fait signe de partir et tu as roulé sur le côté. Alors je lui ai mis un repas dans son sac, je lui ai fait prendre le petit déjeuner et je l'ai emmenée à l'école. Je t'ai laissé un mot, mais bien sûr tu ne l'as pas vu.

Elle se remit sur ses pieds pour désigner un papier sur la table basse.

— Qu'est-ce qui se passe ? Tu es malade ?

Noel avança jusqu'au canapé et se laissa lentement tomber sur les coussins en se prenant la tête dans les mains.

— Non. J'ai juste… bon sang.

Elle releva la tête vers Abby.

— Je n'arrive pas à croire que tu sois passée devant moi, que tu aies préparé ma fille pour l'école et que tu sois partie sans que je remarque rien. Devant moi ! Une sorcière d'air ! J'entends *tout*.

Abby se contenta de hausser les épaules.

— Tu devrais aller voir un guérisseur pour faire un bilan.

Noel serra les poings et ravala son envie de hurler. Qu'est-ce qui lui arrivait ? Elle ne manquait jamais son réveil et sa magie ne l'avait jamais laissé tomber jusqu'alors. Elle n'arrivait simplement pas à comprendre comment elle avait pu ne pas entendre sa sœur ou Daisy ce matin. Elle se leva et prit une grande inspiration.

— Merci d'avoir emmené Daisy à l'école. Je t'en dois une.

— Mais non, dit Abby en riant. C'est à ça que servent les frangines, tu sais. On s'aide les unes les autres. Bon, si on allait se prendre un petit déjeuner pendant que tu me racontes tout ce qui se passe avec l'adjoint Baker et ce que tu faisais dans sa voiture hier soir ?

Elle gratifia Noel d'un sourire taquin.

— Tu as vu ce qu'il a sous le capot ? C'est pour ça que tu as fait la grasse matinée ?

Noel fit la tête.

— Tu n'as aucune idée de ce que tu racontes.

Le sourire d'Abby disparut et elle fixa sa sœur avec intensité.

— Tu as raison. Je n'en ai aucune idée à l'évidence. Alors pourquoi tu ne me laisserais pas t'offrir un petit déjeuner pendant que tu me racontes ce qui se passe ?

— Il n'y a rien…

— Noel, l'interrompit Abby avec un soupir exaspéré. J'ai vu Drew hier soir à la brasserie. Il n'a pas voulu me dire ce qui se passait, mais je sais qu'il y a un truc. Tu n'es pas obligée de me le dire, mais j'aimerais vraiment que tu le fasses.

L'inquiétude sur le visage d'Abby transperça les défenses de Noel. Ses boucliers s'évanouirent et elle se retrouva transportée à une époque où elle et Abby se disaient tout. Elle avait envie de lui parler, de ressentir à nouveau cette proximité. Elle n'était seulement pas certaine d'en être capable. La confiance ne lui venait pas aisément ces temps-ci. Mais elle n'avait pas envie de se fermer. Il fallait qu'elle essaie. Elle hocha la tête et dit :

— Du café d'abord.

— Par la déesse, merci, dit Abby, les lèvres retroussées en un petit sourire. J'ai apporté du café ce matin, mais quand j'ai vu que tu n'étais pas réveillée et que Daisy était toujours en pyjama en train de jouer avec le chien, j'ai dû passer à la vitesse supérieure pour l'amener à l'école. J'avais complètement oublié. Mais si je n'ai pas ma dose de caféine bientôt, ça va dégénérer.

Noel souffla.

— Je t'en prie. Tu es aussi guillerette qu'à ton habitude.

— Guillerette ?

Abby lui jeta sa veste.

— Depuis quand je suis *guillerette ?* C'était toi la pom-pom girl.

— Ça, c'était juste parce que je voulais me la péter devant Trent Stevens, répliqua-t-elle en riant avant de grimacer à ce souvenir.

Noel était toute dégingandée au lycée et elle n'aurait jamais dû essayer de danser devant des gens.

— On me mettait toujours dans le fond pour que personne ne voie à quel point j'étais mauvaise.

— Ce n'était pas si terrible que ça, protesta Abby.

— Vraiment ?

Noel remonta sa manche pour révéler une cicatrice pâle sur son avant-bras.

— Je me suis retrouvée avec ça parce que je ne savais pas différencier ma gauche de ma droite et que je me suis précipitée devant Shannon alors qu'elle lançait la jambe en l'air. J'ai atterri sur le flanc et je me suis cassé le poignet.

— Oh, c'est vrai.

Abby lui donna un coup de coude.

— Quelqu'un aurait dû te confisquer tes pompons.

Noel attrapa Buffy, la fit sortir, et la ramena à l'intérieur où elle l'enferma dans sa niche.

— Je reviens bientôt. Sois sage.

— Tu as eu de la chance d'avoir celle-ci, dit Abby. Faith n'a pas dormi de la nuit. Elle dit que le chiot a fait pipi dans son lit, a mangé son tee-shirt préféré et a pleurniché la moitié de la nuit. Elle dort debout.

Noel jeta un regard horrifié à Abby avant de revenir vers Buffy.

— Tu es le meilleur toutou du monde. On revient.

Abby pouffa de rire et la conduisit à l'extérieur de l'auberge pour la mener vers le salon de thé de la ville, le Café Incantation.

Hanna Pelsh les vit entrer et leur sourit largement depuis le comptoir. La lumière du matin filtrait à travers la fenêtre et illuminait sa peau mate et Noel fut débordée par l'envie de prendre à nouveau des photos d'elle. La photo était l'une de ses passions et Hanna était son modèle préféré.

— Bonjour, mesdames.

— Bonjour, Hanna, répondit Noel. Il me faut le plus fort et le plus grand de tes cafés.

Ça la fit rire.

— Matin difficile ?

— On peut dire ça.

Noel se tourna vers sa sœur.

— La même chose ?

— On va plutôt partir sur le moka le plus fort et le plus grand que tu fasses, dit-elle à Hanna. Il me faut du sucre.

Hanna haussa les sourcils.

— Votre matinée a l'air bien corsée. Tu n'es pas déjà passée par ici ce matin ? demanda-t-elle à Abby.

— Oui, mais c'était un coup pour rien. Oh, et tu ferais bien de nous mettre deux de ces feuilletés aux amandes aussi.

— Et des petits gâteaux, ajouta Noel en hochant sombrement la tête. C'est une sacrée journée.

Hanna fronça les sourcils.

— Si grave que ça ?

Les deux sœurs se regardèrent. Et puis Noel répondit :

— Oui.

— Ce n'est pas Lincoln, tout de même ? demanda Hanna en faisant référence à leur père.

Son inquiétude était visible et cela réchauffa le cœur de Noel. Hanna faisait presque partie de la famille et ça faisait du bien de voir qu'elle tenait autant à Lin que les sœurs Townsend elles-mêmes.

Noel se tourna vers Abby en se rendant compte que c'était la première fois depuis des jours qu'elle ne s'était pas réveillée en s'inquiétant pour lui. Jusqu'à quelques semaines auparavant, c'était Noel qui l'emmenait à tous ses rendez-vous pour la chimio, elle aussi qui suivait ce qu'il prenait comme potions et médicaments. Mais depuis qu'Abby avait récupéré son atelier dans la cour de la maison de famille, c'était elle qui s'en chargeait. C'était juste plus logique. Elle était là, c'était plus facile pour elle de garder un œil sur lui.

— Papa va bien, n'est-ce pas ?

— Oui, répondit-elle. Tout va bien. Il se sent mieux. Les

nausées sont maîtrisées et il est beaucoup moins fatigué qu'avant.

— Super, dit Hanna avec un grand sourire. Alors c'est juste une journée pourrie normale ?

Abby pouffa de rire tandis qu'elle payait leur petit déjeuner.

— En gros.

— Allez vous asseoir. Je vous amènerai vos boissons et vos pâtisseries, dit Hanna.

Noel suivit sa sœur à une table dans un coin près de la fenêtre.

— Assieds-toi. Et balance-moi tout, dit Abby en s'installant.

— Comme ça, là ? Tu ne me laisses même pas profiter de mon café d'abord ? demanda Noel en s'asseyant en face d'elle.

Elle appuya son menton sur ses mains.

— Il vaut mieux arracher le pansement d'un coup, tu ne crois pas ?

Le soleil brillait à travers la fenêtre et baignait sa petite sœur d'une douce lumière. Elle irradiait presque de bonheur. Si Noel avait eu son appareil photo sous la main, elle aurait pris quelques clichés.

Elle se renfonça dans son siège et elle vit vraiment sa sœur pour la première fois depuis des années.

— Tu as l'air…

— D'avoir besoin de dormir une semaine complète et de passer chez l'esthéticienne ? demanda Abby avec un petit sourire triste. Je brûle la chandelle par les deux bouts pour essayer de finir mes commandes de Noël. Si je dois encore faire un carton de lotions cette année, je crois que je vais devenir folle.

Abby était une sorcière de terre et elle gagnait bien sa vie en vendant des savons et des produits de beauté infusés de magie.

Les affaires florissaient et les commandes pour les cadeaux de Noël la tenaient terriblement occupée. Même si on était début décembre, elle avait toujours des commandes à honorer… des commandes urgentes parce que les magasins étaient à court de produits. Noel n'aurait pas pu être plus fière de sa petite sœur.

— Mais non.

Noel tendit la main par-dessus la table et couvrit celle de sa sœur de la sienne.

— Tu as l'air radieuse. Posée. Satisfaite. C'est vraiment chouette.

Elle rendit à sa sœur son petit sourire triste et ajouta :

— Et vraiment agaçant.

Abby secoua la tête, l'air à la fois amusée et exaspérée.

— Merci. Je suppose.

— C'était définitivement un compliment, dit Noel alors qu'Hanna arrivait avec leur dose de caféine et les gâteaux.

— Dites-moi s'il vous faut autre chose, dit Hanna.

— Merci.

Abby serra sa main et elles échangèrent un sourire doux-amer.

Noel se sentit exclue. Elle n'aurait pas dû. Hanna était son amie aussi, mais Charlotte, la sœur d'Hanna, avait été la meilleure amie d'Abby. Elles avaient toutes les deux adoré Charlotte et la douleur qu'elles partageaient était profonde. À une époque, Noel avait eu une amitié telle que celle qu'avaient partagée Abby et Charlotte. Du moins, c'est ce qu'elle avait cru. Abby avait été sa meilleure amie ou elle l'avait été jusqu'à ce qu'elle quitte la ville et abandonne tout le monde derrière elle. Leur relation était partie en miettes et ce n'était que maintenant, plus de dix ans après, qu'elles essayaient de recoller les morceaux. Noel craignait qu'elles ne soient plus jamais aussi proches qu'elles l'avaient été autrefois.

— Noel, dit Abby, les sourcils froncés d'inquiétude. Qu'est-ce qui se passe au juste ? On dirait que quelqu'un t'a volé ton cadeau de Noël.

Noel laissa un petit rire lui échapper. C'était un peu ce qu'elle avait ressenti en étant témoin du moment qu'Hanna et Abby avaient partagé. Mais elle ne comptait pas dire ça à sa sœur. Elle n'était pas fière de ce qu'elle ressentait. C'était horrible d'être jalouse d'une amitié qui était si importante pour sa sœur.

— Ce n'est juste pas ma journée.

Hanna lui tapota l'épaule avec sympathie.

— Eh bien, ça je connais. Hier, j'ai trébuché sur le trottoir en arrivant et non seulement j'ai déchiré mon jean préféré, mais en plus je suis tombée dans une flaque de boue et j'ai cassé l'écran de mon nouvel iPhone. Pour combler le tout, Georgia était malade et j'ai dû tout faire toute seule.

Elle secoua la tête.

— C'était le bordel toute la journée. J'espère qu'avec un peu de sucre, de caféine, et de temps avec ta sœur, ça ira mieux pour toi.

— J'en suis sûre, dit Noel en prenant une gorgée de son latte.

Après le départ d'Hanna, Abby goûta son moka, se renfonça dans sa chaise et attendit. Son regard était si intense que Noel commença à se sentir mal à l'aise.

— Quoi ? demanda-t-elle.

— Il y a quelque chose qui ne va vraiment pas. La Noel que je connais n'hésite jamais à dire ce qu'elle pense à moins qu'il n'y ait quelque chose qui la perturbe. Tu n'as presque pas décroché un mot hier soir à part pour gronder papa à cause du chien. Ce matin, tu ne t'es pas réveillée, un truc qui ne t'arrive jamais, et tu ne m'as pas fait la leçon une seule fois sur le fait que je n'ai pas retiré mon tablier. Allez, qu'est-ce qui t'arrive ?

Noel prit un moment pour observer sa sœur. Abby avait raison. Elle n'était pas du tout elle-même. Normalement, elle se levait à six heures, elle faisait toujours très attention à ce qu'elle portait même si c'était un simple jean, et même si elle n'était pas forcément très bavarde, elle participait tout de même beaucoup plus aux conversations avec sa famille. Elle souffla, consciente qu'il fallait qu'elle lui dise. Si elle ne le faisait pas, elle prenait le risque de s'enfoncer encore davantage dans le marasme.

— Drew m'a emmenée à Eureka hier.

Abby cligna des yeux avant de se redresser sur son siège.

— Eureka ? Pourquoi ? C'était un rendez-vous amoureux ?

Un autre petit rire échappa à Noel.

— Comme si c'était dans l'ordre du possible.

— Tu lui plais, répliqua simplement Abby.

— Peut-être.

Noel arracha un morceau de sa viennoiserie, mais au lieu de la manger, elle la reposa dans l'assiette et jeta un regard entendu à Abby.

— Mais il n'est pas intéressé, alors laisse tomber, d'accord ?

Abby ouvrit la bouche pour répliquer, mais elle sembla comprendre que ce n'était pas une bonne idée et hocha la tête à la place.

— D'accord. Admettons. Pourquoi est-ce qu'il t'a emmenée à Eureka ?

— La police a trouvé un corps. Ils pensaient que c'était peut-être Xavier.

Abby laissa un petit cri lui échapper. Deux femmes à une autre table se tournèrent pour regarder les sœurs. Abby plaqua une main sur sa bouche et murmura :

— Désolée.

De son autre main, elle saisit celle de Noel.

— Dis-moi que ce n'était pas lui.

— Ils m'ont demandé de venir pour l'identifier, dit Noel d'une voix monocorde, comme si elle était en transe. Drew m'a conduite jusqu'à un bâtiment en briques très moche dans le centre-ville d'Eureka. Un immeuble d'un étage, beige, couvert de poussière.

Le silence s'installa entre elles. Noel laissa son regard se perdre par la fenêtre sans rien y voir, reconnaissante que sa sœur n'insiste pas pour qu'elle finisse. Elle n'arrivait pas à se sortir de la tête le moment où elle avait été persuadée qu'elle trouverait Xavier sous ce drap.

Une larme solitaire roula sur sa joue. Elle ne s'embêta pas à l'essuyer tandis qu'elle se tournait à nouveau vers Abby pour dire :

— J'étais tellement en colère quand il est parti. Je l'ai détesté, Abby. Ce qu'il nous a fait… ce qu'il a fait à Daisy. Certains jours, dans les pires moments, j'ai souhaité qu'il soit mort.

Abby serra la main de sa sœur fort dans la sienne.

— Je dirais que c'est une réaction naturelle. Il t'a fait du mal. Ça ne veut pas dire que tu le pensais.

— Je crois que je le pensais, hoqueta Noel. Mais je ne le pense plus maintenant. Je te jure que je ne le pense plus.

— Bien sûr que non.

Noel tremblait et elle se sentait transie jusqu'aux os quand elle regarda enfin sa sœur dans les yeux et dit :

— Ce n'était pas lui.

Le bois grinça sur le parquet quand Abby repoussa sa chaise. Elle relâcha l'air qu'elle semblait avoir retenu et se leva en tirant Noel sur ses pieds. Noel se figea momentanément alors que sa sœur l'entourait de ses bras.

— Ça va aller, Noel, chuchota Abby. Promis.

Noel ne savait pas si c'était le son de sa voix ou son étreinte, mais elle sortit soudain de sa transe et le soulagement et la gratitude l'envahirent. Elle enlaça Abby et elles se tinrent là un long moment toutes les deux, dans les bras l'une de l'autre.

— Ce n'était pas de ta faute, dit Abby. Rien de tout ça n'était de ta faute.

Noel recula, mettant une cinquantaine de centimètres entre elles.

— Comment tu sais ça ?

— Parce que je connais ma sœur, dit-elle avec conviction.

Noel n'était pas sûre du tout que ce soit vrai. Abby était partie pendant plus de dix ans. Mais en cet instant, elle voulait plus que tout la croire. Elle lui offrit l'ombre d'un sourire et dit :

— Merci.

— De rien, répondit Abby, l'air surprise et un peu perturbée.

Mais ensuite elle lui rendit son sourire et se rassit.

— Maintenant, bois ton café avant qu'il soit froid et que je doive t'en payer un troisième.

CHAPITRE 9

Drew n'arrivait pas à se sortir Noel de l'esprit. Trois jours s'étaient écoulés depuis qu'il l'avait emmenée à Eureka. Trois jours qu'il passait des coups de fil pour essayer de choper une piste sur son ex. Jusqu'ici, ça n'avait rien donné. Le bureau du shérif du comté avait fait passer cette affaire au second plan depuis qu'une altercation conjugale s'était transformée en chasse à l'homme.

Drew se leva de son bureau et passa dans le hall.

— Bon, Clarissa, je vais passer au Café Incantation. Vous voulez quelque chose ?

La jeune rousse se leva.

— Je peux y aller.

— Non, non, dit-il en secouant la tête. J'ai besoin de me dégourdir les jambes.

— Oh, d'accord.

Elle se rassit, l'air légèrement déçue, mais elle répondit :

— D'accord. Je n'ai besoin de rien. J'ai un thé déjà.

— Vous êtes sûre que vous ne voulez rien ? insista-t-il.

— Oui.

Elle se tapota le ventre.

— J'ai très envie d'une de ces tartelettes au caramel et au chocolat de chez Une Cuillerée de Magie, mais il ne vaut mieux pas. Allez-y. Je vais me contenter de ma barre de granola.

Il haussa un sourcil sceptique.

— Les barres de granola sont la blague la plus cynique de l'industrie agro-alimentaire.

Ça la fit rire.

— Effectivement.

Elle agita la main vers la porte et ajouta :

— Allez-y maintenant. J'ai des dossiers à remplir.

Drew lui fit un salut avec deux doigts et sortit dans l'air frais et sec de cette première semaine de décembre. L'odeur de l'humus et des séquoias emplissait l'atmosphère. Le ciel était revêtu d'une couverture grise. Le vent de la veille s'était éteint et pour Drew, c'était une belle journée, la parfaite journée d'hiver. Il aimait cette immobilité. Cette tranquillité, ce calme, cette familiarité. Il fourra ses mains dans les poches de son pantalon et prit machinalement la direction du salon de thé.

Normalement, quand il patrouillait en ville, il s'arrêtait pour parler aux commerçants. Quatre-vingt-quinze pour cent du temps, c'était juste pour bavarder, mais une fois de temps en temps, ça lui permettait d'avoir vent de quelque chose de suspicieux et d'enquêter sur la question. Plus d'une fois, il était arrivé suffisamment tôt pour empêcher un crime avant même qu'il ne se produise. Généralement, c'était avec des ados qui testaient les limites, mais pas toujours. Parfois, ils avaient des intentions plus sombres, comme produire du cannabis ou de la meth. Keating Hollow était assez retirée pour qu'occasionnellement des criminels décident que c'était une planque parfaite. Ils auraient pu avoir raison, sauf que Keating

Hollow était une communauté de sorcières et sorciers qui prenaient soin les uns des autres.

Mais aujourd'hui, Drew avait d'autres choses – d'autres gens – en tête. Il traversa la rue et avança jusqu'à l'Auberge de Keating Hollow pour jeter un regard par la fenêtre. Noel était à la réception, mais elle était au téléphone, en train de taper rapidement quelque chose sur son ordinateur. Il la regarda s'emparer d'une tasse de café et grimacer en voulant prendre une gorgée et en découvrant qu'elle était vide. Elle abandonna la tasse et se remit à taper.

Drew sourit pour lui-même et continua à marcher. Il avait eu l'intention d'aller directement au café, mais quand il atteignit Une Cuillerée de Magie, les casse-noisettes enchantés dans la vitrine attirèrent son attention. Ils étaient en train de décorer des petits gâteaux en forme de sorcière en tenue de mère Noël avec des petites guirlandes lumineuses. Drew pouffa de rire. Il n'y avait qu'à Keating Hollow qu'on trouvait ça.

La porte s'ouvrit en grand et Shannon sortit sur le trottoir.

— Adjoint Baker, roucoula-t-elle en plaçant une main sur son torse. Vous êtes bien élégant en ce beau matin de décembre.

Le shérif adjoint fut pris d'une forte envie de reculer. Il connaissait Shannon depuis toujours. La belle rousse avait beaucoup changé depuis le lycée. À l'époque, ils ne fréquentaient pas les mêmes cercles. Et d'après ses souvenirs, elle n'était pas très sympa. Mais elle avait mûri au cours de la dernière décennie, comme eux tous, et était devenue une personne gentille et généreuse, une personne qu'il trouvait charmante… quand elle n'était pas en train de le draguer de façon éhontée. Il avait commis l'erreur de dîner avec elle une fois il n'y avait pas si longtemps, et même s'il avait été clair sur le fait qu'il pensait qu'ils n'étaient pas faits l'un pour l'autre, elle semblait déterminée à le faire changer d'avis.

— Merci, Shannon, dit-il. Tu es superbe, comme d'habitude.

Ses lèvres se retroussèrent en un sourire séducteur qui devait marcher avec tous les autres hommes de cette planète. C'était quoi son problème au juste ? Shannon était belle, intelligente et sexy. Et disponible. Ce serait tellement plus simple s'il était attiré par elle. Malheureusement, ses pensées n'arrêtaient pas de revenir à la femme avec sa tasse de café vide.

— Merci, dit-elle. Tu veux entrer goûter le chocolat chaud de Noël de Miss Maple ? Je viens d'en refaire.

— Hum, j'étais parti pour aller prendre un café. Je devrais sans doute…

— N'importe quoi, dit-elle en le tirant à l'intérieur de la confiserie. J'ai du café aussi. Je vais m'occuper de toi.

Il n'y a aucun doute à ce sujet, pensa Drew. Mais il n'arrivait pas à réfléchir assez vite pour s'extraire gracieusement de ce piège, alors il la laissa l'entraîner à l'intérieur. L'odeur de chocolat envahit ses narines et il se mit à saliver.

— Cet endroit est dangereux, Shannon, dit-il en jetant un coup d'œil à la tartelette au chocolat et au caramel que Clarissa avait mentionnée. Est-ce que toi et Miss Maple ajoutez un truc addictif là-dedans pour nous rendre tous accrocs ?

Elle pouffa de rire.

— Seulement si tu penses que les fèves de cacao sont addictives.

— Elles le sont certainement quand c'est toi qui les manipules.

L'amusement éclaira les yeux sombres de Shannon.

— J'ai des mains magiques, en effet. Tu veux les essayer un de ces jours ?

La nuque de Drew se mit à chauffer. Il s'était vraiment mis dedans, hein ?

— Je crois que je vais juste prendre deux mokas et une part de tarte chocolat-caramel.

— Je vois.

L'agacement rendit son visage ombrageux, mais elle se reprit et lui offrit un grand sourire.

— Deux mokas, hein ? Tu as rendez-vous avec une fille pour un café ?

— Non, c'est juste pour ramener à une amie.

Il recula et regarda les gâteaux dans la vitrine, faisant semblant de s'y intéresser pour ne plus être obligé de parler à Shannon. Il savait d'expérience qu'elle continuerait à flirter et à essayer d'obtenir un rendez-vous. C'était comme ça qu'il s'était retrouvé à l'emmener dîner le mois précédent. Il ne comptait pas se faire piéger à nouveau.

— Tu veux une boîte de cookies avec ça ? demanda-t-elle depuis le comptoir.

Drew lui jeta un regard. Elle se tenait parfaitement immobile tandis qu'un ruban s'enroulait de lui-même autour d'une boîte aux couleurs de Noël à côté d'elle. Un mètre à sa gauche, deux pichets en acier inoxydable flottaient dans l'air sous les tubes à vapeur du percolateur.

— Pourquoi pas. Une douzaine ?

Il les laisserait à Noel pour ses clients. Shannon agita la main et envoya les cookies dans un carton bordé de papier de soie. Elle passa à la caisse, appuya sur quelques boutons et tendit la main pour qu'il lui donne sa carte de crédit. Les mokas continuèrent à se préparer tout seuls pendant qu'il payait, et les deux cartons volèrent dans un joli sac en papier. Il signa le reçu tandis que ses emplettes s'alignaient sur le comptoir.

— Merci, Shannon. Tu m'as évité de devoir aller jusqu'au Café Incantation, dit-il.

Elle se contenta de hausser les épaules, visiblement ennuyée qu'il ignore ses tentatives de drague.

— Je suis sûre que tu y passeras quand même plus tard dans la journée. Tu es toujours fourré là-bas.

— Tu n'as sans doute pas tort.

Il attrapa le sac et le plateau avec les mokas et se dirigea vers la porte.

— Elle ne s'est pas remise de son ex. Tu le sais, hein ? dit Shannon.

Drew se retourna vers elle.

— Qui ne s'est pas remise de son ex ?

Shannon leva au ciel ses jolis yeux marron.

— À ton avis ? Noel Townsend. La femme avec qui tu veux sortir, mais que tu n'as pas le courage d'inviter quelque part.

Une protestation machinale se forma sur les lèvres de Drew et il secoua la tête.

— Ne te fatigue pas à nier. C'est évident pour quiconque a des yeux.

Il poussa un soupir agacé. Clay l'avait interpellé quant à ses sentiments pour Noel quelques jours auparavant, et voilà que c'était maintenant le tour de Shannon. Sauf qu'ils se trompaient. Il ne voulait pas sortir avec Noel. Il voulait juste être son ami.

— Tu ne sais pas de quoi tu parles.

— Si tu le dis.

Elle haussa les épaules et se tourna vers la vitrine où elle se mit à réarranger les confiseries qui étaient déjà parfaitement disposées.

Drew sortit sur le trottoir pavé en ignorant la voix dans sa tête qui disait qu'il était un gros menteur. Amis. C'est ça. C'est pour ça qu'il était incapable d'arrêter de penser à elle. Il resserra sa prise sur le plateau de mokas et descendit la rue jusqu'à l'auberge.

La sonnette tinta quand il entra. Une vague d'air chaud l'engouffra et il se sentit immédiatement plus à l'aise dans la pièce décorée par Noel. La seule chose qui aurait pu améliorer le lieu aurait été que Noel elle-même soit présente. Mais le lobby était vide et il n'y avait personne derrière le bureau de la réception. Il posa le sac de gâteaux et les mokas sur le comptoir et appuya sur la sonnette à côté de l'ordinateur.

Il attendit patiemment. Au bout d'une minute ou deux, il appuya de nouveau.

Rien.

Étrange, pensa-t-il. Noel n'était jamais loin de la réception, et si elle devait s'absenter, elle laissait un mot ou un numéro, ou bien elle demandait à Alec de rester là à sa place. Il jeta un coup d'œil vers l'escalier en se demandant si elle avait un problème avec un client. Si ce n'était pas le cas, elle allait bien finir par descendre. Il déballa les petits gâteaux décorés en sorcière de Noël et plaça la boîte ouverte sur le comptoir. Et puis il attrapa un post-it et y écrivit *Joyeux Noël et Bon Solstice.* Il colla le post-it sur le comptoir et s'apprêta à appuyer à nouveau sur la sonnette, mais il s'immobilisa en entendant un cri aigu suivi d'un bruit de chute qui provenait de l'appartement.

— Noel ! s'écria-t-il, aussitôt en alerte et inquiet pour elle.

Il se précipita derrière le comptoir en sortant son pistolet paralysant. Il n'y avait pas beaucoup de criminalité à Keating Hollow et l'adjoint Baker n'avait même pas d'arme à feu. Mais un pistolet paralysant était nécessaire. Si un sorcier ou une sorcière devenait incontrôlable, c'était la seule chose capable de neutraliser leur magie. Il y avait quelque chose dans le courant électrique qui coupait temporairement leur pouvoir.

Il appuya son épaule contre la porte et appela à nouveau Noel.

— À l'aide ! répondit-elle.

Il n'y eut aucune hésitation. Il fonça dans son appartement. Des vêtements éparpillés formaient une piste dans le salon et un verre de lait avait explosé par terre.

— Noel ? Où est-ce que tu es ? aboya-t-il en se hâtant vers la première chambre dont la porte était ouverte.

Le petit lit et l'abondance de peluches la désignaient comme celle de Daisy.

— Dans la cuisine ! Dépêche-toi !

Drew fonça vers la cuisine, de l'adrénaline plein les veines. Le pistolet paralysant à la main, prêt à tirer, il ouvrit la porte d'un coup de pied. Elle alla taper contre le mur.

— C'était quoi ça, bon sang ? demanda Noel de sous l'évier.

Il y avait de l'eau plein le carrelage et Noel était trempée des pieds à la tête. Elle regarda Drew et écarquilla les yeux en voyant son arme.

— La vache, Drew. Range-moi ce truc. Tu veux électrocuter quelqu'un ?

— J'ai cru… laisse tomber.

Drew s'assura que la sécurité était enclenchée et posa son pistolet sur le plan de travail.

— Un problème de plomberie ?

— Qu'est-ce qui te fait penser ça ? rétorqua-t-elle. Je suis entrée et j'ai trouvé de la flotte partout. Ça sort de ce tuyau, mais je n'arrive pas à l'arrêter.

Il s'agenouilla et repéra aussitôt le problème. Un des

boulons avait lâché sur le tuyau d'arrivée et l'eau giclait de cet endroit.

— Il y a une raison pour laquelle tu n'as pas juste tourné la valve ?

— Oh, la valve, pourquoi je n'y ai pas pensé ?

Elle lui tendit la valve en question.

— Elle m'est restée dans la main.

— Oh, dit-il en pouffant de rire.

Il fit s'écarter Noel. La magie monta dans ses mains tandis qu'il tenait le tuyau avec la fuite.

— Je m'en charge.

— Tu comptes faire quoi ? demanda-t-elle en se relevant. Il n'y a rien qu'on puisse faire sans…

— Voilà.

Drew se releva et attrapa un torchon sur le plan de travail. L'eau était contenue, mais il fallait quand même réparer le tuyau.

— Si tu as une clé à molette dans les parages, je peux régler ça en quelques minutes.

— Comment tu as…

Elle secoua la tête en comprenant ce qu'il avait fait.

— Sorcier d'eau. Bien sûr. Mais… comment tu fais pour que ça ne coule plus ? Tu n'as pas l'air d'être en train d'utiliser ta magie en ce moment.

Drew lui sourit.

— J'ai beaucoup d'endurance.

— Ah oui ? demanda-t-elle en riant. Un peu vantard, non ?

— Juste sûr de moi, dit-il avec un clin d'œil. Une clé ?

Les lèvres de Noel se recourbèrent en un petit sourire amusé.

— Bien sûr, M. le Sauveur. Je t'amène ça.

Il fut incapable de détacher son regard d'elle alors qu'elle traversait la cuisine jusqu'à un petit placard. Son jean mouillé collait à son derrière et son tee-shirt était suffisamment transparent pour qu'il aperçoive le contour de son soutien-gorge en dentelle. Il ne put s'empêcher d'imaginer ce que ça serait de la débarrasser de ses vêtements et de faire passer ses mains sur elle pour la sécher.

— Drew ? demanda-t-elle, debout devant le placard, une petite boîte à outils dans les mains.

— Hein ?

Il cligna des yeux et sentit sa nuque se mettre à chauffer pour la seconde fois de cette matinée. Espèce de… qu'est-ce qui clochait chez lui ? S'il était déterminé à rester simplement ami avec elle, rêvasser de la voir nue n'allait pas franchement aider.

— C'est ça qu'il te faut ? demanda-t-elle.

Elle tenait une clé à molette. Il relâcha sa respiration et hocha la tête.

— Ça devrait être bon.

— Tant mieux, parce que c'est la seule que j'ai.

Noel revint vers lui et lui tendit l'outil. Ses doigts effleurèrent les siens et de l'électricité crépita entre eux.

Aucun d'eux ne rompit le contact.

Drew baissa les yeux sur leurs mains et regarda la magie qui faisait scintiller leurs doigts. Noel laissa un petit rire nerveux lui échapper.

— Eh bien, c'est surprenant.

— Tu trouves ? demanda-t-il en la regardant.

Son sourire s'évanouit tandis qu'elle plongeait dans ses yeux.

— Oui… et non.

Il savait qu'il aurait dû retirer sa main et rompre le contact. Mais il en était incapable. Sa légère magie d'air était chaude et accueillante. Elle lui évoquait une plage où ils seraient assis dans les bras l'un de l'autre, en train de regarder le soleil se coucher sur le Pacifique.

Noel retira sa main, brisant le lien magique. Il se sentit soudain glacé et entendit l'eau couler derrière lui.

— Merde ! grimaça Noel. Je vais aller couper l'eau au compteur.

— C'est bon.

Drew se maudit. Il s'était vanté en proclamant qu'il avait de l'endurance. Sa magie jouait le rôle d'un barrage et empêchait l'eau de jaillir par le tuyau endommagé. Ce n'était pas censé tenir indéfiniment. Quand il s'était concentré sur Noel à la place, ça avait hâté le processus. Il replongea sous l'évier et passa la main sur le tuyau. L'eau s'arrêta instantanément de couler. De son autre main, il attrapa le boulon qui s'était décroché et dit :

— Il va me falloir la valve.

Noel la déposa dans sa main, et en quelques secondes, Drew avait reconnecté le boulon, la valve et le tuyau. Il se releva, tourna le robinet et attendit pour voir s'il y avait d'autres fuites. C'était juste une précaution, il sentait viscéralement que l'eau était contenue et coulait correctement.

— Merci, dit Noel derrière lui.

— De rien.

Il coupa l'eau et s'appuya contre le comptoir, les bras croisés sur le torse.

— Heureux d'avoir pu te rendre service.

La mine de Noel s'adoucit alors qu'elle le contemplait. Il y avait là une tendresse qu'il voyait rarement chez elle, et ça lui serra légèrement le cœur.

— Tu es un peu mouillé, dit-elle.

C'était vrai. Il était trempé jusqu'aux genoux.

— Ça va. Toi par contre…

Il fit un geste vers elle.

— Tu ferais peut-être mieux de te changer avant de retourner voir tes clients.

Noel baissa les yeux sur elle-même et laissa un petit hoquet lui échapper. Elle se couvrit la poitrine des deux mains.

— Pourquoi tu ne m'as pas dit que j'étais indécente ?

— Indécente ?

Ça le fit pouffer de rire.

— Ce n'est pas le terme que j'aurais employé.

— Mais pas loin.

Elle se précipita hors de la cuisine, mais poussa aussitôt un nouveau cri en passant dans l'autre pièce :

— Buffy !

Drew la suivit et ne put s'empêcher de rire en la voyant à genoux, les fesses en l'air, pour récupérer quelque chose sous le canapé. Buffy en jaillit avec une chaussette dans la gueule et se précipita dans la chambre de Daisy.

— Bon sang !

Noel se redressa sur ses genoux et contempla les vêtements éparpillés au sol.

— Et moi qui pensais en avoir fini avec ma lessive.

Elle attrapa une robe d'été tachée de lait.

— Buffy s'est bien amusée ici pendant que je m'occupais de l'inondation.

Drew la rejoignit calmement, lui prit la robe et lui tendit la main. Noel souffla pour repousser une mèche de devant son visage et le laissa la tirer sur ses pieds. Il serra sa main et dit :

— Va te changer. Je vais commencer à ranger.

— Je ne peux pas te laisser faire ça, Drew, dit-elle en attrapant un tee-shirt de Daisy.

Il le lui prit des mains également.

— Bien sûr que si. C'est moi qui te l'ai proposé. En plus, tu es indécente, tu te rappelles ?

— Merde.

Elle ferma les yeux et couvrit à nouveau sa poitrine.

— Bon d'accord, mais c'est juste parce que tu insistes.

Il renifla de rire.

— Pour être honnête, tu es super sexy trempée comme ça, comme si tu venais de remporter un concours de tee-shirts mouillés. Alors je n'insiste pas du tout, mais je pense que tu te sentiras beaucoup plus à l'aise dans des vêtements secs.

Noel le fixa quelques secondes avant de secouer la tête et de marmonner quelque chose sur le fait de ne pas savoir ce qu'il voulait. Il fit semblant de ne pas l'avoir entendue et commença à ramasser les vêtements que Buffy avait répandus dans tout le salon. Après les avoir mis dans la buanderie à côté de la cuisine, il s'empara de produits d'entretien et entreprit de nettoyer le verre cassé et le lait renversé.

Quand Noel revint avec Buffy dans les bras, Drew était en train de finir d'éponger l'eau dans la cuisine.

— Drew.

Elle inclina la tête de côté pour l'observer, un certain ébahissement dans ses grands yeux.

— Tu n'étais pas obligé de faire tout ça.

Il remit la serpillière dans le seau et se tourna vers elle, légèrement chamboulé par sa beauté. C'était rare de la voir aussi vulnérable. Drew savait que c'était lui qui avait mis cette expression sur son visage, et il avait envie de recommencer encore et encore.

— Je sais. Je voulais le faire.

— Eh bien… merci. Qui sait ce qui se serait passé si tu n'étais pas arrivé ?

Elle baissa les yeux vers Buffy.

— Cette bestiole aurait probablement ravagé tous les vêtements de Daisy pendant que j'aurais inondé toute la cuisine.

Drew se lava les mains et dit :

— Tu t'en serais sortie. Tu t'en sors toujours.

— Peut-être. Mais ça fait du bien d'avoir un coup de main une fois de temps en temps.

Il fit semblant de soulever un chapeau imaginaire.

— Ravi d'être utile, Madame.

La sonnette tinta, indiquant qu'un client était arrivé.

— Oups.

Noel lui passa le chiot et dit :

— Je reviens tout de suite. Ne t'en va pas.

Drew la regarda sortir de l'appartement avant de se tourner vers Buffy.

— Tu es un chien très chanceux, tu sais ? Si tu avais fait ça chez moi, tu serais dans ta niche à l'heure qu'il est.

Le chiot remua la queue.

Drew rit et le posa par terre pour jouer avec lui. Il trouva une petite balle sous la table basse et entreprit de lui apprendre à rapporter.

CHAPITRE 10

— Joyeux anniversaire. Profitez de votre séjour, souhaita Noel aux deux jeunes femmes qui partaient vers leur chambre.

Elles s'étaient mariées à Keating Hollow l'année précédente et étaient revenues pour fêter leur premier anniversaire ensemble. Elles rayonnaient toutes les deux quand elles lui rendirent son sourire. Noel plaça une main sur son cœur et absorba leur joie. *Tellement mignon,* pensa-t-elle avant de se demander si elle connaîtrait à nouveau ce genre de joie elle-même.

Pas si tu n'essaies même pas, la gronda une voix dans sa tête.

Elle poussa un soupir frustré. Le problème dans le fait de s'autoriser à aimer à nouveau, c'était la douleur inévitable quand ça partirait en cacahuète. Et d'expérience, c'était ce que ça faisait toujours. À une époque, quand elle était plus jeune, elle avait cru que la vie pouvait être différente. Mais ensuite Abby avait fui non seulement Keating Hollow, mais aussi les relations les plus importantes pour elle, et elle avait laissé Noel essayer de recoller les morceaux. Et puis son mariage s'était terminé exactement comme celui de son père. Même s'ils avaient l'air heureux, tant sa mère que son mari étaient partis sans un regard en arrière.

Les gens auxquels elle s'attachait finissaient toujours par partir. Ce n'était pas un risque qu'elle était prête à prendre à nouveau.

Son regard atterrit sur les petits gâteaux de Noël et les deux tasses de café en provenance d'Une Cuillerée de Magie. *Drew.* Bon sang. Pourquoi est-ce qu'il fallait qu'il soit si gentil ? Elle avait beau se dire que non, essayer de se convaincre qu'elle n'avait pas de sentiments pour lui, il venait et réparait sa plomberie, rangeait son bazar et lui apportait des biscuits ainsi qu'une tasse de l'incroyable moka de Miss Maple.

Il était diabolique, et c'était un compliment.

Elle prit les deux tasses et repartit dans son appartement. Elle s'arrêta juste sur le seuil, déposa les boissons sur la console et regarda Drew gratter Buffy derrière les oreilles et la féliciter d'être une chienne intelligente. Un sourire fit remonter les coins de sa bouche. Que le grand cric la croque, cet homme était mignon. Et sexy, aussi.

Il lança la balle à travers le salon et encouragea Buffy tandis qu'elle courait derrière. Elle la lui ramena promptement et la laissa tomber dans sa main. Elle s'assit devant lui et attendit patiemment qu'il la lance à nouveau.

— Je n'arrive pas à croire que tu aies appris à ce chien à jouer à la balle dans la maison, dit Noel.

Drew la lança encore.

— Elle doit faire deux kilos à tout casser. Elle ne risque pas de détruire grand-chose.

— Tu as vu ce qu'elle a fait avec les vêtements, non ? Daisy a une paire de chaussettes, une robe et un tee-shirt en moins.

— Dommage collatéral.

Il se releva et marcha jusqu'à elle.

— Dis-toi que ça la fatigue de jouer. Je suis sûr qu'elle va passer l'après-midi à dormir.

— Parfait, dit Noel avec une fausse grimace. Comme ça elle sera bien reposée et elle viendra faire des bonds sur le lit à minuit.

Il haussa un sourcil.

— Elle dort dans ton lit ? Je croyais qu'elle avait une caisse.

— Oui, mais j'ai tenu dix secondes avant de craquer.

Il baissa les yeux vers Buffy.

— La petite chanceuse.

Ça fit rire Noel.

— Oui, hein. Elle a la belle vie.

— C'est ce que je dis, c'est une chanceuse.

Son regard passa derrière Noel et il tendit la main vers les tasses.

— Je vois que tu as trouvé les mokas.

Noel les lui prit des mains et commença à avancer vers la cuisine.

— Dommage qu'ils aient refroidi pendant que tu faisais mon ménage.

Elle alla les mettre dans le micro-ondes. Drew la suivit, incapable de se tenir à distance. Elle se retourna et le fixa d'un air interrogatif. Il se rapprocha et fit passer une mèche de ses cheveux derrière son oreille.

— Qu'est-ce qu'il y a, Noel ?

Elle prit une brève inspiration et croisa son regard.

— Il ne faut pas que tu continues à être aussi gentil avec moi, Drew. Je vais m'y habituer. Tu ne devrais pas m'amener des gâteaux et des mokas. Surtout ceux d'Une Cuillerée de Magie. Shannon doit être en train de s'étouffer de rage.

— Il n'y a rien avec Shannon, dit-il avec un soupir. Au cas

où ça t'aurait échappé, Shannon n'est pas ma petite amie. Et elle ne le sera jamais.

— Je sais, mais…

— Mais rien, Noel, dit Drew en prenant son visage entre ses mains. Je l'ai emmenée dîner une fois. Une seule fois, et c'était si gênant que j'étais déjà en train de regarder ma montre avant que les boissons arrivent. Tu comprends ?

— Oui, murmura-t-elle en laissant son regard dériver vers sa bouche.

Il fut balayé par sa douce odeur d'agrumes et toutes les raisons qu'il avait pour n'être que son ami le désertèrent. Son cœur se mit à cogner contre sa cage thoracique tandis qu'il se rapprochait davantage. Il avait envie d'elle plus qu'il n'avait jamais eu envie de quiconque auparavant. Le reste du monde s'évanouit et la seule chose qui comptait, c'était de l'embrasser.

— Drew, dit-elle, le souffle court. Qu'est-ce que tu fais ?

— Ça.

Il anéantit la distance entre eux et effleura délicatement ses lèvres des siennes.

Elle battit des paupières et ferma les yeux avant de se laisser aller contre lui et d'entourer sa taille de ses bras. C'était un baiser tendre et parfait, mais Drew avait besoin de davantage. Il avait besoin d'elle. Il enfouit une main dans ses épaisses boucles blondes et approfondit le baiser. C'était la seconde fois de sa vie qu'il goûtait à cette femme. Et c'était tellement mieux cette fois-ci.

Bon sang, tellement, tellement mieux. Le moindre nerf de son corps crépita et il eut l'impression de respirer à nouveau après avoir suffoqué. Il la renversa en arrière en la maintenant serrée contre lui d'une main. Le baiser sembla durer une éternité et pourtant il prit fin bien trop tôt.

Leurs lèvres se séparèrent. Ils respiraient fort tous les deux.

Avec ses cheveux qui cascadaient derrière elle, Noel ne lui avait jamais paru aussi belle.

— Drew ? demanda-t-elle en appuyant doucement sa paume contre son torse.

— Oui.

Il continua à la dévisager avec émerveillement. Il voulait déjà en avoir davantage.

— Il faut que tu me laisses me redresser. Il n'y a qu'une demi-journée d'école aujourd'hui et je vais devoir aller chercher Daisy bientôt.

— Oh, d'accord.

Drew la redressa et s'assura qu'elle tenait bien sur ses jambes avant de la lâcher. Les mains de Noel s'attardèrent sur ses épaules et Drew l'attira contre lui une fois de plus. Ses courbes douces se moulaient parfaitement à lui et il se demanda où il avait bien pu avoir la tête toutes ces années passées.

— Embrasse-moi encore, Noel.

Elle enfonça ses doigts dans sa chair et se dressa sur la pointe des pieds pour faire ce qu'il demandait. Un frisson de plaisir le secoua jusqu'au tréfonds de son être et lui donna envie de la soulever dans ses bras et de la porter jusqu'à sa chambre. Avant qu'il puisse s'attarder sur cette idée, Noel rompit le baiser et appuya doucement contre son torse.

— Il faut vraiment que j'aille chercher Daisy.

— D'accord.

Il recula pour lui laisser la place dont elle avait besoin et il passa une main dans ses cheveux épais. Bon sang de… qu'est-ce qu'il venait de faire ? Il avisa la mine heureuse sur son visage et il commença à se détester. Combien de temps ça lui prendrait avant de se persuader qu'il ne devait pas avoir de relation avec elle ?

Elle lui sourit et se pencha pour l'embrasser sur la joue.

— Merci, Drew. Je ne sais pas ce que j'aurais fait sans toi aujourd'hui.

Sa voix douce apaisa ses doutes. Peu importait ce que son surmoi essayait de lui dire. Il savait qu'il ne serait pas capable de renoncer à ce qui se passait entre eux. Pas maintenant. Pas après l'avoir sentie dans ses bras comme ça.

— Ce n'est pas la peine de me remercier.

Il passa devant elle, ouvrit le micro-ondes et lui tendit un des mokas.

— Tiens. Ne manque pas ça.

Ses yeux pétillèrent alors qu'elle prenait une gorgée. Un petit gémissement d'approbation échappa à ses lèvres et elle ferma les yeux.

— C'est délicieux.

Toi aussi, pensa-t-il.

— Vas-y. Je vais mettre Buffy dans sa caisse avant de retourner travailler.

— Buffy… oh non. Où est-ce qu'elle est passée ?

Noel sortit de la cuisine en courant, son moka à la main. Quand Drew arriva dans le salon, le chien était allongé par terre, en train de mâchouiller sa balle. Noel se tourna vers lui.

— C'est toi, ça. Tout à l'heure, elle n'en avait rien à faire de ses jouets.

Elle secoua la tête avec incrédulité.

— Je te suis vraiment redevable. Pas qu'un peu.

— Non, tu…

— Si, si, le coupa-t-elle. Laisse-moi t'inviter à dîner. Demain soir. À sept heures. Daisy et Buffy vont dormir chez Olive avec son chien à elle, Endora. On peut aller à La Lisière. J'ai entendu dire qu'ils ont un nouveau chef qui est fabuleux.

Drew ne voulait pas que pour son premier rendez-vous

avec Noel, ce soit elle qui l'invite. Il voulait être celui qui la gâtait, pas l'inverse. Mais il n'allait certainement pas refuser.

— Demain soir, c'est parfait.

— Super.

Elle lui adressa un dernier sourire radieux avant de filer de l'appartement. Drew baissa les yeux vers Buffy. Elle était en train de mâchouiller sa balle, l'air très satisfaite.

— Buffy, l'appela-t-il.

Le chien laissa aussitôt tomber la balle et lui accorda toute son attention.

— Tu es prête à sortir ?

Elle sauta sur ses pattes et le suivit dans la petite cour de Noel. Elle fit rapidement ses besoins puis le suivit à l'intérieur.

— Allez, dans ta caisse maintenant.

Sa queue retomba et elle lui adressa son plus beau regard de chien battu.

— Ça ne va pas marcher avec moi, ça, ma belle, dit-il en la prenant dans ses bras. Tu ne peux pas rester là sans surveillance. Tu as une certaine réputation.

La caisse ne semblait pas se trouver dans la chambre de Daisy alors il se dirigea vers celle de Noel. Dès qu'il en eut passé le seuil, son subtil parfum d'agrumes l'enveloppa. Les meubles étaient sombres, en bois ancien avec une frise décorative à peine visible sur la tête de lit. Tout le reste était formé de lignes droites. C'était parfait pour elle. Des angles durs avec un soupçon de douceur.

Il se dirigea jusqu'à la caisse située au bout du lit, s'assura qu'il y avait de l'eau fraîche et déposa Buffy à l'intérieur. Elle lui jeta à nouveau son regard de chien battu.

— Ne me regarde pas comme ça. Ce n'est pas moi qui ai fait des trous dans les habits de Daisy.

Au son de sa voix, elle détourna la tête comme s'il

l'embêtait, et puis elle tourna trois fois sur elle-même avant de se rouler en boule.

— C'est bien, Buffy, dit-il avant de refermer la porte de la caisse.

Plus il restait dans la pièce, et plus l'odeur d'agrumes de Noel se faisait intense. Ça lui donnait envie de s'asseoir dans le fauteuil dans le coin pour attendre son retour et pouvoir l'embrasser à nouveau.

C'est peut-être ce qu'il aurait fait si son téléphone n'avait pas sonné.

— Drew Baker, dit-il en décrochant.

— Adjoint Baker, dit Clarissa d'une voix un peu tremblante. Je pense qu'il faut que vous reveniez ici.

— Au bureau ?

Son ventre se serra, et une bouffée d'angoisse l'envahit.

— Qu'est-ce qui ne va pas ?

— Je ne sais pas, mais le shérif du comté d'Humboldt veut vous parler.

— J'arrive.

CHAPITRE 11

Drew entra en hâte dans le petit bureau satellite. Clarissa, assise au bord de son siège, bondit avec une petite pile de messages pour lui.

Il lui tendit la tarte chocolat-caramel qu'il avait prise pour elle à Une Cuillerée de Magie et dit :

— Gardez ça pour plus tard. Je ne veux pas faire attendre le shérif.

Elle lui tendit un autre papier :

— Je crois que vous préférerez voir ça tout de suite.

Son insistance le fit s'interrompre. Il prit la note et la lut.

Xavier Anderson est officiellement le suspect principal concernant la mort de l'homme non identifié. Il a été aperçu deux fois. Une fois à l'entreprise de location de bateaux Pacific Cove, et une fois à l'auberge Moon River. Il paraît que le shérif veut que vous restiez en dehors de ça. Il n'est pas content que la vérification du profil soit partie du bureau de Keating Hollow. C.

— Compris.

Il rendit le message à Clarissa, reconnaissant qu'elle lui ait donné un avertissement préalable. Le shérif était probablement en rogne qu'il soit allé fourrer son nez dans une affaire qui ne lui avait pas été assignée. Avant de rentrer dans son bureau, il ajouta :

— Merci.

— De rien, patron.

Clarissa était déjà en train de sortir la tarte de sa boîte. Drew carra les épaules pour se préparer à la volée de bois vert qu'il n'allait pas manquer de se prendre.

— Shérif Barnes. C'est une surprise. Qu'est-ce qui vous amène dans ce coin perdu ?

Un homme aux cheveux gris et à la carrure épaisse était assis dans le fauteuil de Drew, derrière son bureau, et griffonnait quelque chose sur un bloc-notes.

— Asseyez-vous, Baker, aboya-t-il.

Drew fit ce qu'on lui disait et attendit que son supérieur finisse ce qu'il était en train d'écrire. Enfin, le shérif griffonna ce qui ressemblait à une signature et fourra le stylo dans la poche de son uniforme. Quand il releva la tête, il dit :

— Qu'est-ce que vous avez trouvé sur Xavier Anderson ?

Drew secoua la tête.

— Rien.

— Ne jouez pas avec moi, Baker. Je sais que vous avez déjà commencé à enquêter. J'ai besoin de savoir tout ce que vous savez.

Drew savait que s'il reconnaissait s'être mêlé d'une affaire hors de sa juridiction, il pouvait y avoir des conséquences sur sa carrière, mais comme son patron savait déjà qu'il avait commencé à fouiller, il n'avait pas vraiment le choix.

— J'ai fait faire une vérification de profil préliminaire il y a trois jours. Rien n'en est sorti. En tout cas, il n'y a rien eu dans les trois années depuis qu'il a quitté Keating Hollow. Depuis, j'ai appris par le moulin à rumeurs qu'il a été aperçu deux fois à

Eureka au cours de la semaine dernière. Personne ne semble savoir où il résidait et où il sera ensuite.

L'expression du shérif demeura parfaitement neutre.

— Et *pourquoi* est-ce que vous avez fait des recherches sur Mr Anderson ? Est-ce son ex-femme qui vous l'a demandé ?

— Quoi ?

Drew fronça les sourcils.

— Non.

— Alors c'est de votre propre initiative ? Pourquoi ?

Drew s'agita, mal à l'aise, conscient qu'il trahissait sa nervosité.

— Je savais qu'on manquait de monde alors je me suis chargé de voir s'il y avait des pistes évidentes qui permettraient de retrouver Mr Anderson.

Le shérif hocha la tête comme si cette réponse était acceptable. Il se racla la gorge.

— J'ai entendu dire que vous avez accompagné Miss Townsend à la morgue. Y a-t-il entre vous une relation dont je devrais être tenu au courant ?

Et mince… Qu'est-ce qu'il était censé dire au shérif ? Qu'il venait juste de lui rouler une pelle ? Qu'il devait dîner avec elle le lendemain et qu'il espérait que ça déboucherait sur autre chose que quelques verres et une bonne grillade ?

— Noel Townsend et moi sommes amis depuis longtemps, dit-il prudemment. Quand je lui ai annoncé que son ex-mari était peut-être décédé, je n'ai pas pensé que c'était une bonne idée de la laisser conduire toute seule jusqu'à Eureka.

— Alors vous êtes amis.

Le shérif ne laissait rien transparaître et Drew n'avait aucune idée d'où il voulait en venir avec ses questions.

— Oui. Amis.

Et c'était la vérité pure. En tout cas, en cet instant.

— Bien. Que ça reste ainsi.

Le shérif se leva et lui tendit une feuille avec son en-tête officiel. En dessous, il avait écrit un ordre de mission autorisant Drew à prendre la direction des opérations pour retrouver Xavier Anderson.

Drew relut l'ordre de mission pour s'assurer que ses yeux ne le trompaient pas. C'était en conflit direct avec les informations que Clarissa lui avait données juste avant qu'il entre dans le bureau. Bien sûr, ce qu'elle avait entendu n'était qu'une rumeur. Le shérif ne lui aurait sûrement pas attribué une affaire s'il était en colère qu'il ait commencé à s'y intéresser, n'est-ce pas ? Drew cligna des yeux et le regarda.

— Pourquoi est-ce que vous me donnez ce cas ?

Barnes hésita un moment avant de se racler la gorge.

— J'ai besoin que quelqu'un du dehors jette un œil là-dessus.

Une alarme se déclencha dans la tête de Drew.

— Vous voulez dire qu'il pourrait y avoir un problème en interne ?

Barnes se rassit dans le fauteuil, l'air soudain fatigué.

— Franchement, Baker, je n'en sais rien. Mais il y a trop de questions sans réponses, et des dossiers qui semblent avoir disparu. J'ai juste besoin que quelqu'un d'autre s'occupe de ça pour le moment. Et comme on ne peut rien faire tant qu'on n'aura pas retrouvé ce type, il faut que vous vous y mettiez immédiatement. Il est notre seule piste pour l'instant. Vous avez une relation avec l'ex-femme de notre suspect potentiel. S'il la contacte, vous serez mis au courant. Et puis votre bureau est calme. Vous avez un collègue qui peut s'occuper de cette ville pendant que vous enquêtez. Mais surtout, je vous fais confiance pour faire ce qu'il faut pour mener cette enquête à son terme.

— Noel n'est pas en contact avec son ex. Je peux vous le garantir, dit Drew.

Il était à moitié agacé que son supérieur laisse entendre qu'elle puisse toujours avoir des liens avec le salopard qui l'avait abandonnée.

— Très bien. Mais il y a toujours une chance pour qu'il la contacte. S'il le fait, vous serez là.

Le shérif marcha jusqu'à la porte.

— Et gardez tout ça pour vous. Sans savoir ce qui se passe en interne, je préférerais que mes hommes n'entendent pas dire que l'affaire vous a été confiée. C'est compris ?

— Oui, dit Drew, un peu stupéfait.

Il était tout seul. S'il y avait des flics ripoux qui couvraient une affaire, il allait avoir du pain sur la planche. Et Drew ne pouvait pas reprocher au shérif de se montrer soupçonneux. Si son équipe ne valait pas mieux que les officiels à qui Noel et lui avaient eu affaire au bureau du coroner, ça devait être la foire aux pots-de-vin et à l'incompétence.

— Bien. Tenez-moi au courant s'il y a quoi que ce soit de nouveau. Le dossier est dans le tiroir du haut.

Sans attendre de réponse, le shérif sortit et referma la porte derrière lui.

Drew resta assis, un peu ébahi. Jamais jusqu'alors le shérif ne lui avait confié une affaire comme ça. C'était vrai que Keating Hollow était une ville tranquille quasiment dépourvue de toute criminalité, alors il avait le temps. Mais il n'était pas enquêteur. Il y avait un truc qui ne collait pas. Il se leva, passa derrière son bureau et ouvrit le tiroir du haut. Le dossier sans titre était juste là où Barnes l'avait dit.

Drew s'assit à son fauteuil et sortit le fin dossier du tiroir. Il l'ouvrit et découvrit qu'il ne contenait qu'une seule page. Ça disait :

Sujet : Xavier Anderson – Personne à interroger dans le cadre d'une mort suspecte.

Mission : Trouver Mr Anderson et le convoquer pour l'interroger. Où était-il ces trois dernières années ; avec qui a-t-il été en contact ; qu'a-t-il fait pendant ce temps ?

Notes : Anderson a disparu sans laisser de traces et est actuellement introuvable ; pas de traces papier depuis mars 2015. Il a possiblement été vu à Eureka en décembre 2018. De possibles interférences en interne sur ce cas. Magie fortement soupçonnée d'avoir été impliquée dans la disparition.

DREW FIXA LA DERNIÈRE LIGNE. Ils soupçonnaient qu'il y avait de la magie à l'œuvre. Ce n'était pas étonnant qu'on lui ait refilé le cas. Pour autant qu'il sache, lui et Putzner étaient les deux seuls sorciers d'embauchés dans le comté. Et Putzner n'avait pas envie de faire quoi que ce soit d'autre que de mettre des contraventions pour stationnement interdit. C'était pour ça que c'était Drew qui dirigeait leur bureau détaché.

Bon, d'accord alors, pensa Drew en allumant son ordinateur. C'était ce qu'il voulait à la base : retrouver l'ex de Noel et lui permettre de tourner la page. Maintenant, il avait le feu vert pour le faire.

Alors pourquoi est-ce qu'il se sentait aussi mal à l'aise ?

Il se passa la main sur le front et rentra le numéro de dossier inscrit sur le papier que le shérif lui avait laissé. Le visage de Xavier Anderson apparut immédiatement à l'écran. Les deux fois où il avait été repéré d'après Clarissa étaient listées. Et puis il n'y avait rien jusqu'à sa disparition trois ans auparavant. Il fit défiler vers le bas et fronça les sourcils. La première mention de l'existence de Xavier Anderson datait d'un mois avant son mariage avec Noel.

— Quoi ? dit-il à voix haute.

C'était impossible. Une vérification de profil sur une personne disparue incluait les inscriptions sur les listes électorales, les excès de vitesse, le casier, les adresses précédentes et tous les papiers gouvernementaux tels que le permis de conduire, le passeport ou la carte d'identité. Il pouvait aussi y voir le nom des membres de la famille, le service militaire et les crédits contractés. Il n'y avait rien de listé de plus que ce qu'il avait déjà trouvé dans une base de données publique.

Xavier Anderson n'existait pas avant d'avoir épousé Noel et il avait cessé d'exister après sa disparition. Il y avait un truc très étrange, là. Xavier avait un permis de conduire à jour et des cartes de crédit. Elles auraient dû apparaître sur son dossier. Est-ce qu'il utilisait de faux noms et des numéros de carte de crédit volés ? Si c'était le cas, pourquoi avoir réutilisé « Xavier Anderson » s'il essayait de ne pas se faire repérer ? Il allait devoir récupérer le numéro du permis et des cartes de crédit chez le coroner. Comment est-ce qu'il allait faire ça sans payer quelqu'un ? Il n'en avait pas la moindre idée.

Il imprima les quelques éléments disponibles et les ajouta au dossier qu'il avait déjà commencé sur Xavier.

On frappa à la porte.

— Entrez.

Clarissa passa la tête à l'intérieur.

— Est-ce que tout va bien ? Qu'est-ce qui s'est passé ?

— Ça va.

Il lui adressa un sourire rassurant.

— Le shérif voulait juste que je me charge d'une enquête pour lui.

Il leva le dossier qu'il tenait.

— Est-ce que vous pouvez passer un coup de fil à Putzner

et lui dire que je ne serai pas en ville pour quelque temps ? Il va devoir prendre en charge tout ce qui se passe ici. Dites-lui que je le préviendrai à mon retour.

— D'accord, patron. Je peux faire autre chose pour vous ? demanda-t-elle en entrant.

Il commença à refuser, mais se ravisa.

— Oui. Vous n'auriez pas de contact au département des pièces à conviction à Eureka, par hasard ?

— Si, bien sûr. J'ai une amie qui travaille là-bas. Qu'est-ce qu'il vous faut ?

Elle ouvrit son carnet et appuya sur le bouton qui faisait sortir la mine de son stylo.

— Le numéro de la carte de crédit et celui du permis de conduire de Xavier Anderson. Son portefeuille a été retrouvé sur l'homme non identifié et ils n'apparaissent pas sur son dossier.

Elle fronça les sourcils.

— C'est bizarre. Vous pensez que ce sont des faux ?

— Peut-être. Mais je ne peux pas en être certain avant de les avoir vérifiés, dit Drew.

Elle écrivit quelque chose avant de relever la tête vers lui.

— Il y a une raison pour que vous me demandiez de passer par mon amie ? Ça devrait déjà être dans votre dossier, non ?

— C'est exactement pour ça que j'ai besoin de votre aide. Ça n'y est pas. Et entre vous et moi, il y a quelque chose qui ne sent pas très bon. J'aimerais rester discret jusqu'à ce que j'aie trouvé de quoi il s'agit.

— Ça marche, patron. Autre chose ?

— Pas pour l'instant.

Il sortit ses clés de sa poche.

— Appelez juste Putzner. Ça fait déjà beaucoup pour la journée.

Elle étouffa un petit rire.

— Ne vous inquiétez pas pour moi. Je sais le prendre.

Il n'en doutait pas. Clarissa était une crème quand les gens étaient gentils avec elle et la traitaient avec respect. Mais si quelqu'un s'en prenait à elle, elle l'envoyait bouler sans ménagement en quelques mots. C'était franchement fascinant.

Drew la suivit dans l'entrée. Il n'avait pas encore atteint la porte qu'elle était déjà en train d'informer Putzner.

— Écoute, Paul, ne réagis pas comme ça avec moi, dit-elle. Il y a une obligation de garde dans ta fiche de poste. Alors à moins que tu ne démissionnes… oh, non ? Très bien alors. Je te préviens s'il y a des appels.

Elle était toujours en train de lui passer un savon quand Drew sortit sur le trottoir pavé. Il jeta un regard vers l'auberge et ses lèvres le picotèrent au souvenir du baiser échangé avec Noel dans sa cuisine. Ses pieds commencèrent à se diriger vers là machinalement. Ce n'est qu'en descendant du trottoir qu'il se reprit. Non, il ne pouvait pas simplement débarquer comme ça. Daisy était là et il avait du travail. Il lui parlerait le lendemain. Pendant leur rendez-vous. Leur premier rendez-vous.

Bon sang, après ce qui s'était passé entre eux ce matin, il n'était pas sûr d'être capable d'attendre vingt-sept heures pour la revoir.

CHAPITRE 12

Noel était assise à la table de son père et mangeait du bout des dents sa tarte au cassis. Son père avait appelé après son retour de l'école pour les inviter à dîner elle et Daisy. Elle ne s'était pas rendu compte en disant oui qu'elle allait se faire coincer par Abby.

— Allez, Noel, chouina sa sœur. Tu es obligée. C'est une soirée entre filles.

— Abby, dit Noel avec un soupir. Je dois me lever tôt. Je ne peux pas être ton copilote pour ta course de voiturettes avec Wanda.

— Mais elle a déjà recruté Hanna. Si tu ne viens pas, je vais devoir kidnapper Faith et la dernière fois qu'elle est montée avec moi, elle a rendu son déjeuner.

Abby passa sa main sur son ventre, visiblement toujours un peu nauséeuse à cette évocation.

— Je crois que ce n'est pas son truc de faire des drifts dans la boue.

Noel ne put retenir le rire qui franchit ses lèvres.

— Des drifts ? Tu es dingue, Abby ? Tu vas te tuer avec ce machin.

Sa sœur se contenta de hausser les épaules.

— N'en rajoute pas. Tu ne peux pas imaginer à quel point c'est marrant tant que tu n'as pas essayé. Comme dirait Wanda, c'est le truc le plus cool que tu peux faire sans enlever tes vêtements. Je te jure que tu ne le regretteras pas. Papa a déjà proposé de surveiller Daisy. Vous pouvez passer la nuit ici en plus. Alec s'occupe de l'auberge ce soir, non ?

— Si, répondit-elle en secouant la tête, exaspérée.

On ne pouvait pas gagner avec sa sœur. Le truc, c'est qu'elle n'était même pas sûre d'en avoir envie. Oh, elle n'avait pas spécialement hâte de se retrouver dans le froid sur une voiturette de golf, mais elle appréciait de voir cette facette de sa sœur. Cette Abby animée et excitée, c'était celle qu'elle avait connue dans leur jeunesse. Celle qu'elle avait été avant de perdre Charlotte. Noel ne pouvait pas lui dire non simplement parce qu'elle avait envie de rester au chaud à l'intérieur et de boire un cacao.

— Alors, tu es partante ? demanda Abby, les sourcils haussés.

— Oui. Mais d'abord, on va aller voir comment va Yvette, ajouta Noel. Elle est un peu… bizarre ces temps-ci et je veux m'assurer que tout va bien.

— D'accord !

Abby sauta de sa chaise et attrapa le téléphone.

— Laisse-moi juste dire à Wanda qu'on vient.

Noel la regarda faire une danse de la joie et ne put s'empêcher d'être amusée. Pendant bien trop longtemps, Abby avait évolué dans un nuage de tristesse, et voilà qu'elle était devenue cette folle qui faisait des courses de voiturettes et transpirait la joie. C'était plutôt merveilleux.

— Maman ! s'écria Daisy en arrivant en courant de l'extérieur, Buffy à ses trousses.

Le chien laissa une traînée de boue sur son passage.

— Daisy ! Ne laisse pas Buffy mettre de la boue par terre partout à l'intérieur. Porte-la. Tout de suite.

Daisy s'arrêta net et parvint tout juste à intercepter le chiot avant qu'elle éclabousse tout le tapis de boue.

— Maman ! cria à nouveau sa fille, la voix tremblante. Viens vite, c'est papy !

La peur glaça les veines de Noel.

— Papa ? appela-t-elle en se hâtant déjà vers la porte du fond.

Comme il ne répondait pas, elle se tourna vers Daisy.

— Qu'est-ce qui s'est passé, ma puce ? Il est où, papy ?

— Par là.

Elle se précipita vers la porte, Buffy toujours dans les bras. Noel courut à sa suite, droit vers la cabane de jardin. Daisy tint Buffy d'une main et pointa de son autre bras vers l'intérieur.

— Il est tombé.

— Papa ?

Noel se précipita à l'intérieur pour trouver son père assis par terre, en train d'essayer de se relever.

— Ne bouge pas, papa. Tu es blessé.

Il lui jeta un regard et grimaça.

— C'est juste une cheville tordue. Si tu m'aides à me redresser, je pourrai utiliser ces vieilles béquilles.

Elle le balaya du regard à la recherche d'autres blessures éventuelles. À part sa cheville et le fait qu'il était trop pâle et trop mince, il avait l'air normal. Elle plaça une main douce sur son épaule.

— Papa, arrête. Reste là, je reviens tout de suite.

— Il faut juste que tu m'aides à me relever, Noel, dit-il à travers ses dents serrées.

— Il te faut une radio et des analgésiques.

Noel se tourna vers Daisy.

— Garde un œil sur ton grand-père. Fais en sorte qu'il n'essaie pas de se relever sur cette jambe. Je reviens tout de suite.

Noel fit volte-face et faillit percuter Abby de plein fouet.

— Qu'est-ce qui s'est passé ?

— Il est tombé. Il s'est tordu la cheville. Je vais prendre ta voiturette pour qu'on le sorte de là.

Sans hésitation, Abby sortit la clé de sa poche et la lui passa.

— Vas-y. Je vais lui trouver quelque chose pour la douleur.

Noel hocha la tête et partit en courant, les larmes menaçant de brouiller sa vision.

— Merde !

Elle essuya rageusement ses larmes. Ce n'était pas le moment de craquer. Et puis ce n'était qu'une cheville. Elle était sûre que tout irait bien une fois qu'il aurait vu un médecin.

Le seul problème était qu'elle n'arrivait pas à se défaire de l'image de lui, si faible et vulnérable, sur le sol de la cabane. Son père était son héros, son roc, la personne qu'elle admirait et sur laquelle elle se reposait le plus. Elle n'avait pas envie de penser à sa mortalité ou à ce à quoi le monde ressemblerait s'ils le perdaient. Noel savait qu'elle se montrait dramatique. Ce n'était qu'une cheville… cette fois-ci. Mais il était toujours en train de suivre une chimiothérapie. Une blessure telle que celle-ci n'allait pas guérir vite, et la perte de mobilité serait un souci.

Elle sauta au volant de la voiturette et essuya ses larmes. Il fallait qu'elle soit forte pour lui et elle ne voulait pas qu'il la voie bouleversée ainsi. Elle mit le contact, enclencha les phares et contourna la maison. Une piste dégagée bien utile conduisait à la cabane et quand elle s'arrêta à côté, Abby avait déjà réussi à le relever et le guidait vers la porte. Il avait passé un bras autour de ses épaules et elle soutenait la plupart de son poids. Heureusement, ils n'avaient pas loin à aller.

— Je peux simplement utiliser les béquilles, répéta Lin, la mine boudeuse, tandis qu'il s'appuyait contre Abby. Ce n'est pas la peine de me traiter comme un invalide. Et je n'ai pas besoin de voir un guérisseur. C'est juste une entorse.

En dépit de son agitation entêtée, Noel sentit le poids de sa peur s'alléger. S'il râlait parce qu'elles en faisaient trop, ça voulait dire qu'il n'était pas en trop mauvais état.

— On ne te traite pas comme un invalide, papa. On te traite comme un homme qui, au mieux, s'est fait une entorse, au pire, s'est cassé quelque chose. Alors, oui, il faut que tu voies un médecin. Tu ne veux pas empirer les choses, si ? demanda Abby.

Il essaya de mettre du poids sur son pied blessé et grogna.

— Tu vois ? dit Abby en levant les yeux au ciel.

— Je croyais t'avoir entendue dire que cette potion était contre la douleur, dit-il avec irritation. Je suis sûr qu'il faut juste que je me repose quelques jours.

— Papa, dit Noel en secouant la tête. Les potions d'Abby ne sont pas des médicaments miracles. Et elles ne remplacent pas un vrai traitement médical. Tu le sais.

Lin et Abby atteignirent enfin la voiturette. Noel l'aida à s'installer à l'avant tandis que Daisy, Abby et Buffy se glissaient derrière.

— C'est parti, ordonna Abby.

Noel n'hésita pas. Elle enfonça la pédale et, en dépit des protestations de Lin, elle le conduisit au centre médical de la Grand-Rue.

CHAPITRE 13

— Attends ici, dit Noel en se garant juste devant le centre médical.

— Est-ce que j'ai le choix ? grommela son père.

— Non, répondirent Abby et Noel en même temps.

Abby sourit à sa sœur et prit Daisy par la main.

— Viens par-là, la puce. Assieds-toi devant avec papy et surveille-le.

Daisy grimpa à l'avant, Buffy sur ses genoux.

— C'est bon, papy. Je suis là.

Le regard de Noel passa de sa fille à son père et elle eut l'impression que son cœur allait exploser sous le coup de l'émotion. Abby serra sa main contre son cœur et poussa un petit gémissement.

— Bon sang. Si ça, ce n'est pas le truc le plus mignon qu'on ait jamais vu, hein ?

— C'est clair.

Noel ouvrit la porte vitrée et suivit Abby à l'intérieur.

— Abby ! Noel ! les salua Gerry Whipple à l'accueil.

La vieille sorcière et son mari étaient les guérisseurs de la ville depuis plus de vingt ans.

— Qu'est-ce qui vous amène ce soir ?

— Notre père est tombé et s'est fait mal à la cheville, dit Noel. Il est à l'intérieur de la voiturette.

— Oh non.

Elle appuya sur un bouton et parla dans l'interphone.

— Martin, nous avons besoin de toi, s'il te plaît.

— J'arrive, répondit son mari à l'autre bout de la ligne.

— Il finissait juste de remplir quelques dossiers derrière. Il va venir très vite.

Gerry se leva et sortit un fauteuil roulant d'un placard avant d'attendre son mari à la porte. Le vieux monsieur émergea de la porte du fond, vêtu d'une blouse blanche. Ses cheveux poivre et sel comportaient plus de sel que de poivre. Il adressa un gentil sourire aux sœurs Townsend en les voyant.

— Bonsoir, mesdames. Vous êtes arrivées juste avant qu'on ne ferme. Quel est le souci ?

— C'est notre père, dit Abby en désignant la voiturette par la fenêtre.

— Une cheville tordue, intervint Gerry. J'ai besoin de toi pour le mettre dans le fauteuil roulant, qu'on puisse l'examiner.

Il hocha la tête et ils sortirent tous les deux pour aider Lin à monter dans le fauteuil. Ils le ramenèrent en poussant le fauteuil. Lin était silencieux et plus pâle que jamais. Noel prit une brève inspiration et un frisson de peur remonta sa colonne vertébrale. Il n'avait pas l'air bien.

— Attendez ici, mesdames. Nous allons l'examiner avant de venir vous chercher, dit Martin.

Noel jeta un regard par la fenêtre. Sa fille était toujours assise dans la voiturette.

— Est-ce qu'on peut faire rentrer le chiot dans la salle d'attente ? Daisy est dehors avec elle, mais...

Gerry lui serra délicatement le bras.

— Allez-y, pas de problème.

— Merci.

Noel ouvrit la porte et fit signe à Daisy de venir à l'intérieur. Sa fille accourut, en claquant des dents à cause du froid. Elle avait une polaire, mais la température avait chuté et elle devait être gelée. Noel sentit le froid à son tour maintenant que l'adrénaline retombait. Elle agita la main et imagina une cheminée qui crépiterait au milieu du bureau. L'air de la pièce se réchauffa instantanément.

Daisy poussa un soupir soulagé et frotta son visage contre le pelage chaud de Buffy.

— C'est mieux.

— C'est bien vrai.

Abby s'assit sur une des chaises et attrapa un magazine.

— Tu devrais réutiliser ce petit tour tout à l'heure quand on sortira.

Noel fronça les sourcils en contemplant sa sœur.

— Tu es folle ? On ne peut pas sortir. Papa est blessé et j'ai Daisy.

— Ça va aller pour papa, dit Abby en tournant une page de son magazine. Et je suis sûre que ça ne dérangera pas Faith de s'occuper de Daisy. Comme ça, les deux chiots pourront se retrouver.

— Oui ! dit Daisy. Elle lui manque sa sœur, à Buffy.

Noel fronça les sourcils. Elle détestait quand sa sœur élaborait ses plans à voix haute sans lui demander son avis d'abord. Du coup, Daisy était tout excitée et Noel passait pour la méchante quand elle disait non.

— Tu ne sais même pas ce que Faith fait ce soir. Tu ne peux pas juste…

— Faith emmène Xena chez le dresseur et ensuite elle passe à la maison nous voir. Elle y sera probablement déjà le temps qu'on ramène papa.

— Alors emmène Faith faire ta course, dit Noel en croisant les bras sur sa poitrine.

Abby lui jeta un regard horrifié.

— Tu ne m'as pas entendue tout à l'heure quand j'ai dit qu'elle ne supportait pas les drifts ? Oh, non. Je ne vais pas refaire ça. Je peux emmener Faith seulement pour des balades tranquilles le long de la rivière. Pas de course.

— Abby…

— Bonne nouvelle, mesdames, dit Gerry en revenant dans la salle d'attente. Ce n'est qu'une foulure. Il est un peu faible, alors on va lui prescrire quelques potions énergisantes…

— Quel genre de potions énergisantes ? demanda Noel en se levant. Abby lui donne déjà une de ses concoctions. La plupart de celles qu'on a essayées avant ne faisaient rien.

— Oh, mince, dit Gerry en écrivant quelque chose. Peut-être qu'Abby devrait venir derrière pour qu'on voie ensemble ce qui a fonctionné ou non.

Abby secoua la tête.

— Noel saura ça mieux que moi. Ils avaient essayé pas mal de choses avant que j'arrive.

— Tu es sûre ? demanda Noel, surprise que sa sœur, la sorcière de terre, veuille bien la laisser s'occuper de cela.

Abby était bien plus experte en potions qu'elle.

— Oui. Tu sais ce que je lui donne maintenant et ce qu'il a essayé avant. Je vais attendre ici avec ma nièce préférée, dit Abby en serrant la main de Daisy.

— D'accord.

Noel fit un signe de la main à sa fille et suivit Gerry dans une salle d'examen où Martin Whipple était en train d'installer une attelle sur le pied de son père.

— Il faut que vous évitiez autant que possible de le poser dans les jours qui viennent. L'attelle devrait suffire, mais quand vous serez prêt à remettre des chaussures normales, mettez un bandage élastique pour soutenir la cheville.

— D'accord, dit Lin.

Il était assis au bout de la table d'examen et un peu de couleur était revenue dans ses joues.

Quand le guérisseur eut terminé, il se leva et se dirigea vers la porte.

— Je vais aller vous chercher un bandage et des anti-inflammatoires. Je reviens tout de suite.

— Noel, dit Gerry. Je me demandais si je pouvais vous voir un moment ?

— Heu, bien sûr.

Elle se leva et jeta un dernier regard à son père.

— Je reviens tout de suite.

— Ça va, Noel, vas-y, dit-il en agitant une main. N'aie pas l'air si inquiète. Je suis dans un centre médical, franchement.

— D'accord, d'accord. Tu n'as qu'à m'en vouloir parce que je m'inquiète, c'est ça, marmonna-t-elle en suivant Gerry dans une autre salle d'examen.

— Asseyez-vous, dit Gerry.

Noel jeta un coup d'œil alentour dans la salle stérile. Le seul endroit où s'asseoir était la table d'examen.

— Heu, Gerry, est-ce que c'est à propos de mon père ?

L'autre femme secoua la tête.

— Non, c'est vous que je veux examiner. Votre énergie semble basse et j'aimerais vérifier que tout va bien.

— Je ne…

— Allons, pour me faire plaisir.

— Bon, d'accord.

Noel grimpa sur la table d'examen et sa nervosité eut raison d'elle.

— Ça doit être sacrément grave si vous le sentez juste comme ça.

La guérisseuse posa un regard bienveillant sur elle et lui fit un sourire rassurant.

— Pas forcément. Je suis douée pour lire le niveau d'énergie des gens, et le vôtre est dangereusement bas. Est-ce que vous en faites trop ces temps-ci ? Vous vous sentez dépassée ? Un petit mal de gorge, peut-être ? Vous brûlez la chandelle par les deux bouts ?

Noel haussa les épaules.

— Pas de mal de gorge. Et pour le reste, pas plus que d'habitude. Je suis une mère célibataire qui tient une auberge et dont le père lutte contre un cancer. Je suppose qu'on peut établir que mon stress est supérieur à la normale.

Gerry hocha la tête en prenant sa tension.

— C'est un peu haut, dit-elle.

Ensuite elle l'ausculta, prit sa température, palpa ses ganglions et se rassit.

— Eh bien, vous semblez en bonne santé, mais vous avez l'air épuisée. Est-ce que vous dormez assez ?

— Pas vraiment, dit Noel. C'est un peu stressant en ce moment et j'ai eu quelques insomnies. En plus on vient de prendre un chiot.

Gerry hocha la tête.

— Un peu de repos ne vous ferait vraiment pas de mal. Alors voilà ce qu'on va faire : je vais vous prescrire des vitamines et je veux aussi que vous inscriviez des moments de temps libre sur votre emploi du temps. Choisissez une activité sympa qui vous aidera à relâcher un peu la pression. Vous ne pouvez pas vous inquiéter en permanence. Ce genre de stress ça pèse, et puis ça finit par vous grignoter la santé. D'accord ? Des vitamines, du repos, et moins de stress, c'est compris ?

— Je suppose.

Gerry inscrivit le nom des vitamines sur une ordonnance et la tendit à Noel.

— Je suis prête à parier que si vous prenez ces vitamines et une demi-heure par jour juste pour vous, que vous sortez et que vous vous amusez un peu, votre énergie reviendra à la normale en moins de deux.

C'est ça, pensa Noel. L'idée qu'il fallait qu'elle trouve un créneau en plus sur son emploi du temps ne faisait qu'ajouter à son stress. Mais elle prit l'ordonnance et hocha la tête. Gerry essayait juste de l'aider.

Elle la ramena dans l'autre salle d'examen où elles attendirent le retour de Martin Whipple avec Lin. Son père se tourna vers elle.

— Alors, qu'est-ce qui se passe ?

— Gerry veut juste que je prenne quelques vitamines.

Elle lui montra l'ordonnance.

— Elle dit que mon énergie est basse. Je dois travailler un peu trop.

— Ça, c'est certain, dit Lin. Tu as toujours brûlé la chandelle par les deux bouts, mais tu ne peux pas continuer comme ça indéfiniment.

Pourtant il fallait bien, non ? Personne d'autre n'allait tenir cette auberge à sa place ou payer ses factures. Mais elle ne répondit pas à son père. Il savait parfaitement ce que ça voulait dire d'être seul pour élever ses enfants. Elle jeta un regard à son attelle.

— Ils t'ont fait une radio.

Il hocha la tête.

— Je t'avais dit que c'était juste foulé.

— Oui, c'est vrai, dit-elle en venant s'asseoir à côté de lui. Tu sais qu'on était juste inquiètes pour toi, hein ?

Lin passa un bras autour de ses épaules et la serra contre lui.

— Je sais, ma chérie.

— Mieux vaut trop de précautions que pas assez. Avec tout ce qui se passe, il faut qu'on fasse en sorte de te garder le plus en forme possible.

Son père resta silencieux un moment. Et puis il se tourna et la regarda dans les yeux. Il la scruta de son regard gris et demanda :

— Est-ce que tout va bien en ce moment, Noel ?

Elle cligna des yeux.

— Bien sûr. Pourquoi tu demandes ça ?

Il eut un petit rire.

— C'est normal, non ? La guérisseuse vient de te dire que ton niveau d'énergie était bas, et tu n'avais même pas rendez-vous, ce qui veut dire que ça l'a suffisamment inquiétée pour qu'elle te fasse passer un examen de façon impromptue. Et puis, tu es plus tendue que la corde d'un arc.

— Papa, soupira Noel. Ne retourne pas la situation. J'étais inquiète pour ta cheville. Et si tu te l'étais cassée ? Tu comptais juste attendre que ça passe ?

— Ce n'est pas de ça que je parle.

Il écarta les cheveux de Noel de ses yeux.

— Je parle de ce poids que tu trimballes partout avec toi.

— C'est juste une période stressante, répondit-elle en détournant la tête.

Pourquoi est-ce qu'elle avait l'impression d'avoir à nouveau quinze ans ?

— Ce n'est pas moi qui suis une tête de mule pour me faire soigner.

Ça le fit rire.

— Bon, admettons.

Son amusement était contagieux et elle reposa les yeux sur lui en souriant.

— Alors tu le reconnais ?

— Je ne reconnais rien du tout, dit-il avec un clin d'œil.

Mais il redevint grave.

— Écoute, Noel, je suis au courant de ta visite à Eureka.

Elle se raidit.

— C'est Abby qui te l'a dit ?

Il l'examina d'un air étrange.

— Non. C'est Clay. Il n'avait pas compris que je n'étais pas au courant.

Donc c'était bien Abby, pensa Noel. Elle aurait dû savoir que sa sœur était incapable de garder un secret. C'était toujours la même Abby, qui racontait tout à tout le monde. Bien sûr, Noel ne lui avait pas exactement dit de ne pas en parler. Et c'était parfaitement logique qu'elle en ait parlé à son fiancé.

— Pourquoi tu ne nous as rien dit ? demanda son père d'un air peiné. Ça a dû être très dur d'aller là-bas en pensant que tu allais devoir identifier Xavier.

Les yeux de Noel s'emplirent de larmes et elle se détesta pour cela. Elle avait fait le vœu de ne plus jamais pleurer pour lui, et voilà qu'elle était en train de chouiner comme une idiote devant son père.

— C'est juste… je n'avais pas envie d'en parler.

Lin hocha la tête.

— C'est compréhensible. Mais tu sais, ça aide d'en parler.

Noel émit un « tss » incrédule.

— Vraiment, papa ? Ça t'est souvent arrivé de parler de maman après son départ ?

— À vous ? Seulement quand vous abordiez le sujet, répondit-il. Je ne voulais pas que vous la détestiez si jamais elle revenait un jour. Mais à mon psy ? Beaucoup. J'avais beaucoup de problèmes à dénouer, et je suppose qu'il en va de même pour toi.

— Je m'en sors, dit Noel.

Ça fit rire Lin.

— Tel père, telle fille, hein ?

— Ça veut dire quoi, ça ?

— Qu'on est tous les deux têtus comme des mules, c'est tout. Personne ne nous prendrait pour des paillassons.

Il lui fit un clin d'œil et lui donna un petit coup d'épaule. Elle aurait voulu être en colère, ignorer cette conversation, mais peut-être qu'il n'avait pas tort. Ce n'était pas comme si elle n'avait pas été au courant qu'elle était têtue.

— Un psy, hein ? Ça t'a aidé ? Est-ce que tu as pu arrêter d'en vouloir à maman ?

— Pas vraiment.

Il posa une main par-dessus la sienne et serra ses doigts.

— Mais j'ai appris à faire confiance à nouveau.

La confiance. On y était. Le sujet tabou par excellence.

— Et à aimer à nouveau, dit-il doucement.

Un sanglot se coinça dans sa gorge.

— Écoute, ma puce. Peut-être qu'on aurait dû avoir cette conversation il y a des mois de cela. Mais il faut que tu comprennes que la plupart des gens ne sont pas comme ta mère ou Xavier. Ils ne laissent pas volontairement derrière eux leurs familles qu'ils aiment. Ta mère…

Il secoua la tête.

— Je ne pense pas qu'elle ait jamais été heureuse. Pour être franc, je pense que même *elle* ne savait pas ce qu'elle voulait. Peut-être qu'on s'est mariés trop jeunes. Peut-être qu'elle s'est sentie prise au piège.

— Ou peut-être qu'elle était juste égoïste, dit Noel.

— Peut-être, acquiesça Lin avec un hochement de tête triste. Mais le truc, c'est qu'on n'en sait rien et qu'on n'en saura probablement *jamais* rien. Mais est-ce que ça changerait vraiment le résultat ? Elle n'était pas là. On a survécu, on a même très bien vécu, et nos vies sont remplies d'amour. Je veux juste que tu aies tout ce que tu as toujours voulu : la famille, les deux enfants virgule cinq et même le chien. Ça ne donne rien de bon de se fermer.

— Tu as déjà réglé la question pour le chien, dit-elle en étrécissant les yeux.

Ça le fit pouffer de rire.

— Oui, en effet.

Ils restèrent silencieux un instant. Et puis Noel dit :

— Si je garde mon bouclier, peut-être que je n'obtiendrai pas tout ce que je veux, mais au moins je n'aurai pas mal.

— Tu en es certaine ? demanda-t-il.

Non. Le mot s'imposa dans sa tête sans qu'elle ait à y réfléchir. Elle ne voulait pas être seule, elle ne voulait pas perdre ce qui avait commencé entre elle et Drew. Elle n'était pas sûre de pouvoir gérer ça si quelqu'un qu'elle aimait la quittait à nouveau.

— Sans confiance, nous ne sommes pas complets, ma douce, dit Lin en serrant sa main à nouveau. Je veux juste que tu sois heureuse. Que tu vives ta vie à ta façon et sans peur.

— Je vis ma vie à ma façon.

De cela, au moins, elle était sûre.

— Oui. C'est vrai.

Il lui tapota le genou alors que les guérisseurs revenaient.

— Réfléchis juste à ce que je t'ai dit. Et vois s'il y a des choses qui s'appliquent à toi.

— D'accord, papa.

Bien sûr que ça s'appliquait. Son père avait toujours été capable de voir au-delà de ses défenses. Le seul problème, c'était qu'elle n'était pas sûre d'être prête à oublier le passé.

CHAPITRE 14

Drew se gara sur le parking du Moon River. C'était un motel décrépit au sud d'Eureka, en bordure de l'Eel. Drew descendit du SUV et fit le tour du parking des yeux. Ce n'était pas franchement très animé. C'était à la fois une bonne et une mauvaise chose. On se souviendrait facilement de Xavier. D'un autre côté, s'il n'y avait eu personne dans le coin pour le remarquer, Drew serait dans le pétrin, sans aucun témoin.

Le soleil était déjà bas dans le ciel quand il arriva à la réception. Une odeur de tabac froid et quelques effluves de mildiou planaient dans l'atmosphère et il se demanda depuis quand ils n'avaient pas ouvert une fenêtre ou pensé à vaporiser du déodorant.

— C'est pour une chambre, beau gosse ? demanda une rousse audacieuse derrière le comptoir.

Elle portait un chemisier décolleté et sa poitrine généreuse se répandit devant elle quand elle se pencha en avant. Drew supposait que la plupart des hommes avaient du mal à ne pas laisser leurs yeux s'y perdre, mais il était trop occupé à contempler le chignon type choucroute et les faux cils si longs qu'on aurait dit qu'elle avait une araignée accrochée à chaque paupière. *Un look intéressant,* pensa-t-il.

— À vrai dire, je cherche quelqu'un, dit-il en sortant la photo de Xavier.

— Comme nous tous, répondit la femme.

Elle pinça les lèvres en le regardant de haut en bas. Drew sentit sa peau le démanger et il dut se forcer à rester immobile. Sa réaction le surprit et il mit ça sur le compte d'un sixième sens qui l'incitait à avancer avec prudence. Cette femme avait bien sûr un certain genre, mais jusqu'ici elle n'avait rien fait de vraiment scandaleux. Il déposa la photo de Xavier sur le comptoir et demanda :

— Est-ce que vous avez vu cet homme ?

— Aujourd'hui ? demanda-t-elle en prenant un paquet de cigarettes.

— Il y a une semaine, plus ou moins.

Elle sortit une cigarette du paquet et la fit rouler entre ses doigts.

— Qui est-ce qui pose la question ?

— Le shérif adjoint Baker, Madame.

Il fit glisser une carte vers elle.

— J'essaie juste de le contacter.

— Est-ce qu'il a des soucis ?

Elle plaça la cigarette éteinte entre ses lèvres et joua avec un briquet, mais sans chercher à l'allumer.

— Pas que je sache, dit Drew.

Ce n'était pas étonnant que l'endroit sente la fumée. En Californie, il n'était pas permis de fumer à l'intérieur, mais Drew serait prêt à parier qu'elle allumerait sa clope dès qu'il aurait quitté le bâtiment.

Elle jeta à nouveau un regard à la photo imprimée et sembla l'examiner. Quand elle releva la tête, elle haussa les épaules.

— Je ne me rappelle pas avoir vu quelqu'un qui ressemble à ça. Mais bon, on a du monde.

Drew fit le tour du bureau des yeux et jeta un œil à l'extérieur. Il n'y avait que deux autres voitures en plus de la sienne sur le parking.

— Vous avez beaucoup de chambres louées pour la nuit ici ?

— Oui, dit-elle avec un hochement de tête enthousiaste qui fit tomber quelques mèches de son chignon. On va bientôt avoir tous les gens qui arrivent après le dîner.

Drew en doutait. Le motel n'était pas à proximité immédiate de la route. Il était peu probable qu'ils reçoivent beaucoup de gens qui venaient passer la nuit ici parce qu'ils voyageaient le long de la côte.

— D'accord. Merci pour votre aide. Mais si jamais vous le voyez, vous pourriez m'appeler ?

Elle regarda sa carte à nouveau. Et puis elle le balaya du regard une dernière fois et se lécha la lèvre inférieure.

— Bien sûr, shérif adjoint Baker. Ce serait avec *plaisir*.

Il lui adressa un bref signe de tête et sortit de son bureau pour rejoindre son SUV. Il monta en voiture, mais au lieu de démarrer immédiatement, il observa la femme dans son bureau. La nuit était en train de tomber et grâce aux néons, il voyait parfaitement à l'intérieur et put suivre ses moindres mouvements.

Elle prit sa carte, sembla l'observer, et puis la déchira en deux et la jeta dans la corbeille. Quelques instants plus tard, elle alluma sa cigarette. Cela ne le surprit pas. Même s'il avait l'air d'être son genre physiquement, elle n'avait visiblement aucune envie de l'aider à retrouver Xavier. Il avait le sentiment qu'elle cachait quelque chose ou qu'elle protégeait quelqu'un.

Xavier, peut-être ? Est-ce qu'il serait vraiment passé de quelqu'un d'aussi classe que Noel à une femme qui semblait prête à être danseuse de revue à Las Vegas ?

Drew ne savait pas trop quoi penser d'elle. Tout ce dont il était sûr, c'était qu'obtenir des informations d'elle était une cause perdue.

Il démarra et s'engagea sur la route à deux voies en direction du restaurant qu'il avait repéré en se rendant au motel. Il n'y avait pas beaucoup de commerces dans les environs si bien qu'il était raisonnable d'imaginer que si Xavier avait dormi là, il avait peut-être été vu par des gens du coin.

Les graviers crissèrent sous ses pneus alors qu'il s'engageait sur le parking de Tartes en folie. Un néon au-dessus de l'entrée affichait *Cassis*. Quelques secondes plus tard, le texte changea en *Pommes*. La salive monta à la bouche de Drew à l'idée d'une tarte aux pommes sortant du four.

La photo de Xavier en poche, il entra dans l'établissement modeste et s'installa au bar. La dernière rénovation semblait dater des années quatre-vingt. Les banquettes étaient en vinyle orange avec des tables en formica. Le lino était si usé qu'il y avait des trous par lesquels le sol en dessous apparaissait. Mais la serveuse au visage rond derrière le comptoir avait un sourire sincère quand elle posa le menu et une tasse en céramique devant lui.

— Un café ? demanda-t-elle.

— Oui, s'il vous plaît. Merci, Sally, dit-il après avoir lu l'étiquette avec son nom.

Elle avait des yeux brillants qui invitaient à la conversation. Elle remplit sa tasse et lui demanda :

— Du lait et du sucre ?

— Je le prends noir, merci.

Il retourna le menu, repéra la tarte aux pommes à l'ancienne dont il avait envie et la pointa du doigt :

— Ramenez-moi juste une part de ceci, et je vous serai éternellement redevable.

Elle pouffa de rire.

— Ça marche, chef. Autre chose ?

— Ça sera tout pour le moment.

Il lui rendit le menu en la remerciant. Pendant que Sally s'affairait derrière le comptoir, il se tourna et fit le tour des lieux du regard. Il y avait pas mal de monde pour un endroit qui était hors des sentiers battus. Quelques jeunes familles qui mangeaient des hamburgers et des frites, deux messieurs un peu âgés à une banquette sur le côté qui jouaient aux cartes et une demi-douzaine d'ados qui buvaient des sodas et partageaient une assiette géante de nachos à une table dans le fond. Et puis il y avait tous les gens seuls qui étaient venus passer un moment et manger une part de tarte. Ça lui tira un rire. Il s'intégrait parfaitement dans le paysage.

— Et voilà, dit Sally en déposant son dessert devant lui.

— Merci.

Il se saisit de la fourchette et prit une bouchée. Il ferma les yeux et laissa un petit gémissement de plaisir lui échapper alors que la crème glacée et la tarte chaude se mélangeaient sur sa langue.

— C'est délicieux.

— Tout le monde dit ça.

Elle lui fit un clin d'œil et fit un tour pour resservir tout le monde en café. Elle était aussi charmante avec tous les clients. Il était évident qu'elle aimait les gens et Drew était sûr que si elle avait rencontré Xavier, elle se souviendrait de lui.

Il prit son temps pour finir sa tarte et quand Sally vint pour le resservir en café il dit :

— Est-ce que je peux vous poser quelques questions ?

Elle s'appuya d'un coude au comptoir, inclina la tête sur le côté et dit :

— Je vous écoute.

Elle n'était pas soupçonneuse. Tant mieux. Il avait de la chance.

— J'essaie de retrouver quelqu'un. Il a dormi au motel sur cette route il y a une semaine et quelques, et je me dis qu'il est sans doute venu ici pour dîner.

Sally hocha la tête.

— Probablement. Tout le monde finit par atterrir ici tôt ou tard.

— Je n'en doute pas. Cette tarte aux pommes était la meilleure que j'ai mangée dernièrement.

Il sortit la photo scannée de sa poche et la fit glisser vers elle.

— Est-ce que vous vous rappelez avoir vu cet homme ?

Elle jeta un regard à la photo et hocha la tête.

— Bien sûr. C'est Victor. Il était là avec un autre homme. Xavier, je crois.

— Victor ?

Drew écrivit le nom dans son carnet.

— Vous êtes sûr que c'est le nom qu'il se donnait ?

Ça la fit rire.

— Je ne sais pas quel nom *lui* il se donne, mais c'est comme ça que son ami l'appelait. Pourquoi ? Est-ce qu'il utilisait une fausse identité ? Des cartes de crédit volées ?

— Des cartes de crédit volées ?

Drew haussa les épaules.

— C'est possible, je suppose, mais ce n'est pas pour une fraude aux cartes de crédit que je le cherche.

— Je vous jure par la déesse, si on a des refus de paiement à cause de ces deux sales types, je vais piquer une crise.

Ses yeux brillèrent de colère et elle tapa du poing sur le comptoir.

— Eh ! protesta un des vieux messieurs. Un peu de calme, tu veux ? J'essaie de me concentrer.

Sally l'ignora et regarda Drew dans les yeux, soudain échauffée.

— Je savais que ces types n'étaient pas nets, mais je n'arrivais pas à déterminer ce qui me dérangeait chez eux.

Drew haussa les sourcils.

— Vous pourriez développer ce que vous avez trouvé louche ?

Elle laissa un petit rire lui échapper.

— Bien sûr. L'autre, pas celui-ci, dit-elle en désignant la photo devant elle, c'était un vrai connard. Il n'arrêtait pas de m'appeler « chérie » et normalement ça ne me dérange pas, mais quand en plus on me regarde d'un air vicieux et qu'on me touche les fesses, là c'est trop.

Quel enfoiré… qu'est-ce que Xavier foutait avec un connard pareil ? Drew le fréquentait à l'époque où il vivait à Keating Hollow et il s'était toujours conduit en gentleman à sa connaissance. Qu'est-ce qui pouvait le lier à un type pareil ?

— Victor, dit-elle en désignant à nouveau la photo, lui disait d'arrêter, mais ça le faisait rire comme si c'était juste une blague. Au moins Victor laissait de bons pourboires.

Drew se racla la gorge.

— Est-ce qu'ils ont dit ce qu'ils faisaient en ville ?

Elle fronça les sourcils et se frotta le front, l'air de se concentrer.

— Quelque chose en rapport avec un travail sur un bateau

de pêche, je crois. Ils allaient généralement au port de plaisance.

— Parfait.

Drew prit des notes.

— C'était quand la dernière fois que vous les avez vus ?

Elle haussa les épaules.

— Il y a une semaine, peut-être ?

Drew hocha la tête.

— Ça m'aide vraiment. Vous vous rappelez autre chose à leur propos ? Quelque chose dont ils auraient parlé, ou qu'ils auraient fait ?

Elle leva les mains pour indiquer son impuissance.

— J'entends beaucoup de gens parler. Je crois que la seule raison pour laquelle je me souviens d'eux, c'est que ce Xavier était un vrai connard.

— Et Victor ? demanda-t-il, conscient que quand elle disait Xavier, elle parlait de l'homme non identifié. Comment était-il ?

— Correct, je suppose, si on excepte ses fréquentations.

Drew referma son carnet et lui tendit sa carte de visite.

— Merci beaucoup, Sally. Je suis le shérif adjoint Baker, et si vous voyez cet homme à nouveau, j'apprécierais que vous me préveniez le plus vite possible.

— Est-ce qu'il a des ennuis ? demanda-t-elle en se mordant la lèvre.

— Non, répondit Drew en secouant la tête. Nous avons juste besoin de lui parler.

Il mit un billet de vingt sur la table, conscient que c'était à peu près quatre fois la valeur de ce qu'il avait consommé.

— Merci de m'avoir consacré un peu de temps. Vous m'avez été très utile.

CHAPITRE 15

Noel déposa une tasse de chocolat chaud et une assiette de cookies sur la console et fit bouffer l'oreiller avant de le glisser sous le genou de son père.

— Voilà la potion énergisante et les suppléments recommandés par Mr Whipple. Faith va arriver avec un pot-au-feu qu'elle a fait aujourd'hui, alors tu auras à manger pour le reste de la semaine. Quand elle sera là, on pourra jouer à quelque chose. Qu'est-ce que tu dirais d'une partie de Monopoly ?

— Noel.

Son père recouvrit sa main de la sienne.

— Détends-toi. Je vais bien.

— Bien sûr, dit-elle en lui tendant le chocolat chaud. Bois ça avant que ce soit froid.

Lincoln Townsend baissa les yeux sur la tasse puis sur les cookies décorés d'un sourire que Noel avait réalisés après le dîner, et il secoua la tête.

— J'ai quoi ? Cinq ans ?

— Papa, je veux juste…

— Tu me traînes dans les pattes, Noel.

Il reposa la tasse sur la console.

— je vais devoir insister pour que tu me laisses un peu respirer. Va faire un tour sur cette fameuse voiturette avec ta sœur. Vous me rendez dingue toutes les deux.

Noel mit ses mains sur ses hanches et secoua la tête.

— Je ne vais nulle part. Qu'est-ce qui se passera si tu as besoin de quelque chose ?

— Daisy est là, répondit son père avec un regard sévère. Maintenant, file avant que j'appelle l'adjoint Baker pour qu'il te fasse sortir d'ici par la peau des fesses.

Abby ricana. Noel jeta un regard agacé à sa sœur.

— Tu n'es pas raisonnable, papa.

— Non, c'est toi qui n'es pas raisonnable.

Il sortit son téléphone de sa poche.

— Tu as deux minutes pour sortir d'ici ou j'appelle la police pour violation de domicile.

— Drew ne va pas nous expulser de notre maison de famille, protesta Noel, mortifiée à l'idée qu'il doive gérer quelque chose d'aussi idiot que l'escorter hors de la maison de son père.

— Tu en es sûre ?

Il tapota l'écran.

— On peut vérifier.

— Papa !

Noel voulut saisir le téléphone, mais il le mit habilement hors de sa portée.

— Oh, regarde, ça sonne déjà.

Il plaça le combiné contre son oreille.

— Arrête ! D'accord, d'accord. Je vais laisser Abby m'emmener dans sa voiturette. N'appelle pas Drew.

Il lui répondit d'un sourire autosatisfait, appuya sur l'écran et remit le téléphone dans sa poche.

— Mais on va attendre jusqu'à ce que Faith soit là, s'entêta Noel.

Elle ne pouvait pas laisser sa fille à la charge de son père. Qu'est-ce qui se passerait s'il y avait un problème avec Daisy alors qu'il était coincé dans son fauteuil ?

— Très bien. Mais allez l'attendre dans la cuisine. J'ai envie de voir le Duc régler leur compte aux méchants, dit-il en désignant la télévision où défilait le générique d'un de ses films avec John Wayne.

— Tu as gagné, papa, dit Noel en pouffant de rire.

Il avait raison, elle lui traînait dans les pattes et s'inquiétait sans raison. Pour avoir ce genre de réaction, il devait effectivement se sentir très bien.

— Abby et moi on va aller chercher comment t'embêter à côté.

— Je n'en doute pas.

Il leva son chocolat et en prit une gorgée. Ensuite il pointa la télécommande vers l'écran et monta le volume au point que c'en était presque assourdissant.

Abby se laissa glisser de son tabouret de bar et fit signe à sa sœur de la suivre. Noel jeta un coup d'œil à Daisy qui jouait avec son chien au milieu du salon, apparemment imperméable au bruit, et elle suivit en hâte sa sœur dans une des chambres.

— Qu'est-ce qui se passe ? demanda-t-elle.

— Je viens de recevoir un texto de Faith. Elle arrive avec des provisions pour papa. Elle et Xena vont passer la nuit ici, et elle a dit que ça lui ferait plaisir que Daisy et Buffy restent aussi. Elle pense que ça ferait du bien à Xena de passer du temps avec un chiot bien élevé.

Noel haussa un sourcil.

— Buffy n'est pas bien élevée. Pas encore, en tout cas. Elle apprend, mais elle mâchouille toujours des trucs qu'elle ne devrait pas mâchouiller. Et elle a déjà eu un accident depuis qu'on est revenus de chez le guérisseur.

— Je ne pense pas que tu puisses comprendre tant que tu n'auras pas passé un peu de temps avec Xena. C'est littéralement le chien du diable. Tu vas finir par prendre pitié de Faith et lui laisser avoir l'autre.

Noel étrécit les yeux en regardant sa sœur.

— Est-ce que c'est un plan machiavélique pour que je reste plus tard avec toi à faire des drifts dans la boue ?

Ça fit rire Abby.

— Non. J'aurais trouvé bien mieux que ça. Comme inviter Clay et Drew à la fête, par exemple.

— Arrête, dit Noel en secouant la tête, mais elle ne put retenir le sourire qui s'empara de ses lèvres.

— Oh… c'est quoi ça ?

Abby agita une main devant sa sœur.

— Tu souris, et c'est clairement à cause de notre shérif adjoint.

— Peut-être.

Noel tritura le bord de son chemisier.

— On a un rendez-vous demain soir.

— Quoi ? glapit Abby en saisissant ses mains. Tu as un rendez-vous avec Drew ? Comment c'est arrivé ?

— Il est passé à l'auberge aujourd'hui et m'a aidée avec un problème de plomberie. Je l'ai invité à dîner pour le remercier.

— Un problème de plomberie ? répéta Abby avec un regard soupçonneux. C'est une allégorie, hein ?

— Non ! protesta Noel en riant. Franchement, Abs. Tu me connais mieux que ça. Ou tu me connaissais, en tout cas.

— Bien sûr. Quand on était gamines, tu étais toujours la plus prudente. Et maintenant, tu es encore pire.

Elle traversa la pièce et fouilla dans le placard. Quand elle trouva enfin ce qu'elle cherchait, elle fit volte-face, deux bouteilles de vin à la main, et s'écria :

— Hé, hé !

— C'est quoi ça ?

Noel prit une des bouteilles pour lire l'étiquette. Elle haussa les sourcils de surprise.

— C'est un millésime spécial de cette très bonne cave à Caligosta. Où est-ce que tu les as eues ?

— J'ai mes petits secrets, répondit Abby en souriant. Pour tout dire, ils m'ont acheté des bougies pour leur boutique en urgence. J'ai répondu de façon un peu zélée et ils m'ont envoyé ça pour me remercier.

— Mais pourquoi est-ce qu'elles sont dans le placard ?

— Parce que, ma chère sœur, il faut les conserver au frais et à l'abri de la lumière.

Noel examina les bouteilles à nouveau, puis le placard, et se mit à rire.

— Pourquoi tu ricanes ? protesta Abby.

— Tu les as cachées ici pour que personne ne les trouve. Genre Claire, par exemple ?

Il s'agissait de la petite amie de longue date de leur père. Elle était connue pour apprécier le vin… surtout le vin rouge de grande qualité.

Abby prit une mine penaude.

— D'accord, peut-être. Ils me les ont envoyées ici parce que c'est l'adresse de mon commerce, et c'est arrivé tard un soir où elle cuisinait pour papa. Je… je les ai juste placées là et puis je les ai oubliées.

Ça fit rire Noel à nouveau.

— Évidemment.

— OK, tu m'as percée à jour. Peu importe.

Abby rejoignit la porte.

— Mais tu devrais me remercier parce que sans ça, on n'aurait que du chocolat chaud à boire, et sans rien pour l'épicer.

Elle fit un signe de tête vers l'extérieur.

— Allez viens. On a une course de voiturettes à remporter.

— ON PEUT JUSTE FAIRE un arrêt ? demanda Noel alors qu'Abby dirigeait la voiturette sur la piste le long de la rivière magique qui traversait la ville.

— On a déjà de l'alcool, dit Abby en levant le gobelet de vin qu'elle tenait. Je ne crois pas qu'on ait besoin de quoi que ce soit d'autre.

Noel pouffa de rire.

— Non, ce n'est pas ça. Je veux passer voir Yvette. Elle est vraiment bizarre dernièrement et je ne suis pas sûre qu'elle aille bien.

Abby lui jeta un regard, les sourcils froncés.

— Tu sais quoi ? Tu as raison. Elle était vraiment tendue les dernières fois où je l'ai vue. Tu crois qu'elle et Isaac ont des problèmes ?

Noel leva les yeux vers la pleine lune et soupira.

— J'espère que non. Isaac a été très bien avec notre famille. Ça m'embêterait de devoir le réduire en bouillie pour s'être mal comporté avec notre sœur.

— Pareil, dit Abby en tournant dans la Grand-Rue.

C'était une fraîche soirée de décembre et la ville s'était calfeutrée pour la nuit. Les seuls endroits encore ouverts étaient les deux restaurants et la Brasserie Townsend. À en juger par le nombre de voitures garées devant, il ne devait pas y avoir beaucoup de monde dans aucun de ces établissements.

Abby tourna à droite et s'arrêta rapidement devant une jolie maison de style victorien à deux étages. De la lumière filtrait des fenêtres et deux voitures étaient garées dans l'allée.

— On dirait qu'ils sont à la maison, dit Noel en marchant vers la porte.

Abby sonna et resserra ses bras autour de son corps.

— Brr. Il fait froid d'un coup ? Je gèle, là.

— Il fait cinq degrés, Abby. Je t'avais dit que c'était trop froid pour faire des courses de voiturettes, dit Noel en levant les yeux au ciel.

— Il ne faisait pas si froid quand on était dans la voiture. Je te jure, cette maison est au cœur d'une espèce de vortex glacial.

La porte s'ouvrit en grand et Yvette apparut sur le seuil, les yeux rouges et gonflés comme si elle avait pleuré. Ses cheveux châtains étaient noués en une queue de cheval mal faite et il y avait une tache de café sur son chemisier blanc.

— Vette ? demanda Noel, alarmée par son apparence.

Elle était complètement défaite.

— Qu'est-ce qui ne va pas ? Qu'est-ce qui se passe ?

Yvette regarda par-dessus son épaule et secoua la tête.

— Je ne peux pas parler maintenant.

Isaac apparut derrière elle, un sac de sport à la main. Il portait un pantalon de ville et une chemise bleu-gris. Ses cheveux sombres et épais venaient d'être coupés et il était rasé de près. Grand, large d'épaules, il donnait l'impression d'émerger d'une pub pour du parfum.

— Où est-ce que tu vas ? lui demanda Yvette. Tu ne peux pas partir maintenant. On était en train de parler.

— Non. Tu étais en train de m'accuser de mentir alors que

je t'expliquais où j'étais les deux dernières nuits. Et tu sais quoi ? Je n'ai pas l'énergie pour ça. Je vais aller passer quelques jours chez Jake.

— Isaac ! hurla-t-elle alors qu'il partait vers sa voiture. Qu'est-ce que tu fous, bon sang ?

— Je pars, dit-il en sautant au volant de sa BMW flambant neuve.

— D'où ça sort, ça ? murmura Noel à Abby.

— Aucune idée. La dernière fois que je l'ai vu, il conduisait une Toyota.

— Si tu pars maintenant, ce n'est pas la peine de revenir, enfoiré ! hurla Yvette alors que la voiture disparaissait dans la rue.

Elle laissa un petit sanglot lui échapper, tourna les talons et disparut à l'intérieur. Noel et Abby échangèrent un regard et, sans un mot, elles la suivirent dans la maison. Elles trouvèrent Yvette affalée sur une chaise à la table de la cuisine, une bouteille de vin fermée devant elle.

— Tu veux que je t'ouvre ça ? demanda Abby en désignant le vin.

Yvette releva la tête, les joues baignées de larmes.

— Je… je crois qu'il va me falloir quelque chose d'un p… d'un peu plus fort.

— Je m'en occupe.

Noel se dirigea vers le freezer à l'autre bout de la cuisine et en sortit une bouteille de Gray Goose. Sans perdre de temps, elle en versa un shot à Yvette avant de fouiller dans le frigo à la recherche de quelque chose avec quoi l'allonger.

Yvette vida la vodka d'un coup et s'en versa une autre avant de dire :

— Il y a de la limonade au gingembre dans la porte du frigo.

— Parfait.

Noel rassembla les ingrédients pour faire des Moscow Mules pendant qu'Abby tenait la main d'Yvette.

— Qu'est-ce qui se passe, Vette ? demanda Abby. Je sais que tout n'allait pas sur des roulettes dernièrement, mais qu'est-ce qu'il y a ? C'est une autre femme ?

De grosses larmes coulèrent sur le visage d'Yvette alors qu'elle haussait les épaules.

— Je ne sais pas au juste.

Elle ferma les yeux et prit une inspiration tremblante pour essayer de retrouver le contrôle de ses émotions.

— Je sais juste qu'il me ment à propos de quelque chose. Il n'est pas rentré avant presque deux heures du matin hier soir. La nuit d'avant c'était minuit.

— Il a dit qu'il était où ? demanda Noel en coupant un citron vert.

— Au bureau.

Un nouveau sanglot s'étrangla dans sa gorge alors qu'elle ajoutait :

— Mais j'ai appelé hier et…

Elle marqua une pause pour se reprendre. Quand elle parla à nouveau, sa voix était à peine audible.

— Ils ont dit qu'il était déjà parti. À sept heures du soir.

— Oh, ma chérie.

Abby entoura sa sœur de ses bras et la serra contre elle alors qu'Yvette continuait à pleurer.

— Je suis tellement désolée. Qu'est-ce qu'il a dit quand tu lui as posé la question ?

— Il a dit qu'il était à une réunion de travail. Mais ce n'est pas vrai, dit-elle d'une voix étouffée. J'ai accès à sa carte de crédit du travail. Il ne s'en est pas servi. C'est lui le patron, c'est toujours lui qui paie.

Noel apporta le pichet où elle avait préparé le cocktail à

table et leur en servit un verre à chacune. Abby croisa son regard et elles se fixèrent un instant, aucune d'elle ne sachant comment gérer cette crise.

— Voilà.

Noel poussa les verres devant ses sœurs. Elle savait que ce n'était pas la réponse la plus mature à une rupture imminente, mais en cet instant il ne semblait pas y avoir grand-chose d'autre à faire.

— Bois ça. Et puis on va nettoyer cette frimousse et t'emmener avec nous. On a une course de voiturettes qui nous attend.

Abby fit un petit sourire à Yvette et hocha la tête d'un air d'encouragement.

— Je ne veux pas sortir d'ici, dit Yvette entre deux reniflements.

— On ne va pas te laisser ici à te morfondre, dit gentiment Abby. Allez, Vette. On va juste faire un petit tour et prendre un peu l'air. Ça te fera du bien de sortir d'ici un moment.

Yvette leva la tête et jeta un regard à Noel.

— Tu la forceras à me ramener ici si je veux rentrer ?

Noel étouffa un petit rire.

— Bien sûr, Yvette. Je suis de ton côté.

— Eh ! s'exclama Abby. Qu'est-ce que vous sous-entendez toutes les deux ?

— Je crois que tu commences à avoir une mauvaise réputation avec cette voiturette, dit Noel en haussant les épaules. Des courses, des drifts… c'est quoi la suite logique ? Gonfler le moteur ?

— Eh bien… commença Abby.

— Non !

Yvette se tourna vers Abby, les yeux écarquillés de surprise.

— Tu es folle ?

— Il faut bien que je batte Wanda d'une façon ou d'une autre !

Elle leva les mains vers le ciel.

— Tu as vu la façon dont elle se rengorge ? Elle garde même une liste des scores dans la sienne et elle me la met sous le nez à chaque fois que je la vois. Il faut que je remonte pour ne plus avoir à supporter ça. Je vous jure, si je ne l'aimais pas autant, j'aurais déjà mis une potion de silence dans son vin.

— Abby, sérieusement ? dit Yvette. Une potion de silence ?

— Elle blague.

Noel attrapa une thermos dans le placard d'Yvette et la leva vers elles.

— On ne peut pas y aller sans munitions.

— Tu t'occupes de faire les stocks, dit Abby à Noel. Je vais emmener Yvette en haut et la débarbouiller un peu. On sera de retour dans deux minutes.

Noel regarda Abby faire sortir Yvette de la pièce. Elle avait été à sa place trois ans auparavant, perdue, blessée et en colère. La douleur familière de ce qu'elle avait perdu résonna dans son âme et elle pria pour qu'Isaac et sa sœur soient capables d'arranger les choses. Ils avaient été heureux il n'y avait pas si longtemps que ça. Il était impossible de dire ce qui s'était passé, mais elle espérait pour sa sœur que ce soit quelque chose qui puisse être arrangé. En attendant, elle ferait tout ce qui était en son pouvoir pour qu'Yvette sache qu'elle n'était pas seule et que ses sœurs seraient toujours là pour elle… quoi qu'il arrive.

CHAPITRE 16

La voiturette de Wanda illuminée de lumières violettes se glissa vers la ligne de départ faite à la main à la lisière des bois. Elle fit crisser ses freins deux fois pour indiquer qu'il était temps de s'y mettre.

— Je viendrai sur la ligne quand je serai prête, dit Abby en prenant une grande gorgée de Moscow Mule. Elle pense qu'elle est cool avec ses lumières violettes et Prince à fond sur ses enceintes. Mais vous savez ce que j'ai ?

Noel se mit à rire. Abby avait soi-disant ramené l'alcool en plus pour Yvette, mais elle n'avait pas craché dessus de son côté et ça commençait à se voir.

— Quoi donc, Abs ?

Abby tourna un interrupteur. Des lumières s'allumèrent et les baignèrent d'une lueur rosée. Elle sourit et appuya sur un bouton sur son iPhone. Natalie Cole envahit le haut-parleur avec une chanson sur sa Cadillac rose.

— Vous savez quel est le seul truc qui pourrait améliorer ça ?

— Si c'était moi qui conduisais ? demanda Noel en prenant la thermos pleine d'alcool des mains de sa sœur.

— Très drôle, dit-elle un peu sèchement. La seule chose qui pourrait faire que ce soit encore mieux c'est…

— Si la voiturette était rose, dit Yvette en prenant l'alcool à Noel.

— Exactement !

Abby échangea un high-five avec Yvette et commença à grimper à l'avant, sauf qu'elle manqua la marche et s'écroula dans l'herbe mouillée.

— D'accord, c'est bon. Je conduis, dit Noel en s'installant derrière le volant.

— Oh, certainement pas !

Abby la poussa et se remit à sa place.

— Ça fait une éternité que j'attends pour rabattre le caquet de Wanda. Je ne vais pas reculer maintenant.

La voiturette s'élança en avant et Noel et Yvette poussèrent toutes les deux un petit cri de surprise.

— Ok, sérieusement, dit Noel en s'accrochant à la rambarde. Abby, tu es sûre que tu es en état de conduire ?

— Oui. C'est juste l'herbe qui est glissante. Je gère.

Elle rejoignit la ligne de départ juste à côté de la voiturette de Wanda.

Celle-ci baissa sa musique et fit signe à Abby d'en faire autant.

— Qu'est-ce qu'il y a Wanda ? Tu es prête à te prendre une raclée ? la provoqua Abby.

— Une raclée ? dit Hanna en riant. On a quoi, douze ans ?

— On dirait bien, dit Noel en agitant la main pour saluer Hanna et Wanda.

Hanna lui répondit, mais Wanda était concentrée sur Abby.

— C'est reparti, Townsend. Prête à mordre la poussière ?

répliqua Wanda. On est à quatre-zéro pour moi. J'ai hâte de pouvoir ajouter un point à mon compte.

— C'est ce qu'on verra.

Abby resserra sa prise sur le volant.

— Finissons-en. Jusqu'à la rivière et retour ? La première qui passe la ligne gagne le droit de fanfaronner et deux douzaines de Délices Décadents de chez Une Cuillerée de Magie.

Noel et Yvette échangèrent un regard. Les Délices Décadents étaient une création spéciale de Miss Maple, réalisés à la main et infusés avec sa magie de terre. Ils étaient la définition même de « bon à se damner ».

— Allons-y, dit Wanda.

Elle passa un klaxon à Hanna.

— Quand le klaxon sonnera, tu auras intérêt à être prête.

— Vas-y, dit Abby.

Hanna leva le klaxon en l'air et dit :

— Prêt, feu, partez !

Le sifflement perçant déchira l'air et les deux voiturettes s'élancèrent en avant. Noel et Yvette applaudirent et se mirent à psalmodier :

— Vas-y, vas-y, vas-y !

Wanda remit Prince et le son couvrit leurs encouragements.

— Oh que non.

Noel leva la main, le pouce et l'index à trois centimètres d'écart, et murmura :

— Volume.

La voix de Prince ne fut plus qu'un bourdonnement distant et Noel ricana alors que Wanda lui faisait un doigt d'honneur.

— C'est hilarant, Noel, mais si tu n'as pas remarqué, elles ont déjà une demi-voiturette d'avance, dit Abby.

Elle était assise tout au bord de son siège et se pencha en avant comme si ça pouvait faire avancer la voiturette plus vite.

— Tu n'as pas dit que tu avais ajouté un booster ? demanda Noel.

— Si, mais je l'utilise à la fin sinon ça tire trop sur la batterie. Et puis même, ça ne va pas suffire à combler la distance.

— J'ai une idée, dit Yvette à l'arrière.

Elle se pencha en avant et passa la tête entre elles.

— Noel peut utiliser sa magie d'air pour nous propulser.

— Yvette ! C'est de la triche, protesta Noel avec un grand rire. On ne peut pas faire ça.

— Tu parles, dit Abby en sautillant sur son siège. Vas-y, Noel, propulse-nous.

— Vas-y ! Vas-y ! Vas-y ! répéta Yvette.

Le grand sourire sur son visage alors qu'elle se laissait prendre par l'excitation du moment était un tel contraste avec le moment où elle l'avait trouvée tout à l'heure que Noel fut incapable de dire non. Elle aurait fait pousser des ailes à cette voiturette de golf si ça avait pu prolonger ce moment de joie pour sa sœur.

— D'accord. Je m'en occupe.

Noel se retourna et grimpa à l'arrière avec Yvette. Elle désigna le siège vide et indiqua à Yvette de prendre sa place.

— Passe devant. Tu seras la nouvelle copilote d'Abby.

Yvette cria un *hurrah* et se glissa à l'avant. Elle et Abby continuèrent à chanter :

— Vas-y ! Vas-y ! Vas-y !

Riant intérieurement, Noel se tourna vers l'arrière de la voiturette, étendit les mains devant elle et dit :

— Souffle.

Le vent commença à gonfler derrière la voiturette, comme

une énorme boule d'énergie invisible. Quand elle fut si pleine qu'elle était sur le point d'exploser, Noel se retourna et posa les bras sur le siège devant elle.

— Allez, allez, allez ! cria Yvette alors qu'Abby faisait tourner la voiturette pour lui faire prendre le demi-tour au bord de la rivière.

Wanda et Hanna avaient désormais une longueur complète d'avance. Noel se contenta de sourire en pensant à la tête que Wanda ferait en les voyant passer devant. Ça allait être épique.

Dès qu'Abby eut fini son demi-tour et commença à foncer vers la ligne d'arrivée, Noel cria :

— Relâche !

L'énergie de la boule de vent crépita et fonça vers le pare-chocs arrière de la voiturette, la propulsant en avant avec une force impressionnante. Les trois sœurs levèrent un poing triomphant en dépassant Hanna et Wanda.

Noel entendit Wanda jurer et elle pouffa de rire. Maintenant qu'elles avaient commencé à utiliser la magie, qui sait ce que les deux autres risquaient d'essayer. Mais elle doutait franchement que la magie de feu de Wanda ou la magie d'eau d'Hanna puissent les aider dans cette situation.

Juste au moment où elle commençait à réfléchir à comment elles pourraient utiliser leur magie à leur avantage, une forte pluie se mit à tambouriner sur la voiturette.

— Hein ? s'exclama Abby. Il n'y avait pas de pluie prévue ce soir.

— Il n'y a que sur nous qu'il pleut ! s'exclama Yvette par-dessus le vacarme des gouttes.

— Saloperie de... et aucune de nous n'est une sorcière d'eau pour contrer ces conneries, dit Noel.

— Où est Faith quand on a besoin d'elle ? demanda Abby.

Elle enclencha les essuie-glace, mais la pluie était vraiment trop forte pour eux.

— Je m'en occupe.

Noel se renfonça dans le siège, ferma les yeux, et imagina une bulle d'air devant le pare-brise.

— Ça marche ! cria Abby par-dessus son épaule.

— Mais ça nous ralentit, dit Yvette.

Noel rouvrit les yeux et, effectivement, la bulle d'air ralentissait la voiturette et celle de Wanda gagnait du terrain.

— Allez ! insista Yvette.

— Tu peux le faire, Abby. Enfonce la pédale.

— On est déjà au maxi, dit Abby en jetant un regard vers Wanda.

Celle-ci leur fit signe de la main alors que sa voiturette les rattrapait. Elle renversa la tête en arrière et rit.

— J'ai hâte d'attaquer mes Délices Décadents !

— Nan, nan, dit Abby.

Et elle appuya sur un bouton rouge sur le tableau de bord. L'espace d'une seconde, Noel fut certaine que le booster n'avait pas fonctionné et elle se tassa sur elle-même, déçue. Mais soudain, la voiturette vibra d'énergie et fonça en avant pour arriver sur la ligne d'arrivée avec seulement quelques dizaines de centimètres d'avance sur Wanda.

— Oui, oui, oui, oui !

Abby arrêta la voiturette, sortit et exécuta une petite danse qui incluait beaucoup de coups de bassin.

— J'ai gagné ! Enfin !

Yvette la rejoignit et elles se tinrent la main en dansant en cercle.

Wanda secoua la tête, exaspérée.

. . .

— ELLE N'A GAGNÉ que parce que tu l'as aidée, dit-elle à Noel.

— Peut-être, dit Noel. Mais c'est elle qui a réussi à arracher la victoire à la fin. Tu dois lui reconnaître ça. Et on était trois personnes à bord contre deux pour vous. Reconnais simplement que c'est une victoire impressionnante, de vous avoir rattrapées comme ça.

— Oui, d'accord, c'est ça. Impressionnante. Mettons. Je reste la reine des courses de voiturettes de golf.

— Il n'y a aucun doute à ce sujet, dit Noel en riant. Bien joué, Hanna. Cette pluie a bien failli nous mettre dedans.

— Merci. C'était marrant… même si on n'a pas gagné, dit-elle.

— On les aura la prochaine fois, dit Wanda en remontant en voiture. Profites-en bien, Townsend, cria-t-elle à Abby en démarrant. La prochaine fois, je ne me ferai pas avoir par tes petites ruses.

— Je vais devoir m'équiper, dit Abby.

Elle leva la thermos d'alcool et en prit une gorgée pour fêter sa victoire.

— Wanda va passer des jours à chercher une solution pour me battre.

— Oh, Abby. Tu pourras t'inquiéter de ça plus tard.

Yvette grimpa sur le siège conducteur, une lueur dans les yeux, et ajouta :

— Pour le moment, il s'agit de fêter ça. Monte.

— Elle a raison, dit Noel en s'installant à côté d'Yvette. Tu viens de gagner. Profitons-en.

Abby monta à bord et dit :

— D'accord, je suis partante. Allons faire la fête !

— Youhou !

Yvette appuya à fond sur l'accélérateur, tourna le volant au maxi et leur fit faire un drift. Elle poussa un autre cri de victoire et tourna le volant dans l'autre sens. Sauf qu'au lieu de tourner, la voiturette partit tout droit vers le fossé.

— Oh non ! Stop, stop ! cria Yvette en écrasant la pédale de frein. Je n'arrive pas à m'arrêter. On va… *oumph* !

La voiturette s'arrêta abruptement dans un fossé en contrebas d'une petite pente. Les roues continuèrent à tourner et éclaboussèrent d'une bonne couche de boue la voiture et les trois filles. Elles restèrent toutes silencieuses quelques secondes, le temps d'analyser ce qui venait de se passer.

— Oh la vache, dit enfin Noel en sortant sur des jambes tremblantes. Qu'est-ce qui s'est passé ?

— Ma voiturette ! s'écria Abby en émergeant de la banquette arrière, couverte de boue. Oh non… regarde ce qu'on a fait ! Les roues sont enterrées dans la boue.

— Les freins se sont bloqués. Je suis tellement désolée, Abs, dit Yvette, les yeux pleins de larmes à nouveau. Oh, mon Dieu, j'ai failli nous tuer !

— On n'a rien, dit Noel en prenant sa main. C'est juste un petit bain de boue impromptu. Il faut seulement qu'on trouve quelqu'un pour nous remorquer et tout ira bien. Pas la peine de paniquer.

— Où est mon téléphone ? demanda Abby en fouillant frénétiquement dans ses poches. Je crois que j'ai perdu mon téléphone. Putain… comment on va sortir de là ? On est à presque dix kilomètres de chez papa.

— Du calme. J'ai le mien, dit Noel en faisant défiler ses contacts. Est-ce que Clay est disponible ?

— Normalement, oui, dit Abby.

Noel sélectionna son numéro et appuya sur Appel. Sauf que la voix qui répondit n'était pas celle de Clay.

— Adjoint Baker, dit Noel. Y a-t-il une raison pour laquelle vous décrochez quand on appelle le numéro de mon futur beau-frère ?

— Oui, répondit-il, l'air amusé. Clay et moi nous apprêtions à prendre une bière et ton nom est apparu sur son téléphone plutôt que le mien. Ça m'a peut-être rendu un peu jaloux.

— Jaloux ? répéta-t-elle en levant les yeux au ciel. Allons. Ne sois pas ridicule.

Il pouffa de rire.

— Le cœur a ses raisons, Noel. Bon, dis-moi ce que mon ami Clay peut faire pour toi que je ne puisse pas faire moi-même.

— Ce n'est pas… heu…

Mince. Elle ne voulait pas lui dire qu'elles avaient atterri dans un fossé. Il rappliquerait en quatrième vitesse pour les aider, et elle avait l'air d'un monstre marin.

— Il faut nous remorquer ! hurla Abby. Ramène la voiture, tu veux.

— Abby ! s'écria Noel dans un murmure. Chut.

— Quoi ? On a besoin d'aide. S'il est avec Clay, il sera au courant de toute façon.

Noel soupira. Sa sœur n'avait pas tort.

— Quoi ? Vous avez besoin qu'on vous remorque ? Où est-ce que vous êtes ? demanda-t-il, soudain inquiet. Vous avez eu un accident avec une autre voiture ? Il y a des blessés ? Il me faut des détails, Noel.

— Personne n'est blessé, dit-elle. On était avec la voiturette de golf et…

— Vous faisiez la course.

Son accusation la fit grimacer et elle eut l'impression d'avoir à nouveau seize ans et de s'être fait prendre à voler la voiture familiale.

— Oui, mais on n'a pas eu d'accident pendant la course,

répondit-elle, sur la défensive. Pour tout dire, on a battu Wanda et Hanna à plate couture.

— Mais vous avez eu un accident ? Comment ?

Elle prit une brève inspiration, grimaça et répondit :

— Yvette faisait des drifts.

CHAPITRE 17

Drew raccrocha.

— Nos copines sont coincées dans un fossé, informa-t-il Clay.

— Sérieusement ? La voiturette de golf est dans un fossé ? demanda Clay. Je savais que quelque chose de ce genre finirait par arriver. Abby fait n'importe quoi avec ce truc.

— Ce n'était pas Abby qui conduisait, dit Drew en se laissant glisser de son tabouret.

Il s'était arrêté à la brasserie de Keating Hollow juste avant la fermeture alors qu'il revenait d'Eureka. Ils s'apprêtaient à partager quelques bières quand il avait vu le nom de Noel s'afficher sur le téléphone de Clay.

— C'était Yvette.

— Seigneur. Elle a contaminé ses sœurs avec sa drôle d'obsession pour les voiturettes de golf.

Il attrapa ses clés.

— Allons les chercher. Où est-ce qu'elles sont ?

— À côté de la rivière, dit Drew en le suivant à l'extérieur de la brasserie.

— Évidemment.

Quand ils arrivèrent dehors, ils jetèrent un regard à la Jeep de Clay et au SUV de Drew. Ils n'allaient pas rentrer à cinq dans la Jeep Wrangler.

— Je te suis, dit Clay à Drew. On ne rentrera pas tous dans la mienne, mais on va en avoir besoin pour ramener la voiturette à la maison. Heureusement que je n'ai pas encore ramené la remorque que j'avais empruntée pour aller la chercher le mois dernier.

— En effet, dit Drew en pouffant de rire. Je crois que tu devrais t'en acheter une, vu la direction que ça prend.

— Tu n'as pas tort, répondit son ami.

Et puis il étrécit les yeux en regardant Drew.

— *Nos* copines. Ça veut dire Abby et Noel ?

Drew avait espéré qu'il aurait manqué ce petit lapsus. Il ne savait pas trop quand il avait commencé à penser à Noel en ces termes, mais il ne pouvait pas prétendre que ce n'était pas le cas. Il se dit qu'il ferait mieux d'assumer. Clay ne lui foutrait pas la paix à ce sujet sinon de toute façon.

— Oui. Abby et Noel.

— Depuis quand c'est ta copine ? demanda Clay en ouvrant sa Jeep et en s'installant au volant.

— Depuis ce matin, je suppose. On a eu, heu, un moment.

— Un moment ? répéta Clay en riant. C'est comme ça que tu dis « coucher ensemble » ?

— Tu as l'esprit salace, Garrison, répliqua Drew en secouant la tête.

Il se dirigea vers son SUV.

— Ça veut juste dire qu'on a commencé à s'éloigner de la simple amitié. On doit dîner ensemble demain soir.

— Eh bien, il était temps, répondit Clay.

Ils attachèrent rapidement la remorque à la Jeep puis Clay démarra et partit en direction de la rivière.

Il ne leur fallut guère de temps pour trouver les sœurs Townsend. Yvette avait utilisé sa magie pour faire un petit feu, ce qui servit de point de repère aux deux hommes. Drew arrêta son SUV à côté d'elles. Elles étaient debout autour du petit foyer hâtivement construit.

— Je vous dépose ?

Le visage de Noel s'illumina et Drew dut réprimer un rire. Elle était dans un bel état, la moitié du corps couvert de boue, et elle en avait plein les cheveux aussi. Mais ce sourire… elle rayonnait de joie.

— Tu n'imagines pas à quel point je suis heureuse de te voir.

Il sauta de la voiture et ouvrit la portière pour elle.

— Viens te mettre au chaud. Je vais aider Clay à extraire la voiturette de là.

Noel commença à grimper à l'avant, mais s'arrêta pour se tourner vers lui.

— Je vais mettre de la boue partout. Tu n'as pas une serviette ou quelque chose ?

Il secoua la tête.

— Ne t'inquiète pas pour ça. C'est du cuir, ça se nettoie tout seul.

— Je suis vraiment désolée, gémit-elle.

— Moi pas.

Il lui fit un clin d'œil avant de se tourner vers Abby et Yvette.

— N'hésitez pas à la rejoindre.

Abby secoua la tête.

— Je vais aider Clay avec ma voiturette chérie.

— Et moi je vais faire en sorte que vous ayez de la lumière, ajouta Yvette.

— Mince. Je ne peux pas rester assise là pendant que tout le monde bosse, dit Noel en rouvrant la portière.

— C'est bon, Noel, dit Abby. Je ne crois pas qu'il y ait quoi que ce soit d'autre à faire de toute façon. On t'appellera si on a besoin d'aide.

Elle hésita un instant, mais quand Drew passa la main à l'intérieur pour mettre le chauffage, elle se rassit et dit :

— Ok. Je passe mon tour alors.

Bon sang, elle est adorable, pensa Drew qui resta là à la fixer. Le fait qu'elle ait la joue couverte de boue et que ses cheveux soient tout collés ensemble ne faisait que la rendre plus réelle. Une vision de lui en train de la débarrasser de ses vêtements lui traversa l'esprit. Qu'est-ce qu'il n'aurait pas donné pour être celui qui nettoierait la boue qui recouvrait cette peau parfaite.

— La Terre appelle Drew, cria Clay. On fait ça ce soir ou tu veux qu'on repousse à un autre jour ?

Il ramena son attention vers son ami.

— Hein ?

— La voiturette ? dit Clay en indiquant le véhicule posé de biais dans le fossé. Tu veux bien attacher la chaîne pour qu'on puisse la sortir de là ?

— Ah oui.

Il jeta un dernier regard à Noel, sourit et se mit au travail. Vingt minutes plus tard, ils avaient chargé la voiturette sur la remorque. Heureusement, la petite chérie d'Abby avait juste un pneu crevé et Clay lui avait promis qu'elle serait de nouveau en état de marche d'ici un jour ou deux.

— Tu es le meilleur, dit-elle à son fiancé.

Elle fit un signe à Yvette.

— Tu peux éteindre ton feu maintenant. On est prêts.

— Ça marche.

La lumière du feu disparut et Yvette commença à avancer vers le SUV.

— Vette, on te ramène, dit Abby. Ta maison est sur le chemin.

En réalité, Yvette habitait à égale distance de chez Abby et Noel, alors ça n'aurait rien changé. Mais il était clair qu'Abby ne la laisserait pas refuser.

— En plus, j'ai laissé ma réserve de vin personnelle sur ton plan de travail. Il faut que je la récupère pour demain soir.

Noel secoua la tête et marmonna quelque chose dans sa barbe. Quelque chose qui ressemblait beaucoup à *n'importe quoi.*

— D'accord, dit Yvette en grimpant dans la Jeep.

Clay donna un coup de klaxon en démarrant. Abby passa la tête par la fenêtre et cria :

— Amusez-vous bien tous les deux. Et je ne parle pas de jouer au Scrabble !

— Ta sœur est un sacré numéro, dit Drew après être monté en voiture.

— Elle a un peu trop bu.

Noel attacha sa ceinture.

— Je parie qu'elle va le regretter demain matin.

Drew mit le contact et suivit les lumières de la Jeep sur la piste réservée aux voiturettes de golf.

— Elle n'a pas une potion anti-gueule de bois ou un truc du genre ?

— Oh, bien sûr, mais seulement si elle est assez en forme pour en préparer une. Si elle est dans le pâté, sa magie risque de ne pas fonctionner, dit Noel avec un sourire amusé. Bien fait pour elle. Regarde le pétrin dans lequel elle nous a mis.

Drew lui jeta un regard, sincèrement heureux de se trouver

en sa compagnie. Elle était détendue et lui permettait de la voir dans un état de vulnérabilité. Cela ne fit que lui donner encore davantage envie d'elle.

— Mais vous vous êtes amusées, non ?

— Oh oui.

Elle renversa la tête en arrière et se mit à rire.

— C'était génial. J'ai le sentiment que cette histoire va nous tenir des années.

Drew hocha la tête et espéra silencieusement qu'il serait à ses côtés quand elle la raconterait.

Bien trop vite, il se gara devant l'auberge. Avant que Noel puisse dire quoi que ce soit, il se précipita pour lui ouvrir la portière.

— Tu n'es pas obligé de faire ça, Drew, dit-elle avec un sourire timide et vulnérable.

— Si ça me vaut un autre de ces sourires, alors si, clairement.

Il prit délicatement sa main dans la sienne et l'accompagna jusqu'à la porte d'entrée. Dans la lumière qu'offrait le porche, elle baissa les yeux sur elle-même et grimaça :

— Oh, ma déesse. Je n'arrive pas à croire que tu me voies comme ça. J'ai l'air d'une créature des marais.

— Tu es adorable, dit Drew en prenant sa joue dans sa main. Et, Noel ?

— Oui ? demanda-t-elle dans un souffle.

— Je suis vraiment content que tu ailles bien.

Il baissa la tête et effleura ses lèvres des siennes. Elle hésita juste une fraction de seconde, mais quand il insinua délicatement sa langue entre ses lèvres, elle se laissa aller contre lui, tout alanguie. Il passa un bras autour de sa taille et l'attira vers lui pour sentir tout son corps souple contre le sien.

— Tellement parfaite, murmura-t-il en l'embrassant à nouveau et en savourant son léger goût de citron vert.

Elle pouffa de rire avant de se redresser légèrement.

— Parfaite ? Je crois que vos standards ne sont pas bien hauts, Adjoint Baker. Et je t'ai mis de la boue partout.

Il baissa les yeux vers son jean et son tee-shirt, les vêtements neutres qu'il avait enfilés avant de partir pour Eureka cette après-midi, et il haussa les épaules.

— Je serai toujours heureux de me salir avec toi, Noel.

— Bonne réponse, dit-elle doucement.

Elle enroula ses bras autour de sa nuque et, cette fois, quand ses lèvres trouvèrent les siennes, elles étaient tellement passionnées que Drew fut certain qu'il ne pourrait jamais la lâcher.

CHAPITRE 18

Quand Drew se réveilla le lendemain matin, il sentait toujours les lèvres de Noel sur les siennes. Il avait dû faire appel à toute sa volonté pour ne pas la suivre à l'intérieur. Seigneur, ce qu'il en avait eu envie. Mais ce n'était pas le bon moment. Pas encore. Il ne voulait pas que ça devienne aussi sérieux entre eux alors qu'il était toujours sur le dossier de son ex. En tout cas, pas tant qu'elle n'était pas au courant. Il lui en parlerait ce soir, pendant leur rendez-vous.

Après une douche rapide, il s'habilla en civil, prit une tasse de café et appela le bureau pour prévenir Clarissa qu'il ne serait pas à Keating Hollow ce jour-là. Et puis il prit la direction du port de plaisance pour suivre la piste qu'il avait obtenue à Tartes en folie. Quand il se gara sur le parking, il repéra un panneau qui indiquait « Location de bateaux Pacific Cove ». Il hocha la tête. C'était logique. C'était l'autre endroit où Xavier avait été aperçu après le motel Moon River.

Le soleil était au rendez-vous, ce qui était rare sur la côte en décembre. Drew avança vers le kiosque de la compagnie de location.

Une jeune brune était perchée sur un tabouret derrière le comptoir. Elle adressa un grand sourire à Drew et le salua de la main en disant :

— Eh bien, bonjour, beau gosse.

— Bonjour...

Drew chercha l'étiquette avec son nom.

— Whitney. J'aurais besoin de votre aide.

— Pour vous ? Tout ce que vous voudrez.

Elle se pencha en avant et mit son poids sur ses coudes.

— Il vous faut un bateau ? Vous voulez faire une petite sortie pêche ?

— Non. Merci. Je suis le shérif adjoint Baker et je cherche quelqu'un.

Il sortit d'abord son badge puis la photo de Xavier.

— Est-ce que vous pouvez me dire si vous avez vu cet homme ?

Son sourire charmeur disparut à l'instant où son regard tomba sur la photo.

— Oui. C'est l'homme qui a tué Xavier.

Les sourcils de Drew bondirent jusqu'à son front.

— Vous parlez de l'homme qui a été retrouvé sur une plage à Trinidad ?

— Oui. Lui.

Elle se redressa et croisa les bras sur sa poitrine.

— Il se faisait appeler Victor.

Drew l'observa un moment avant de demander :

— Qu'est-ce qui vous fait penser qu'il a tué Xavier ?

— C'est toujours ceux qui ont l'air innocents qu'il faut surveiller, dit-elle. Vous savez, ils ont l'air tout gentils et puis BAM ! Au final, c'est un harceleur ou un connard qui couche avec votre meilleure amie.

Ouh là, pensa Drew. *Elle a quelques problèmes, la demoiselle.*

Miss Bonne Humeur avait été remplacée par Miss Irrationnelle.

— Je vois. Est-ce que vous pouvez me dire à quand remonte la dernière fois où vous avez vu Victor ?

— Le jour où lui et Xavier sont venus ici pour louer le bateau. Ils étaient censés partir à la pêche au thon. Le bateau est sorti, mais il n'est jamais revenu.

— Est-ce que vous les avez vus monter sur le bateau ensemble avant de partir ?

Elle secoua la tête.

— Non. Je m'occupe juste des papiers. C'est à Ralph, sur le dock, qu'il faut demander.

— D'accord.

Drew prit quelques notes.

— Vous m'avez beaucoup aidé, Whitney. Est-ce que vous vous rappelez autre chose par rapport à cette journée qui pourrait être important ?

Elle étrécit les yeux et sa voix se fit dure quand elle dit :

— Oui. Xavier a eu ce qu'il méritait. Je ne le regrette pas.

Drew sentit ses cheveux se dresser sur sa nuque.

— Qu'est-ce qu'il vous a fait ?

Son visage devint froid.

— Disons juste qu'il avait les mains baladeuses.

— Et Victor ?

— Il n'était pas là quand c'est arrivé, mais comme ils étaient potes, je suis sûre que ça ne l'aurait pas dérangé. Les mecs sont des connards.

Drew ne pouvait pas vraiment dire le contraire. Il avait vu trop d'horreurs dans son travail. Certains hommes étaient des connards. Il se contenta de hocher la tête.

— Je suis désolé que vous ayez dû vivre ça. Et encore une fois, merci. Vous m'avez beaucoup aidé.

— De rien, Adjoint Baker. J'espère que vous attraperez l'autre et que vous le mettrez derrière les barreaux jusqu'à la fin de sa vie.

— Je ferai de mon mieux.

Il lui fit un gentil sourire et se dirigea vers les bateaux. Il s'avéra que Ralph ne se rappelait ni de Xavier ni de Victor, alors confirmer qu'ils avaient été ensemble ce matin-là fut un échec complet. Si Xavier avait tué son partenaire, il avait fait en sorte de s'assurer qu'il n'y ait aucun témoin. Enfin, Drew n'essayait pas de prouver qu'il s'agissait d'un meurtre. Tout ce qu'il devait faire, c'était retrouver Xavier. Le reste concernait ses supérieurs.

Drew remonta dans son SUV et s'assit au volant, légèrement frustré. Les seules pistes qu'il avait pour retrouver Xavier s'étaient avérées être des impasses. Il ne savait pas où chercher ensuite.

Il sortit son téléphone et était sur le point d'appeler Noel pour voir comment elle allait quand un appel de Clarissa arriva. Il répondit à la première sonnerie.

— Eh, patron. J'ai quelque chose pour vous, dit-elle.

Drew sortit son stylo et son carnet et dit :

— Allez-y.

— J'ai les informations concernant le portefeuille de l'homme non identifié. Le permis de conduire est complètement faux. C'est un numéro inventé et l'adresse n'existe même pas.

Drew grinça des dents.

— Autre chose ?

— Les cartes de crédit étaient toutes prépayées. Elles n'ont pas été utilisées au cours des trois jours précédant la découverte de l'homme non identifié, ce qui est parfaitement logique puisqu'elles étaient rangées avec les pièces à conviction. Est-ce que vous êtes prêt à entendre ce qu'on a trouvé ?

— Oui, je suis tout ouïe.

— L'hôtel Sunshine dans East Street. Le dernier paiement a eu lieu une semaine auparavant. Il y a aussi eu quelques paiements pour un endroit qui s'appelle Tartes en folie.

— Autre part ? demanda-t-il.

— Oui, un truc appelé Lys et compagnie. Ça doit être un fleuriste.

— Étrange.

Drew nota les informations et dit :

— Merci, Clarissa. Comment ça va en ville ?

— Il ne se passe pas grand-chose, comme d'habitude. Pauly est en train de comparer les prix pour des caméras de surveillance à installer sur les passages piétons. Je n'arrête pas de lui dire que ça ne rentre pas dans le budget, mais il répète que ça serait moins cher que de payer quelqu'un pour surveiller que personne ne traverse en dehors des clous. Je ne suis pas sûre qu'il comprenne qu'il est en train d'insister pour qu'on le remplace par une machine.

Drew ne put retenir un reniflement amusé.

— Pas étonnant. On n'a jamais prétendu que Pauly Putzner avait toutes les cartes en main. S'il revient là-dessus, dites-lui que j'ai mis un veto sur cette question et qu'il faut qu'il retourne travailler.

— Ça marche.

Drew mit fin au coup de fil et engagea son véhicule sur la route 101 en direction du nord, vers l'hôtel Sunshine. Le Sunshine, comme les autochtones l'appelaient, était une grande bâtisse victorienne au cœur du centre-ville. C'était un bed and breakfast, un peu comme chez Noel, mais plus grand. Le parfait contraire du motel Moon River.

Comme il n'y avait pas de parking, Drew fit un créneau à une rue de là et revint à pied vers l'hôtel. Il était à cinq mètres de l'entrée quand un homme blond émergea sur le trottoir. Drew l'examina juste une seconde avant d'appeler :

— Xavier ?

L'homme s'interrompit et regarda derrière lui. Il reconnut visiblement le shérif adjoint et son regard se troubla. Drew lui fit signe de la main en avançant vers lui, comme s'ils étaient juste de vieux amis qui se rencontraient par hasard, mais Xavier ne se laissa pas avoir. Il partit comme une flèche et traversa la rue malgré la circulation. Une voiture dut détourner sa course et le manqua de peu. Un autre conducteur fit crisser ses freins et un troisième donna un grand coup de klaxon et se mit à crier des obscénités par la fenêtre.

Xavier n'y prêta pas la moindre attention et partit en courant vers une Honda noire.

— Putain de...

Drew comprit immédiatement qu'il serait incapable de rattraper Xavier avant qu'il n'atteigne la voiture, alors il repartit en hâte vers son propre véhicule. Juste au moment où il mettait la clé dans le contact, la Honda passa en trombe devant lui, dans la direction opposée. Drew se tordit sur son siège pour essayer de repérer la plaque d'immatriculation, mais elle était à moitié dissimulée et il ne vit que les trois premiers caractères. 7BN. Il commença à quitter son emplacement, mais il fut forcé d'attendre qu'un flot de voitures passent devant lui. Il pianota avec impatience sur le volant en disant :

— Allez, allez !

Quand il y eut enfin un petit espace pour s'insérer, il fit un demi-tour interdit et partit derrière la Honda. Il la repéra, elle avait une rue d'avance et arrivait à un feu rouge. Mais Xavier dut l'apercevoir, car la Honda grilla le feu rouge et tourna à droite, disparaissant au coin de la rue. Drew fonça comme un pilote de course, mais quand il arriva au tournant à son tour, la Honda avait disparu.

Il laissa un flot de jurons lui échapper, frustré de l'avoir perdue et de n'avoir même pas réussi à obtenir le numéro minéralogique complet. Par contre, il avait remarqué qu'il y avait un code-barre sur la vitre arrière. C'était une voiture de location. Entre ça, et une partie des numéros de la plaque, il y avait peut-être moyen de faire quelque chose.

Le shérif adjoint fit le tour du centre-ville au moins cinq fois dans l'espoir d'y repérer la Honda avant de laisser tomber et de se diriger vers Lys et compagnie. Le fleuriste était plutôt une petite supérette à côté d'un relais routier au nord de la ville. Ils avaient des fleurs au détail à l'extérieur, mais pas de bouquets. Drew entra pour poser des questions sur Xavier, mais le type tatoué à la caisse se contenta de hausser les épaules et se remit à lire son *High Times*.

À nouveau dans une impasse, Drew revint à l'hôtel Sunshine, se gara dans une petite rue sur le côté et se dirigea vers un café en face de l'hôtel. Si Xavier revenait, Drew serait prêt. Une fois installé avec un café devant lui, il appela Clarissa.

— Rebonjour, patron. Qu'est-ce qu'il vous faut ?

— J'ai besoin que vous me retrouviez une voiture avec une plaque d'immatriculation incomplète. C'est une voiture de location. Trouvez-moi toutes les informations que vous pourrez.

Il lui donna les détails.

— Je m'en occupe, dit-elle.

CHAPITRE 19

La sonnerie stridente du téléphone fit grimacer Noel. Elle souffrait d'un mal de tête diffus, causé par ses choix discutables de la veille. Boire du vin *et* des Moscow Mules n'était pas une bonne idée. Elle appuya une main sur son front et saisit le combiné. Ça sonnait dans le vide.

Elle retira le téléphone de son oreille, fit la moue, et le remit en place. C'était la seconde fois qu'elle décrochait et qu'il n'y avait personne à l'autre bout du fil ce matin. Quelqu'un devait lui en vouloir.

La sonnette de la porte d'entrée tinta et Abby rentra, la tête haute et un grand sourire aux lèvres.

— Pourquoi tu es si heureuse dès le matin ? demanda Noel.

— Je ne suis pas encore redescendue de ma victoire d'hier soir.

Elle déposa une grande tasse de café sur le comptoir.

— Bois ça. Tout ira mieux après.

Noel secoua la tête, elle se sentait déjà fébrile à cause de la caféine.

— J'en ai déjà pris deux ce matin, Abs. Je ne pense pas que ça va améliorer les choses cette fois-ci.

— Ah, mais tu n'as pas eu droit à mon mélange spécial, dit-elle avec fierté. Une petite touche de magie, ça change tout.

Noel releva la tête de son ordinateur.

— Tu as fait un café-potion anti-gueule de bois ?

Abby écarta les bras et fit une petite courbette.

— De rien, ma chère sœur. Tu aurais dû voir Yvette avant que je lui fasse avaler ça.

Elle fit semblant de frissonner.

— On aurait cru qu'elle attendait la mort. Mais maintenant tout va bien, elle est à la librairie et se prépare pour la vente de Noël de demain.

— À part l'alcool, comment elle va ?

Noel prit une gorgée du café d'Abby et en savoura l'arôme puissant. C'était encore meilleur que celui de Café Incantation et ce n'était pas peu dire.

— Mmh, Abby, c'est délicieux.

— Je m'en sors, des fois, dit-elle avec un sourire. Yvette va mieux qu'hier soir. Cela dit, ce n'est pas une référence. Mais bon, elle a séché ses larmes et elle est déterminée à ne pas laisser cette histoire perturber son travail.

— Je suppose qu'Isaac n'est pas revenu ? demanda Noel.

— Non. Mais Yvette dit qu'elle ne s'attendait pas à ce qu'il le fasse. Elle dit que quand il a une idée en tête, il n'en démord pas.

— Ça me rappelle quelqu'un, dit Noel. Ils font la paire.

— Ils faisaient la paire, oui, acquiesça Abby.

Elle regarda la tasse que Noel tenait.

— Comment va ce mal de tête ?

— Hein ?

Noel baissa les yeux vers la tasse à moitié vide et eut un grand sourire.

— Il a disparu. Sapristi, frangine. Tu es un génie. Je parie que tu pourrais faire fortune en vendant cette recette miracle.

— C'est ce que Clay dit.

Elle s'appuya au comptoir de la réception et croisa les chevilles.

— Mais je ne suis pas sûre d'être prête pour la gloire. On pensait le proposer à emporter à la brasserie.

Noel pouffa de rire.

— Je vois déjà le slogan. *Bienvenue à la Brasserie Townsend... où la bière coule à flots et où un simple café répare les erreurs de la veille.*

— Ça sonne bien.

Elle adressa un sourire entendu à Noel.

— Bon. Balance-moi tout. Qu'est-ce qui s'est passé hier soir avec Drew ?

— Rien, répondit Noel trop rapidement. Il m'a juste déposée ici.

— Oh ?

Abby haussa un sourcil curieux.

— C'est pour ça que je vous ai vus vous rouler des patins sous le porche en revenant de chez Yvette ?

— On ne s'est pas roulé de patins, protesta Noel.

Et puis elle frémit légèrement en comprenant ce que sa sœur venait de dire.

— Tu es passée devant l'auberge après avoir déposé Vette ?

— Oui, et ?

— Alors… tu m'espionnes ! Bon sang, Abby. Tu n'avais pas de raison de passer par là et tu le sais. Tu voulais juste voir si j'avais invité Drew à entrer, hein ?

— D'accord.

Abby leva les mains, faussement exaspérée.

— Je le reconnais. Mais ce n'est pas de ma faute si vous vous donnez en spectacle en public. Ce n'est pas comme si vous essayiez de rester discrets, hein. Vous étiez pile sous la lumière du porche.

Noel gloussa comme une écolière. Elle appréciait vraiment cet échange avec sa sœur. Oui, elle était un peu agacée qu'Abby soit venue l'épier exprès, mais leur lien sororal lui avait manqué, les gentilles taquineries et surtout le désir de voir que les autres étaient heureuses. Savoir qu'il y avait quelqu'un qui était à cent pour cent de votre côté, ça n'avait pas de prix.

— Il est possible que sur le moment, je me sois un peu fichée de qui nous voyait.

— À l'évidence.

Le téléphone de l'auberge sonna à nouveau. Noel décrocha.

— Auberge de Keating Hollow.

Du silence.

— Allô ?

Rien.

— Il y a quelqu'un ?

Clic.

Noel fronça les sourcils en reposant le téléphone sur sa base.

— C'est la troisième fois ce matin que quelqu'un appelle et raccroche aussitôt.

— Vraiment ? Ce n'est pas poli, dit Abby en lissant sa queue de cheval.

— C'est flippant. Ça me donne l'impression d'être surveillée ou je ne sais quoi.

— Il y a quelqu'un qui respire fort à l'autre bout ?

Abby prit l'un des cookies en forme de sorcière que Drew avait laissés là la veille. Noel secoua la tête.

— Non. Les deux premières fois, ça a raccroché avant que je puisse répondre. Et là… on aurait dit que la personne essayait de décider si elle voulait dire quelque chose, mais au final, non.

Abby haussa les épaules.

— Peut-être que c'est quelqu'un qui souffre d'anxiété sociale et qui essaie de trouver le courage de réserver une chambre.

— Peut-être. Mais si c'est ça, ils n'ont qu'à réserver en ligne.

— C'est pas faux, dit Abby en agitant un cookie. C'est délicieux. Tu devrais en avoir tout le temps.

Noel sentit son ventre se serrer de joie en disant :

— C'est Drew qui les a apportés.

Abby serra ses mains sur son cœur.

— Oh là, là. Est-ce qu'il pourrait seulement être plus adorable ?

Non. Sûrement pas.

— BONJOUR, ma puce, dit Noel quand Daisy monta en voiture. Comment ça s'est passé aujourd'hui ?

Elle ne regarda pas sa mère en répondant :

— Bien.

Noel fronça les sourcils. Quelque chose n'allait pas. On était vendredi, elle venait de finir sa journée d'école et elle devait aller dormir chez Olive ce soir-là. Noel s'était attendue à ce que la petite ne tienne pas en place.

— Il s'est passé quelque chose ?

— Non.

Elle serra son cartable et regarda ses pieds. Noel n'insista pas tandis qu'elle quittait avec précaution le parking-minute devant l'école, mais dès qu'elles furent à la maison, elle dit à

Daisy de faire sortir Buffy de sa caisse et de la sortir. Sa fille obéit et retrouva un peu de vivacité en enfouissant son visage dans la fourrure bringée de Buffy, mais ça n'avait rien à voir avec son exubérance habituelle.

— Tu veux un chocolat chaud ? Un goûter ? demanda Noel en sortant déjà le cacao du placard.

— Non merci, maman. Je vais juste jouer avec Buffy, dit Daisy.

Sa mère se retrouva seule dans la cuisine, bouche bée.

— Où est passée ma petite fille ? demanda-t-elle dans le vide.

Elle remit le cacao dans le placard et passa dans le salon. Daisy était étendue par terre, la tête sur un oreiller, et elle caressait Buffy, blottie contre sa poitrine. Noel s'assit à côté de sa fille et gratouilla la chienne derrière l'oreille.

— Qu'est-ce qui se passe, ma puce ? Tu ne te sens pas bien ?

— Si, dit-elle.

Mais elle ne la regarda pas.

— Tu es fatiguée après la nuit avec tata Faith ? Est-ce que Xena et Buffy t'ont empêchée de dormir ?

Elle secoua la tête.

— Elles ont toutes les deux dormi avec moi. Tata Faith a dit que c'était la première fois que Xena dormait toute la nuit sans se réveiller depuis qu'elle l'a.

Daisy jeta un coup d'œil à sa mère et eut un petit sourire.

— Je crois que c'est moi qu'elle préfère.

Noel pouffa de rire.

— Tu as probablement raison.

Mais même avec cette petite étincelle, Daisy semblait si éteinte par rapport à son habitude que Noel s'inquiétait qu'elle ne lui cache quelque chose. Ça avait l'air d'aller quand elle était passée la chercher chez son père pour la déposer à l'école. Ou peut-être qu'elle était juste complètement épuisée. C'était rare que Daisy ne dorme pas chez sa mère, et ça n'arrivait presque jamais quand il y avait école le lendemain. Peut-être que ça avait été une erreur. Quoi qu'il en soit, Noel ne se sentait pas à l'aise avec l'idée de l'envoyer chez Abby alors qu'elle passerait la soirée avec Drew. Pas alors que Daisy n'était clairement pas dans son assiette.

— Écoute, Daisy, qu'est-ce que tu dirais de passer une soirée rien que toutes les deux ? On peut rester à la maison, faire des lasagnes et des gâteaux de Noël. On pourrait regarder *La Reine des neiges ?*

Daisy se redressa, les yeux écarquillés, visiblement inquiète.

— Mais, maman. Je vais chez Olive, tu te souviens ? Buffy doit dormir chez Endora.

— Je sais, mais si tu es trop fatiguée on peut faire ça un autre soir, dit Noel d'une voix raisonnable.

— Je ne suis pas fatiguée.

Elle serra Buffy dans ses bras et la tint contre elle.

— Et puis, Buffy est trop contente de voir Endora.

Noel retint un petit rire. Endora était le golden retriever d'Olive et Noel était certaine que c'était Daisy qui était trop contente de la voir.

— Bon, d'accord. Tu peux allez chez tante Abby et faire se rencontrer les chiens. Je ne voulais juste pas que tu en fasses trop.

— Je vais bien, répéta-t-elle.

Là-dessus, elle se leva et emmena Buffy dans sa chambre.

— D'accord alors.

Noel laissa sa fille tranquille et retourna dans la cuisine pour faire des cupcakes quand même. Ce n'était pas parce que Daisy n'avait pas envie d'une overdose de sucre que Noel devait s'en passer.

Une heure plus tard, Daisy apparut dans la cuisine, son sac pour la nuit dans une main, et un sac à dos vide dans l'autre. Sans un mot, elle s'occupa d'empaqueter les croquettes, les friandises pour chien, quelques balles de Buffy et elle prit sa couverture dans la caisse. Quand elle eut fini, elle enfila le sac à dos et dit à sa mère.

— On est prêtes.

Noel fut incapable de parler. Elle était trop émue. Par la déesse, si ce n'était pas adorable, ça. Sa fille était l'être humain le plus mignon sur terre. Noel s'accroupit et ébouriffa les boucles sombres de la petite.

— Tu es la meilleure maîtresse du monde pour ce petit chien. Tu le sais, ça ?

Daisy eut un sourire rayonnant.

— Viens par là.

Noel ouvrit grand les bras et sa fille s'y précipita et la serra fort.

— Je t'aime, maman, dit-elle d'une voix étouffée contre son épaule.

— Je t'aime aussi, ma puce.

Elles restèrent ainsi un long moment et puis Noel se recula pour examiner Daisy de près. Elle avait les yeux brillants et les joues roses. Elle n'avait pas l'air fatiguée, ni triste. Mais même si elle n'arrivait pas à mettre le doigt dessus, Noel savait qu'il y avait un truc bizarre.

Mais Daisy lui fit un grand sourire et désigna la boule de fourrure qui lui servait de chien.

— Buffy est prête.

Le chiot était assis aux pieds de Noel. Elle tirait la langue et remuait la queue. Dès que Noel la regarda, elle se précipita vers la porte et aboya. Ça la fit rire.

— Allons-y alors. Je suis sûre qu'Endora a hâte que sa copine arrive.

Dix minutes plus tard, Noel, Daisy et Buffy étaient accueillis chez les Garrison. À peine furent-elles entrées qu'Olive et Daisy partirent en criant de joie, leurs chiens sur les talons. Quel qu'ait été le problème avec Daisy, il semblait avoir disparu dès qu'elle avait vu Olive. Noel poussa un soupir de soulagement. Si ce dont elle avait besoin, c'était de passer du temps avec sa presque cousine, Noel pouvait faire ça.

— Tu as une sacrée soirée devant toi, dit-elle à Abby. Deux gamines hurlantes et leurs chiens. Tu es sûre que tu n'as pas besoin d'aide ?

— N'essaie même pas, Noel Townsend. Tu as un rendez-vous ce soir. Olive t'a déjà balancée. Il semblerait que quelqu'un essayait de convaincre sa fille de rester à la maison pour pouvoir se défiler auprès de son partenaire, dit Abby avec un petit « tss ». Pas tant que j'ai mon mot à dire, ma belle. Ça fait combien de temps que tu attends ce rendez-vous ? Des années, non ?

— Abby, dit Noel avec un soupir.

— Ne commence pas, grande sœur, dit-elle en secouant la tête.

Et puis elle se lança dans une longue explication sur le fait que Noel ne pouvait pas rester repliée sur elle-même pour toujours, qu'il fallait qu'elle se rende compte que c'était important d'avoir des relations et qu'elle méritait d'être aimée.

Noel la laissa poursuivre parce qu'Abby semblait un peu parler d'elle-même. Quand elle marqua enfin une pause, Noel posa une main sur son bras et dit :

— Abs, j'apprécie, heu, ce petit discours de motivation, mais je n'essayais pas de me défiler par rapport à Drew. Je suis juste inquiète pour Daisy. Elle était assez abattue quand je l'ai récupérée à l'école. Et à la maison, elle avait l'air fatiguée ou stressée. Je ne sais pas ce qui se passe, mais quand je lui ai proposé de rester à la maison, elle m'a bien fait comprendre que ce n'était pas ce qu'elle voulait. Et à l'évidence, elle a l'air contente d'être là. Alors… tu comptes m'aider à choisir ce que je mets ou tu veux juste continuer à me faire la leçon ?

— Oh, dit Abby avec un air surpris.

Puis, elle se racla la gorge.

— En ce cas, il faut qu'on aille faire du shopping.

— Je ne pense pas qu'on ait le temps pour ça.

— Bien sûr que si.

Abby traversa le couloir et fit signe à sa sœur de la rejoindre. Noel la suivit dans la chambre principale. C'était toujours un espace plutôt masculin, avec des meubles contemporains en bois sombre, un couvre-lit beige et un tapis brun clair. S'il n'y avait pas eu les bougies sur la commode et les tables de nuit, et les tableaux lumineux représentant le soleil filtrant à travers une forêt de séquoias, ç'aurait vraiment été une chambre de célibataire.

— Qu'est-ce qu'on fait là ? demanda Noel à sa sœur.

Abby sourit largement et ouvrit les portes du placard.

— On va te faire un relooking.

Noel leva la main et commença à reculer.

— Je ne…

— Oh, que si. Tu ne vas pas aller à ton premier rendez-vous officiel avec Drew en jean et en pull !

Noel leva les yeux au ciel.

— Il m'a déjà vue couverte de boue. Je ne crois pas que mon jean va le dégoûter. Tu nous as vus sous mon porche, non ?

— C'est vrai.

Abby pencha la tête de côté et observa sa sœur.

— Mais je pense quand même qu'on devrait le faire baver un peu, non ?

Noel écouta sa sœur babiller qu'elle était trop contente pour elle et que ce serait vraiment génial si elle et Drew finissaient ensemble.

— On pourrait faire des sorties en couple tous les quatre, poursuivit Abby, toute joyeuse. Ça serait cool, non ? Clay et Drew sont super amis. Ça ne serait pas bizarre d'essayer de faire coller nos mecs ensemble. Juste comme autrefois.

— Pas vraiment comme autrefois, Abby, dit Noel doucement. Il faudrait que Charlotte soit là pour ça.

Abby laissa tomber une des robes qu'elle venait de sortir du placard et se retourna vivement, une expression horrifiée sur le visage.

— Oh, Noel. Non. Ce n'est pas du tout ce que je voulais dire.

Noel s'assit au bord du lit, soudain épuisée. Elle prit son sac à main et en sortit les vitamines que Gerry lui avait prescrites. Elle mit deux gélules dans sa bouche. Quand elle regarda enfin vers sa sœur, Abby avait les larmes aux yeux.

— Je suis désolée de t'avoir fait de la peine, dit Noel.

Elle regrettait d'avoir fait une remarque sur le sujet.

— C'est juste que… je m'inquiète toujours que Drew pense que je remplace Charlotte. Et je ne veux vraiment pas que toi tu me voies comme la remplaçante de Charlotte.

— C'est vraiment ce que tu penses ?

Abby vint s'asseoir à côté de sa sœur. Noel haussa les épaules.

— C'était ta meilleure amie.

— Et tu étais mon autre meilleure amie, Noel, s'étrangla Abby. Je n'ai jamais voulu que tu la remplaces. Je voulais juste que *tu* reviennes dans ma vie. Quand je suis partie, je t'ai perdue. Tu ne voulais plus me parler et tu ne m'as jamais pardonné d'être partie. Mais je suis de retour et je fais de mon mieux. Je pensais que peut-être... bon sang, ça n'a pas d'importance ce que je pensais. Je t'aime, Noel. Tu es ma sœur, toi et l'amitié que nous partagions, ça me manque. Je suis désolée d'être partie, mais je ne t'ai pas quittée. J'essayais d'échapper à ma douleur.

Elle haussa une épaule.

— Il s'avère que ça ne marche pas vraiment comme ça. La seule façon d'aller de l'avant est d'affronter le passé. Est-ce qu'on peut faire ça ? Est-ce que tu penses que tu peux enfin me pardonner ?

La douleur serra le cœur de Noel alors qu'elle se rappelait comment le départ d'Abby l'avait dévastée.

— Je te parlais. C'est toi qui as arrêté de répondre au téléphone.

— Parce que tu n'arrêtais pas de me dire de revenir ici. J'avais juste besoin de temps, Noel, dit Abby d'une voix fatiguée. Quand j'ai essayé de renouer les liens plus tard, ça ne t'intéressait pas.

Bien sûr que ça l'intéressait. Mais elle avait été blessée trop profondément. Ces satanées larmes étaient de retour et roulaient silencieusement sur ses joues.

— Je suis désolée, Abby. Tu me manquais tellement. Tout s'écroulait autour de moi ici. Et je... eh bien, quand tu es partie, ça a fait remonter plein de choses de quand maman nous a abandonnées. J'ai été dans un sale état pendant un moment. Je crois que personne ne l'a très bien vécu.

Abby serra la main de sa sœur.

— La dernière chose que je veux, c'est que tu penses que tu ne me manquais pas. Tu me manquais. En permanence. Et ce n'est certainement pas *toi* que j'ai voulu laisser derrière. Pas comme maman. Il faut que tu comprennes ça. C'était à toi que j'avais envie de parler quand ma vie ne rimait à rien. Peut-être que je n'aurais pas perdu autant de temps avec mon abruti d'ex si tu avais été là pour me faire voir la vérité en face. J'adore Faith, mais elle est trop gentille.

Ça fit rire Noel. Faith avait passé du temps avec Abby et son petit ami à La Nouvelle-Orléans, et même si ce type ne plaisait pas à Faith, elle avait été réticente à en parler à Abby.

— Tu as probablement raison.

Elle se tourna vers Abby.

— Faisons un pacte.

— Quoi comme pacte ? demanda Abby.

— Si l'une de nous se conduit comme une crétine, l'autre devra lui botter les fesses. On ne sort pas avec des connards, et on arrête de garder le silence. On en parle, même si ça fait mal.

— Juré.

Abby cracha dans sa main et la lui tendit.

— Dégueu, dit Noel en fronçant le nez. Qu'est-ce qui cloche chez toi ?

— Tu préférerais un pacte de sang ? demanda Abby.

Noel secoua la tête en grimaçant. Et puis elle cracha dans sa paume et serra la main d'Abby.

— Le pacte est scellé.

Quand elles se séparèrent, elles se hâtèrent toutes deux d'essuyer leurs mains sur le jean de l'autre. Abby renversa la tête en arrière et éclata de rire. Quand elle eut retrouvé son sérieux, elle dit :

— Bon sang, tu m'as vraiment manqué.

— Toi aussi, Abs. Toi aussi.

Elle se leva et marcha jusqu'au placard d'Abby.

— Maintenant, trouvons-moi des vêtements qui ne soient pas couverts de salive.

CHAPITRE 20

Drew jeta l'éponge au bout de cinq heures posté dans ce café à attendre le retour de Xavier à l'hôtel Sunshine et prit le chemin de Keating Hollow. Il n'y avait pas de garantie que Xavier revienne, surtout maintenant qu'il savait qu'on l'avait repéré. S'il voulait continuer à faire profil bas, les chances qu'il réapparaisse dans les parages d'ici peu étaient proches de zéro. Cependant, Drew appela le shérif Barnes et l'informa du lieu et du moment où il avait repéré Xavier. Le shérif dit qu'il ferait surveiller les alentours et le préviendrait si ça donnait quelque chose.

En attendant, Drew avait un rendez-vous à honorer. Et il était hors de question qu'il arrive en retard. Pas après la nuit dernière. Pas après avoir dû littéralement s'arracher aux bras de la femme qui le rendait juste un peu fou.

Ses semelles résonnèrent sur le trottoir pavé tandis qu'il marchait vers l'auberge de Keating Hollow. Après être rentré chez lui, il avait pris une douche rapide, s'était rasé et avait enfilé un pantalon de ville et une veste. Il ne pouvait pas s'empêcher de se demander s'il n'en avait pas fait un peu trop. Keating Hollow était avant tout une ville décontractée. Et Noel aussi était décontractée. Elle était toujours classe, mais classe en jean et en bottes plutôt qu'en robe et talons hauts.

Mais c'était quand même un premier rendez-vous et il était déterminé à la faire chavirer. Il entra dans le lobby de l'auberge et s'arrêta net en apercevant la superbe créature derrière le comptoir.

Noel avait ramassé ses cheveux blonds en un chignon élégant et elle portait une robe d'un violet profond qui mettait admirablement ses courbes en valeur.

— Bonsoir, ma belle.

Elle releva la tête, l'air surprise de le voir là, et puis un lent sourire se peignit sur son visage.

— Eh, bonsoir, beau gosse. Qui aurait cru que le shérif adjoint de cette ville pouvait avoir si fière allure ?

Drew marcha jusqu'à elle, la prit par la main et la fit sortir de derrière le bureau pour révéler ses bottes à lacets.

— Parfaite, dit-il. Absolument éblouissante.

— Tu en fais trop, là. Arrête avant que ça soit gênant, le taquina-t-elle.

— Jamais. Prête ?

— Oui. Laisse-moi juste prendre ma veste.

Elle sortit un gilet du placard derrière elle et appela :

— Alec ! J'y vais. À demain.

Une porte s'ouvrit à l'autre bout du lobby et son employé passa la tête dans l'embrasure.

— Bonne soirée, Miss Townsend, dit-il. Amusez-vous bien.

— Bonne soirée.

Elle le salua de la main avant de suivre Drew à l'extérieur.

— Ça ne te dérange pas de marcher ? demanda-t-il en passant un bras autour de sa taille.

Il savoura la légère odeur d'agrumes qui semblait la suivre où qu'elle aille.

— Pas du tout, répondit Noel en s'appuyant contre lui. J'aime bien voir la ville tout illuminée pour les fêtes. Ça a juste l'air si... joyeux.

Joyeux. C'était exactement comme ça qu'il se sentait, mais il n'était pas sûr que les lumières en étaient la cause. Ils bavardèrent de tout et de rien en marchant vers le restaurant. Drew s'était occupé de réserver et leur table les attendait quand ils arrivèrent.

— Du vin ? lui demanda Drew.

Noel hésita un moment avant de laisser un rire nerveux lui échapper.

— Je ne suis pas sûre que ce soit une bonne idée après hier soir.

— Réveil difficile ? demanda-t-il, très amusé.

— Jusqu'à ce qu'Abby arrive avec sa potion magique anti-gueule de bois. Je te jure, il y a plus de talent dans son petit orteil que chez tous les habitants de cette ville combinés.

— Qu'est-ce que tu es en train de dire, Noel ? Que personne d'autre dans cette ville n'est capable de t'impressionner avec sa magie ?

— Pas tout à fait, dit-elle avec un petit rire. Je dis juste que maintenant qu'Abby a trouvé son rythme de croisière, elle déchire tout. Alors, si tu veux m'impressionner avec ta magie, tu vas probablement devoir faire des efforts.

— Challenge accepté, répondit-il.

Le dîner consista en un délicieux enchaînement de bisque de homard, de tartare de thon et du steak le plus goûteux que Drew ait jamais mangé, et pourtant, ce n'était rien en comparaison du plaisir qu'il prenait à passer la soirée avec Noel. Au moment de payer l'addition – ce dont il se chargea parce qu'il était hors de question qu'il laisse Noel régler pour leur premier dîner en amoureux, malgré ses protestations –, il se demanda ce qu'il avait attendu. Pourquoi avait-il décidé qu'elle lui était interdite ?

Parce que sa famille lui rappelait quelqu'un d'autre qu'il avait aimé. Sauf qu'aujourd'hui, le souvenir de Charlotte n'était plus aussi douloureux qu'il l'avait été autrefois. Quand il pensait à elle, ce n'était pas aussitôt le souvenir d'elle le matin où il l'avait trouvée dans l'atelier d'Abby, le regard vitreux, qui lui revenait. Désormais, il se rappelait comme elle avait été pleine d'entrain, déterminée à vivre sa vie à fond.

Il fronça les sourcils en se demandant à quel moment ça avait changé.

— Qu'est-ce qui ne va pas, Drew ? demanda Noel.

— Hein ?

— Tu n'étais plus avec moi, là. Tu avais disparu dans une autre dimension.

— Je suis là, dit-il. Je pensais juste au merveilleux repas que nous venons de partager.

L'expression de Noel était sceptique quand elle étrécit les yeux et dit :

— Je n'ai pas l'impression que c'est toute la vérité, mais c'était effectivement un repas merveilleux alors je vais laisser ça passer.

Il pouffa de rire, se leva et lui tendit la main.

— Allons faire une petite balade digestive ensemble. Je veux te montrer quelque chose.

Cela piqua son intérêt.

— Oh, une surprise ?

— En quelque sorte.

Noel passa son bras dans le sien et Drew trouva que c'était la chose la plus naturelle au monde que d'avoir cette femme à son côté. Et il sut, en cet instant, qu'il ne serait jamais capable de la laisser partir.

L'air était froid dehors, mais il le sentit à peine tandis qu'il guidait la superbe femme à son bras dans la Grand-Rue. Ils marchèrent bras dessus, bras dessous dans leur ville, celle où ils avaient grandi et où ils étaient certains qu'ils resteraient jusqu'à leur mort. Ils s'étaient tous les deux entièrement investis dans cette ville enchantée, elle avec son auberge et lui avec son désir de garder cet endroit sûr et aussi dépourvu de crime que possible. Il ne pouvait pas s'imaginer deux personnes qui auraient davantage été faites l'une pour l'autre.

— Alors, à propos de ces sorts de protection dont je parlais, dit Noel, le tirant de ses pensées.

— Les sorts de protection ? répéta-t-il en se demandant s'il avait manqué une partie de la conversation.

— Ceux pour le Nouvel An. On n'en a jamais reparlé.

Il se souvint du jour où Noel était intervenue lorsque Shannon l'avait coincé à l'extérieur d'Une Cuillerée de Magie et lui avait dit que la ville serait bondée pour le Nouvel An.

— Ah oui. On avait parlé de renforcer les sortilèges de sécurité autour de la ville. Qu'est-ce qu'il en est ?

— Il te faut de l'aide, non ? Pauly Putzner a l'air à peine capable de faire bouillir de l'eau, encore moins de jeter un sort. Dis-moi juste quand tu veux t'y mettre et je serai heureuse de te donner un coup de main.

— Juste après Noël, avant que la ville se remplisse pour le Nouvel An ?

— Parfait, sourit-elle.

— Bon, et sois gentille avec Pauly, Noel, la taquina Drew.

Il était très amusé et ravi d'avoir l'occasion de travailler avec elle, n'était-ce que pour une journée.

— Tu imagines être un sorcier d'eau et ne même pas savoir nager ? Ça doit faire mal.

Noel eut un reniflement amusé.

— Tu vois, je me sentirais mal pour lui s'il n'était pas un tel abruti. Tu sais qu'il a essayé de mettre une amende à Miss Maple aujourd'hui pour s'être garée en double file devant le commissariat ?

Drew fronça les sourcils.

— Non. Pourquoi est-ce qu'elle était en double file ?

— Elle déposait des paniers cadeaux chez vous. Un pour toi, un pour Clarissa et un pour Pauly. Tu n'as pas eu le tien ?

— Bon sang, c'est vraiment un abruti.

Drew se sentit soudain coupable de ne pas l'avoir informée de sa mission concernant Xavier. Et maintenant qu'il l'avait repéré, c'était normal de lui dire qu'il était dans les parages, non ?

— Et, non, je ne l'ai pas eu. J'étais en mission toute la journée.

— Oh, des trucs de shérif mystérieux, dit-elle, les yeux pétillants. Est-ce que tu étais en train de poursuivre des méchants ?

— Peut-être.

Il prit sa main et la fit passer sur le sentier qui menait à la rivière.

— Écoute, Noel, il y a quelque chose que je dois te dire.

Son expression amusée disparut.

— Oh-oh. Ça a l'air sérieux.

— Oui.

Il désigna un banc près de la rivière.

— Est-ce qu'on peut s'asseoir quelques minutes ?

— Bien sûr.

Elle s'installa et se tourna vers lui, les mains sur ses genoux.

— Je dois t'avouer, Drew, que tu me fais un peu peur. Qu'est-ce qui se passe ?

Il prit une brève inspiration et saisit ses mains dans les siennes.

— Il y a quelques jours, le shérif du comté est passé me voir. Il m'a dit qu'ils manquaient de personnel et qu'ils n'avaient pas assez de gens pour retrouver Xavier.

Elle cligna des yeux.

— Alors personne ne le cherche même s'il est lié à la disparition de cet autre homme ? Pas même pour savoir s'il le connaissait ou s'il sait qui aurait pu lui en vouloir ?

— Non, dit Drew en secouant la tête. Il y a bien quelqu'un qui le cherche. C'est pour ça que le shérif voulait me parler. Il a dit qu'il voulait que quelqu'un d'extérieur à son département s'en occupe. Il ne m'a pas dit exactement pourquoi, mais j'ai des soupçons. En tout cas, pour les temps à venir, c'est moi qui suis chargé de retrouver ton ex.

Noel lui retira ses mains et se renfonça contre le dossier du banc. Drew fronça les sourcils. Ses doigts le démangeaient de l'envie de la toucher à nouveau, mais il était conscient que ce n'était pas le bon moment.

— C'est quoi que tu soupçonnes ?

Elle avait pris une expression dure et fermée, complètement différente de la femme dont il s'était rapproché au cours de la semaine écoulée.

— Je vais te le dire, mais j'ai besoin que tu me promettes quelque chose d'abord, dit-il.

— Ah oui, Drew ? Et quoi donc ? Que je vais continuer à sortir avec toi, même si tu sais ça depuis plusieurs jours et que ce n'est que maintenant que tu m'en parles ?

Wouah. Il ne s'était pas attendu à ce qu'elle le prenne aussi mal. Il venait juste de commencer à enquêter. Sauf que… ils s'étaient embrassés sous son porche la veille et il ne lui en avait pas parlé. Mais tout de même, il faisait juste son travail.

— Si je ne t'avais pas demandé ce que tu avais fait aujourd'hui, tu ne m'en aurais pas parlé du tout ? demanda-t-elle.

— Noel, dit-il, désarçonné par son ton accusateur. Bien sûr que je comptais t'en parler. Je voulais juste attendre d'avoir quelque chose à te dire. Pourquoi est-ce que ça te met en colère comme ça ?

Elle prit une grande inspiration et la relâcha lentement. Quand elle croisa son regard, le sien était froid.

— Si vous ne vous en étiez pas aperçu, Adjoint Baker, j'ai un peu de mal à faire confiance. Quand votre mari se barre sans même vous laisser un petit mot et que votre meilleur ami arrête de vous parler alors que vous n'avez rien fait de mal, il y a un risque pour que ça vous rende un peu blasée.

Drew ne dit rien un moment, le temps d'analyser ce qu'elle venait de dire.

— Tu parles d'Abby ? Quand elle est partie et qu'elle s'est retrouvée à La Nouvelle-Orléans ?

Des larmes emplirent ses grands yeux bleus et elle le fusilla du regard.

— Non. Je ne parle pas d'Abby. Elle n'a pas arrêté de me parler, elle a juste arrêté d'écouter. Même si son départ n'a certainement pas aidé.

— Alors...

Il s'interrompit alors qu'une ancienne conversation qu'ils avaient eue après un été qu'ils avaient passé collés l'un à l'autre lui revenait. Ses propres paroles résonnèrent dans sa tête.

Je crois qu'on ne devrait pas faire ça, Noel. C'est mieux si on reste amis.

Sauf qu'ils n'étaient pas restés amis. En tout cas, pas de

vrais amis. Ils se croisaient en ville et ils étaient polis. Ils échangeaient quelques mots sur la météo, la brasserie, prenaient des nouvelles de leurs familles respectives, mais rien de vraiment personnel. Rien de *réel*. Pas comme cet été qu'ils avaient passé ensemble en tant que moniteurs du Campus Pocus, une colo pour jeunes sorcières. Ils avaient parlé de tout à Campus Pocus, y compris de Charlotte et de la douleur que son décès leur avait causée à tous deux ; Drew parce qu'elle avait été son premier amour et Noel parce qu'elle avait perdu à la fois une amie et une sœur, Abby ayant été incapable de gérer son deuil et sa culpabilité.

Et quand ils ne parlaient pas des conséquences de la mort de Charlotte, ils étaient là l'un pour l'autre autrement, ils s'aidaient à imaginer comment ils pourraient poursuivre leurs rêves. Elle lui avait même fait part de son projet d'ouvrir une auberge. Ils étaient si proches que là où allait l'un des deux, on était sûr de trouver l'autre aussi. Mais Drew avait fait l'erreur de l'embrasser et avait aussitôt paniqué parce qu'il n'était pas prêt à entamer une autre relation, surtout avec la sœur d'Abby Townsend. Il avait passé beaucoup de temps à en vouloir à Abby pour quelque chose qui au final n'avait pas du tout été de sa faute. Mais il avait eu trop mal pour s'en rendre compte.

Pendant des années après cela, il était mal à l'aise quand il venait chez les Townsend, pas parce qu'il leur en voulait ou les jugeait responsables, mais parce que les souvenirs étaient trop douloureux. Ce n'était que depuis qu'Abby était de retour en ville et que Drew avait été forcé d'interagir avec elle qu'il avait compris que toutes ces bêtises n'étaient que dans sa tête. Il avait fait son deuil de Charlotte. Il l'aimerait toujours et il garderait toujours le souvenir de ce qu'il y avait eu entre eux, mais c'était terminé.

— Je suis désolé, Noel. Tu ne méritais pas que je te traite

comme ça, dit-il en fixant son regard hanté. Ma seule excuse c'est que j'étais jeune et que j'avais très mal. Je crois que j'avais l'impression de trahir Charlotte. Au lieu d'essayer de t'expliquer ce qui se passait, je me suis enfui. Je sais que je t'ai blessée, et je m'en excuse sincèrement.

— Merci, dit-elle d'une petite voix en regardant la rivière.

— Encore une chose.

Elle se retourna vers lui, les yeux brillants de larmes retenues.

— Quoi ?

— Il faut que tu comprennes que je ne suis plus cette personne. Ça fait longtemps que je ne fuis plus.

Il posa sa main sur sa joue.

— Je sais ce qui est important dans ma vie, et qui. Ne va pas penser, même pour une minute, que je risque de l'oublier.

Elle ouvrit la bouche, la referma puis déglutit visiblement et son regard s'éclaircit.

— Qui est important pour toi, Drew ?

— Toi, Noel. Toi et Daisy. Et c'est pour ça que je suis déterminé à retrouver ton ex.

Elle fronça les sourcils.

— Tu es déterminé à le retrouver pour… moi et Daisy ? Pourquoi ? Est-ce que tu essaies de trouver une excuse pour ne pas sortir avec moi, parce que si c'est ça…

— Noel, dit-il doucement avec un petit sourire amusé. Je n'essaie certainement pas de trouver une excuse pour ne pas sortir avec toi. À vrai dire, je suis en train de plaider ma cause du mieux possible pour ne pas que tu me largues.

Elle arrêta de froncer les sourcils, mais eut l'air perdue à la place.

— D'accord, alors, pourquoi est-ce que tu essaies de retrouver Xavier ?

— Pour que toi et Daisy puissiez tourner la page. Je sais que son départ t'a déchirée. Et que ce n'est pas juste le fait qu'il soit parti, mais la façon dont il l'a fait. Tu mérites d'avoir des réponses, et encore plus important, Daisy mérite d'en avoir. Est-ce qu'elle fait toujours des cauchemars ?

Noel plissa le front. Elle ne se rappelait pas avoir parlé de l'anxiété de Daisy avec lui.

— Comment tu sais qu'elle en fait ?

— J'ai entendu malgré moi Abby et Clay en parler quand elle lui préparait des potions pour ça. Je n'étais pas en train de les espionner, j'ai juste entendu ça comme ça. Je suis désolé si ça t'embête.

— Ce n'est pas grave, Drew, dit-elle en lui tapotant le genou.

Son regard se posa sur la main de Noel. Elle le touchait à nouveau et son ton s'était adouci. C'était bon signe. Mais il avait encore des choses à lui dire.

— Bon, à propos de Xavier… commença-t-il.

— Tu as retrouvé ce connard ? demanda Noel.

— J'ai failli, aujourd'hui.

Elle en resta bouche bée.

— Tu… tu l'as retrouvé ?

— À Eureka. Il était à l'hôtel Sunshine. Je suivais une piste qu'on m'avait donnée, j'étais sur le point de rentrer dedans quand je l'ai vu sortir de l'hôtel.

— Oh la vache, murmura-t-elle. Qu'est-ce que tu as fait ?

— Malheureusement, il m'a repéré. J'étais en civil, mais il m'a clairement reconnu, car il a filé. Il a sauté dans son SUV et il a décampé comme s'il avait la mort aux trousses. J'ai essayé de le suivre, mais je n'étais pas garé à côté. Le temps que je fasse demi-tour, il avait disparu. J'ai attendu toute la journée pour voir s'il revenait dans les parages, mais ça n'a pas été le cas. Alors je suis revenu ici pour emmener ma sorcière préférée dîner.

Elle afficha un sourire en coin.

— N'essaie pas de me charmer pour me… faire sortir de cette drôle d'humeur qui vient de me prendre.

— Ça marche, cela dit.

Son rictus se transforma en vrai sourire alors qu'elle le regardait.

— Le voilà, ce sourire que j'aime tant.

Il fit courir son pouce sur son menton et se pencha pour venir déposer un baiser sur sa joue. Quand il se recula, il fit un geste vers la rivière. Noel laissa un petit cri de surprise lui échapper.

— C'est… c'est toi qui fais ça, hein ?

Il haussa une épaule et se concentra sur le spectacle aquatique qu'il avait imaginé. Des jets d'eau s'élevaient dans les airs pour former une tige et des gouttelettes d'eau dansaient autour pour dessiner des pétales.

— Drew, murmura-t-elle d'une voix à peine audible. Je crois que c'est le truc le plus adorable qu'on ait jamais fait pour moi.

Il glissa ses mains dans les siennes et dit :

— J'espère juste que j'aurai l'occasion de me surpasser.

Elle baissa les yeux vers leurs mains entremêlées.

— Tu es vraiment adorable. Mais il y a des choses qu'il faut que je te dise aussi.

— OK. Je t'écoute.

— Je t'ai déjà dit que j'ai du mal à faire confiance, dit-elle.

— Oui, en effet.

Il croisa son regard et la fixa avec intensité.

— Je suis quelqu'un de patient.

— On dirait bien que c'est vrai, Andrew Baker. Mais si on doit continuer, il y a quelque chose qui doit être clair.

— Vas-y, Noel, dit-il, prêt à accepter tout ce qu'elle pourrait dire.

— Je ne pense pas pouvoir faire ça si je me sens en permanence comme la doublure de Charlotte.

Drew recula vivement, choqué par ses mots.

— Drew, je...

— Est-ce que je te donne l'impression que tu es un second choix pour moi ? demanda-t-il, un peu blessé et vraiment perdu.

Ça faisait très longtemps qu'il n'avait pas parlé de Charlotte. Noel resta silencieuse quelques instants avant de dire enfin.

— Non. Pas maintenant. Mais ça m'est déjà arrivé.

— Noel... c'était il y a longtemps.

Elle hocha la tête.

— C'est vrai. C'était il y a longtemps. Et je suis probablement injuste, mais je ne peux pas m'empêcher d'être prudente.

Elle grimaça et détourna le regard.

— Je suis désolée. Ce n'est pas comme ça que je voulais que cette soirée se passe.

Drew ramena sa main à ses lèvres et embrassa ses doigts.

— Moi pas.

— Quoi ?

— Je ne suis pas désolé. Cette soirée s'est déroulée exactement comme je l'espérais.

Il lui adressa un doux sourire.

— Je n'ai pas de problème à t'assurer que toi, Noel, tu n'es pas en seconde position pour quoi que ce soit. Ni maintenant. Ni jamais. Toutes ces années auparavant, quand nous étions amis, j'avais juste besoin de guérir. Je ne vais pas nier que j'ai quelques cicatrices, mais qui n'en a pas ?

Elle resserra ses doigts autour des siens, mais ne répondit pas.

— Si tu es prête à te lancer là-dedans, si tu penses pouvoir me faire confiance, alors je suis partant pour la totale.

— La totale ? demanda-t-elle.

Il hocha la tête.

— La totale. Toi. Moi. Daisy. Buffy. Et le reste de ta gigantesque famille.

Elle appuya sa main contre sa joue, les yeux brillants de quelque chose qui ressemblait fort à de l'amour, quelque chose qu'il n'avait pas vu dans son regard depuis bien longtemps. Et puis elle dit :

— Je suis partante aussi.

Il ne s'était pas aperçu qu'il avait retenu sa respiration. Il la relâcha avant de recouvrir sa bouche de la sienne et de faire passer tout son cœur dans ce baiser pour lui faire comprendre qu'il était à elle. Il pensait ce qu'il avait dit, et il n'y avait plus de retour en arrière possible désormais.

— Wahou, dit-elle quand ils se séparèrent enfin. C'était un sacré baiser.

— Et j'en ai d'autres en réserve, dit-il en se rapprochant à nouveau.

Mais elle rit en se levant et le tira du banc.

— Ramène-moi à la maison, Drew.

La déception le submergea. Il n'était pas prêt à ce que leur soirée se termine, vraiment pas. Le sourire de Noel s'élargit et elle secoua la tête.

— Ne me regarde pas comme si je venais de te voler ton jouet préféré. J'ai envie de *te* ramener chez moi.

— Oh, je vois.

Il lui sourit et dit :

— J'ai très hâte de voir ce qu'il y a sous cette robe.

— Je n'en doute pas.

Elle lui fit un clin d'œil, recula de quelques pas, et l'entraîna vers chez elle.

CHAPITRE 21

Noel remontait l'allée vers la maison d'Abby avec deux tasses de café et un sac de viennoiseries à la main. Elle n'avait pas beaucoup dormi, mais elle avançait tout de même d'un pas guilleret. Il aurait été difficile de dire si cette énergie était le résultat direct de sa nuit ave Drew ou des vitamines qu'elle prenait, mais si elle avait dû parier, elle aurait quand même choisi Drew. Enfin franchir cette dernière étape avec lui, se réveiller dans ses bras, la laissait non seulement avec un sentiment de satisfaction, mais aussi de paix. Comme si tout était parfaitement en place. Elle avait aimé Xavier quand ils étaient ensemble, avant qu'il ne fasse exploser leurs vies, mais même avec lui elle ne s'était jamais sentie aussi apaisée.

Avant que Noel atteigne le perron, Abby ouvrit la porte en grand et s'écria :

— Merci, déesse pleine de mansuétude. Nous sommes en rade de café et j'ai vraiment besoin de caféine.

Noel se mit à rire et passa une des tasses à sa sœur.

— J'ai des petits gâteaux aussi.

— Tu es un ange. Il faut en garder pour Yvette. Elle arrive. Mais ne reste pas dans le froid.

Abby la fit rentrer. Olive et Daisy étaient en train de jouer tranquillement aux cartes sur le tapis du salon avec Buffy et Endora blotties à côté d'elles.

— Hum, qu'est-ce que tu as fait, tu leur as donné une potion calmante ? demanda Noel.

Elle fit coucou de la main à sa fille.

— Bonjour, ma puce. Tu t'es bien amusée ?

Daisy hocha la tête et retourna à ses cartes, visiblement pas très intéressée par l'arrivée de sa mère.

— On dirait, dit Noel en suivant Abby dans la cuisine lumineuse à l'arrière de la maison.

— Bon, d'abord, je meurs d'envie d'entendre comment ce rendez-vous s'est passé.

Un grand sourire se peignit sur le visage de Noel tandis qu'elle répondait :

— Bien.

— Bien comment ? demanda Abby en la dévisageant avec suspicion. Genre, si j'étais passée devant l'auberge hier soir, je vous aurais trouvés en train de vous rouler des patins sous le porche ? Ou bien j'aurais trouvé la voiture de Drew garée devant chez toi ce matin ?

Noel rougit et elle se sentit fondre en se rappelant comment Drew l'avait réveillée ce matin par des baisers passionnés.

— Heu, sa voiture était garée devant.

— Yes ! Il était temps que tu t'amuses un peu, dit Abby avec une lueur malicieuse dans ses yeux bleu clair.

Mais rapidement, son sourire s'évanouit et elle ajouta :

— Je suis vraiment heureuse pour toi, Noel, et je ne veux

pas gâcher ta bonne humeur, mais il faut que je te mette au courant de quelques trucs.

Noel s'assit au bar et sortit les petits gâteaux en essayant de ne pas se laisser submerger par la peur soudaine qui l'assaillit.

— Est-ce que c'est papa ?

Abby secoua la tête.

— Non. Sa cheville lui fait toujours un peu mal, mais à part ça, il va bien.

Noel poussa un soupir de soulagement. Tout le reste, c'était gérable.

— D'accord. Je suis prête.

— La nuit dernière a été un peu compliquée, dit Abby en s'asseyant à côté de sa sœur. J'ai donné sa potion calmante à Daisy comme toujours, mais juste après minuit elle s'est réveillée en pleurant et en appelant son père.

Noel soupira, frustrée.

— Oui. Ça arrive de temps en temps. Pas aussi souvent qu'avant, mais ça arrive. Elle s'est calmée ?

— Oui, mais elle pleurait en disant qu'il ne devait pas partir *de nouveau.* Elle l'a répété encore et encore, comme s'il était revenu. Je crois qu'elle a dû t'entendre parler avec quelqu'un du fait qu'il était dans la région parce que c'était… différent. Plus intense.

Depuis qu'Abby avait emménagé avec Clay, Daisy et Olive étaient devenues très amies et Daisy avait dormi là deux ou trois fois au cours du dernier mois. Ce n'était pas la première fois qu'Abby avait affaire à ces cauchemars. Noel se mordit la lèvre.

— C'est possible, mais je fais très attention à ne pas parler de lui quand elle est dans les parages. Tu crois qu'elle aurait pu vous entendre toi et Clay ?

— J'espère que non, dit Abby en fronçant les sourcils. On

fait attention aussi. On ne parle même pas de lui quand Olive est dans le coin.

Noel hocha la tête.

— Je suppose que s'il est vraiment à Eureka, on risque de ne pas pouvoir garder ça secret indéfiniment de toute façon. J'espère juste qu'il ne se pointera pas ici. Elle n'a pas besoin qu'il lui brise le cœur une deuxième fois.

— Toi non plus, dit Abby avec un petit sourire gentil.

Noel agita une main.

— Il ne peut pas me blesser. Je suis passée à autre chose. Je suis juste inquiète pour Daisy. Comment tu l'as calmée ?

— Je lui ai redonné de la potion. Elle s'est calmée, mais elle n'arrivait pas à se rendormir et elle demandait Buffy. J'ai fini par craquer et je l'ai laissée monter dans son lit. Après ça, elle s'est endormie en cinq minutes.

Noel sourit.

— Ces deux-là… J'aurais dû te dire que Buffy dort dans sa chambre maintenant. Ça t'aurait peut-être évité ce cauchemar. Elle n'en a pas eu chez nous depuis le soir où on a ramené la chienne à la maison. C'est devenu sa peluche. Et c'est vraiment un bon chien. Même si j'en ai voulu à papa au départ de me forcer à l'adopter, je crois que je devrais lui acheter quelque chose pour le remercier.

— Un chiot, par exemple ? demanda Abby en riant.

— Ça lui ferait les pieds.

— Abby ? Noel ?

Yvette rentra dans la cuisine, une grande enveloppe en papier kraft dans les mains. Ses yeux étaient secs, mais ils étaient rouges et gonflés comme si elle venait juste de pleurer.

— Eh, s'écria Noel en se précipitant pour enlacer sa grande sœur. Qu'est-ce qui se passe ?

Yvette prit une grande inspiration.

— J'ai juste besoin de mes frangines.

— On est là, dit Abby. Je peux te servir quelque chose ? Du thé ? Du vin ? Une pelle ?

Yvette laissa un petit rire surpris lui échapper et se laissa tomber sur une chaise de bar.

— Une pelle et ce que tu veux tant qu'il y a du sucre dedans.

— Ça arrive.

Noel déposa une part de gâteau devant elle.

— Abby va devoir s'occuper de la pelle. Bon, qu'est-ce qui se passe ?

Elle balança l'enveloppe sur le plan de travail.

— Isaac demande le divorce. Il m'a gentiment déposé ça lui-même ce matin.

Ses lèvres se tordirent en une grimace.

— Il a dit qu'il voulait m'expliquer qu'il n'avait jamais eu l'intention de me blesser. Tout ça, c'est à cause de ce stupide abonnement à la salle de gym que je lui ai pris.

Noel et Abby échangèrent un regard entendu. Elles savaient toutes les deux ce qui allait suivre.

— C'est qui ? demanda Abby. La prof de yoga ? Ou celle qui torture les gens avec les vélos ? Je sais, c'est la réceptionniste. Elle a toujours été un peu trop tactile.

— J'en doute, dit Noel. Elle a une copine.

— Oh.

Abby fronça les sourcils.

— C'est peu probable alors.

— C'est son comptable, dit Yvette d'une voix complètement défaite. Ils se sont retrouvés au cours de vélo.

— Attends, dit Noel, perdue. Je croyais que son comptable était Jake Jackson.

— C'est ça, dit Yvette, les yeux pleins de tristesse.

— Isaac te quitte pour Jake ? lâcha Abby. Tu déconnes.

— Isaac a dit qu'il n'avait pas l'intention que ça arrive.

Yvette détacha un morceau de gâteau, mais ne le mangea pas.

— Qu'est-ce que c'est censé vouloir dire au juste… il n'avait pas l'intention que ça arrive ? Il a perdu conscience un soir et il s'est retrouvé dans le lit d'un autre homme ? Je… Comment est-ce qu'il a pu me faire ça ?

Noel lissa les cheveux sombres et emmêlés d'Yvette et dit :

— Je suis vraiment désolée, Yvette. Il veut sûrement dire qu'il ne voulait pas te faire de mal. Ça ne l'absout pas pour autant de t'avoir trompée ou d'être tombé amoureux de quelqu'un d'autre.

Yvette s'assit plus droit sur le tabouret et regarda droit devant elle.

— Comment j'ai pu ne pas m'en rendre compte ?

— Te rendre compte de quoi, ma puce ? demanda Noel. Qu'il aimait les hommes ou qu'il avait une liaison ?

Elle se retourna et regarda Noel dans les yeux.

— Les deux.

— Parce qu'il te l'a caché, dit Abby. Ce n'est pas de ta faute. Tu n'as rien fait de mal, d'accord ? Tu comprends, Yvette. Peut-être qu'Isaac t'aimait vraiment, peut-être même qu'il t'aime toujours vraiment. Je sais que tu n'as pas envie d'entendre ça maintenant, mais s'il préfère réellement les hommes, alors il te rend service en partant. Un grand service. Tu mérites quelqu'un qui est totalement à fond, fou d'amour et de désir pour toi, et juste toi.

— Mais je lui ai donné onze ans. Onze ans ! cria-t-elle. Je ne mérite pas ça. J'étais une super épouse. J'espère que Jake lui piétinera le cœur.

— Oh, chérie, dit Abby en la serrant dans ses bras.

Noel en fit de même de l'autre côté et elles la tinrent toutes les deux bien serrée, comme pour l'empêcher de s'effondrer.

CHAPITRE 22

Assis à son bureau, Drew parcourait ses notes. Il avait passé les trois derniers jours à essayer de pister Xavier. Ils avaient retrouvé la plaque d'immatriculation, même incomplète, dans le système, et ils avaient publié une alerte comme quoi la personne qui avait loué cette Honda était recherchée par la police. On les avait rencardés quatre fois ces derniers jours et Drew avait passé le plus clair de son temps à parcourir tout Eureka.

Il était allé voir un cinéma, un restaurant de poisson, une laverie automatique et une pharmacie, mais pour l'instant, ça n'avait rien donné. D'après le personnel de ces endroits, Xavier n'était retourné ni au Moon River, ni à l'hôtel Sunshine, ni à Tartes en folie. Alors Drew était en train de fixer une carte et d'essayer de déterminer un emplacement central où Xavier aurait pu se retrancher. Pour l'instant, ça ne donnait pas grand-chose.

Il se leva et commença à faire les cent pas. Le fait qu'il n'arrivait pas à se sortir Noel de l'esprit ne l'aidait pas. La nuit qu'ils avaient passée ensemble l'avait bouleversé. Il lui avait dit qu'il était partant pour la totale et il le pensait, mais après cette nuit, il savait qu'il était perdu. Elle n'aurait pas pu se débarrasser de lui, même si elle l'avait voulu. Il n'avait jamais eu envie d'une femme comme il avait envie d'elle. Ces deux derniers soirs, il avait passé une heure ou deux avec elle sur la balancelle sous son porche. Et à chaque fois, il avait détesté devoir partir. Mais elle avait Daisy et ils avaient juste officiellement commencé à sortir ensemble. Ni lui ni elle ne pensaient que c'était correct de lui imposer sa présence la nuit pour l'instant.

Il jeta un coup d'œil à l'horloge. Il était juste avant midi, et il avait rendez-vous pour déjeuner. Il devait retrouver Noel à la brasserie pendant sa pause. Mais juste alors qu'il s'apprêtait à sortir, son téléphone sonna. C'était le bureau d'Eureka.

— Baker.

— Adjoint Baker, on nous a signalé une nouvelle apparition de ce véhicule. Il est garé devant l'entreprise de location de bateaux Pacific Cove. Pour l'instant, personne ne correspondant à la description d'Anderson n'a été repéré.

— Merci. J'y vais.

Il informa Clarissa qu'il sortait avant d'appeler Noel. Comme elle ne répondait pas, il lui envoya rapidement un texto et sauta dans son SUV.

Vingt-cinq minutes plus tard, il se garait sur le parking de la marina Pacific Cove. Il repéra presque aussitôt la Honda. Elle était garée juste devant la sortie. Et bon sang, c'était son jour de chance. Xavier était assis à la place conducteur, et il le fixait. Drew lui rendit son regard. Comme Xavier ne partait pas, Drew fit avancer son SUV jusqu'à lui et baissa sa fenêtre.

— Xavier, dit-il. Je te cherchais.

L'autre marqua une pause avant de répondre.

— On dirait que tu m'as trouvé.

Il haussa un sourcil avant d'ajouter :

— Tu penses que tu peux suivre le rythme ?

Et la Honda déboula du parking et se faufila entre les voitures qui circulaient.

— Merde !

Drew appuya sur l'accélérateur et prit le virage trop serré pour rester le plus proche possible du pare-chocs de Xavier. La Honda se mit à progresser en faisant des zigzags au milieu des voitures, en prenant les virages trop vite et en faisant des queues de poisson aux autres conducteurs.

Drew s'accrocha au volant, déterminé à ne pas le perdre cette fois. Mais la Honda vira brusquement à gauche et Drew se retrouva coincé le temps qu'une demi-douzaine de grosses bagnoles passent dans l'autre sens. Il mit les gaz dès qu'il eut le champ libre, conscient qu'il avait probablement perdu Xavier. Mais à sa grande surprise, la Honda était à trois rues de là, arrêtée à un stop.

C'est là que Drew commença à avoir des soupçons. Pourquoi Xavier l'attendait-il sur le parking de la marina ? Et pourquoi avait-il fait en sorte que Drew puisse le suivre aisément ? Il n'avait pas vraiment essayé de le semer. Sinon, il aurait disparu depuis longtemps après avoir tourné à gauche.

Son sixième sens se manifesta et Drew sut que quelqu'un était en danger. Il ne savait pas qui ; il savait juste que c'était quelqu'un à qui il tenait. C'était le même sentiment qu'il avait eu la nuit où Charlotte était morte et la nuit où sa mère avait failli perdre la vie dans un accident de voiture.

Il baissa les yeux vers son téléphone et dit :

— Appelle Noel.

Le Bluetooth s'enclencha et la sonnerie du téléphone fut diffusée par la stéréo du véhicule. Noel décrocha à la deuxième.

— Allô, Drew. Je croyais que tu avais une piste à Eureka. Ça a donné quelque chose ?

Il hésita. Il ne voulait pas l'inquiéter, mais il savait aussi qu'il ne devait pas lui donner de raisons de démériter de sa confiance.

— Eh bien, je suis en train de le suivre, là.

Un hoquet échappa à Noel.

— À pied ?

— Non. On part vers le sud sur la 101. Je ne sais pas ce qui se passe, mais c'est comme s'il voulait que je le suive, comme s'il était en train de servir d'appât. Il avait largement la possibilité de me semer et il ne l'a pas fait.

— Drew, sois prudent. Appelle des renforts. S'il est mêlé je ne sais comment à ce meurtre…

— Ne t'inquiète pas. Je serai prudent. Je vais juste voir où il va et j'appellerai des renforts si besoin.

— Drew.

— Écoute, Noel, si je t'appelle, c'est parce que j'ai l'impression qu'il y a quelque chose qui cloche à la maison. Je voulais m'assurer que tout allait bien pour toi et Daisy.

— Je vais bien. Daisy est toujours à l'école. Je suis sûre qu'elle va bien aussi, sinon ils m'auraient appelé. Je vais la chercher dans vingt minutes.

Drew se sentit soulagé, mais le pressentiment désagréable était toujours là.

— D'accord. Mais appelle-moi quand tu l'auras récupérée, d'accord ?

— D'accord. Et, Drew ?

— Oui ?

— Fais attention à toi. Je ne supporterais pas que Xavier bouleverse ma vie à nouveau.

— Ça marche, mon amour.

Il appuya sur un bouton pour mettre fin à l'appel et continua à suivre Xavier qui venait de quitter l'autoroute et de se perdre sur les petites routes du comté d'Humboldt.

Enfin, la Honda reprit le chemin de la ville et après quarante-cinq minutes de conduite, Xavier se gara sur le parking de Tartes en folie.

Drew ne savait pas quoi penser de la tournure qu'avaient prise les choses. Il gara son SUV près de la porte et ne coupa pas le moteur en attendant de voir ce que Xavier comptait faire. La portière conducteur s'ouvrit et Drew se tendit. Si Xavier était armé, n'importe quoi pouvait arriver.

Quand Xavier posa le pied sur l'asphalte, la main gauche de Drew se crispa sur la poignée tandis qu'il saisissait son pistolet anesthésiant de l'autre. Xavier referma sa portière au moment où Drew ouvrait la sienne. Drew sauta du SUV en visant Xavier, tout en utilisant sa portière comme bouclier.

Il était prêt à appuyer sur la détente. Mais quand il jeta un regard vers l'autre au-dessus de la portière, il fut ébahi de constater que le conducteur n'était pas du tout Xavier. Sa peau était nettement plus sombre et ses cheveux étaient noir corbeau.

— C'est quoi ce délire ?

Drew jeta un coup d'œil rapide à la Honda pour confirmer qu'il s'agissait bien de celle de Xavier et puis il courut jusqu'à l'autre homme, l'arrêtant juste avant qu'il rentre dans le restaurant.

— Où est Xavier, bon sang ?

— Qui ? demanda l'autre, perdu.

— Xavier… je veux dire, Victor. Le type qui est censé conduire cette voiture.

Drew désigna la Honda avec l'envie d'arracher la tête de quelqu'un. On s'était fichu de lui. Il savait que c'était Xavier qu'il avait vu sur le port. Ils avaient échangé un regard, il avait vu son visage et il l'aurait reconnu n'importe où, car il ressemblait terriblement à sa fille. Cet homme avait dû changer de voiture avec Xavier à un moment, ce qui voulait dire qu'on s'était payé sa tête et qu'il avait fait cette filature pour rien.

— Je ne sais pas. Ce type, là, Victor, il m'a filé cinquante balles pour conduire pendant quarante minutes. Il m'a dit de laisser la bagnole ici quand j'aurais fini.

— Il vous a juste payé cinquante dollars pour conduire et vous l'avez fait sans poser de questions ? demanda Drew en étrécissant le regard.

— Eh, j'ai des factures à payer. Cinquante balles c'est cinquante balles.

— Et vous ne l'aviez jamais vu auparavant ?

L'autre secoua la tête.

— Je revenais de la pêche quand il m'a demandé si je voulais me faire un peu plus de fric aujourd'hui. C'est tout ce que je sais.

Il disparut dans le restaurant et laissa Drew là, à fulminer. Il le suivit, mais seulement pour jeter un regard à l'intérieur et vérifier que Xavier ne s'y trouvait pas. Mais comme il s'y attendait, Xavier n'était nulle part en vue. Drew se retira et courut jusqu'à la Honda. À l'intérieur, il repéra un chapeau, une écharpe, une paire de gants et une veste supplémentaire. Il était certain d'avoir vu Xavier porter cette écharpe le jour où il était sorti de l'hôtel Sunshine. S'il pouvait s'en emparer, il pourrait peut-être le pister. Mais les portières étaient toutes fermées.

— Mince, marmonna-t-il.

Il revint en courant dans le restaurant et força l'homme que Xavier avait payé pour conduire à sa place à l'accompagner jusqu'au parking.

— J'ai des droits, dit l'homme avec un regard mauvais.

— Alors, soit je vous mets en garde à vue, soit vous ouvrez cette portière et vous me donnez l'écharpe.

Drew n'avait pas vraiment de motif pour l'arrêter. Il n'y avait aucune loi qui interdisait de conduire sans but autour de la ville. Drew n'avait pas mis son gyrophare et ne lui avait pas demandé de s'arrêter. Mais il pouvait le mettre en garde à vue pour l'interroger et il le ferait s'il refusait.

— D'accord. C'est bon. Pas la peine de s'énerver.

L'homme sortit les clés de sa poche et ouvrit la porte sans plus discuter. Drew attrapa les différents vêtements. Maintenant, tout ce qu'il lui fallait, c'était une étendue d'eau.

— Merci, dit-il à l'homme avant de repartir en hâte vers son SUV.

La rivière Elk était proche, mais l'océan lui donnerait plus d'énergie. Drew prit sa décision en un éclair et fonça au nord vers la plage la plus proche. C'était un mardi après-midi gris et à son soulagement, la plage était déserte. Moins il y aurait de distraction, mieux ce serait. Il se gara, attrapa l'écharpe et courut jusqu'au bord de l'eau. Il puisa dans l'énergie pure des vagues qui roulaient sur le sable, il la sentit l'emplir, le faisant vibrer d'intensité.

Il tomba à genoux dans le sable, l'écharpe tenue à deux mains, et il se concentra sur Xavier. Son visage apparut dans son esprit, parfaitement clair. Et voilà qu'il était là, devant l'école primaire de Keating Hollow. Drew ne pouvait pas bouger dans sa vision, il fut forcé de regarder Xavier tendre les bras vers Daisy, la soulever, la serrer contre lui dans une étreinte protectrice et se mettre à courir.

— Non ! cria Drew.

Il fonça vers sa voiture.

CHAPITRE 23

Dès que Noel avait raccroché après l'appel de Drew, elle avait commencé à se sentir nerveuse. Elle n'était pas du genre à faire comme si de rien n'était quand elle était prise d'un tel sentiment. Et le fait que Drew menait une enquête à laquelle son ex était mêlé la mettait suffisamment mal à l'aise pour qu'elle prenne ses clés et monte en voiture. Si tout se passait bien, elle serait la première dans la file du dépose-minute quand la cloche sonnerait. Quand Daisy serait en sécurité avec elle et que Drew serait de retour en ville, elle commencerait à se détendre à nouveau.

— Je vais chercher Daisy, informa-t-elle Alec.

Il releva la tête derrière le comptoir de la réception.

— Déjà ?

— Oui. Je ne veux pas attendre des plombes dans la file aujourd'hui.

Elle lui fit un signe de la main et disparut par la porte de derrière. Mais quand elle appuya sur la clé électronique pour ouvrir sa voiture, rien ne se passa.

— Merde, marmonna-t-elle en notant *racheter des piles* dans sa tête avant de déverrouiller la porte manuellement.

Une fois qu'elle eut bouclé sa ceinture, elle fit tourner la clé dans le contact et… rien.

— Non. Ce n'est pas possible.

Elle réessaya. Rien. La voiture ne répondait plus du tout.

— Mince.

Frustrée, elle sauta de son SUV qui avait cinq ans et courut dans l'auberge.

— Alec ?

— Eh, je croyais que vous étiez partie.

— Ma batterie est morte. Tu crois que tu pourrais me la redémarrer ?

— Bien sûr.

Il posa son stylo et la suivit à l'extérieur. Tandis qu'il positionnait son pick-up à côté de la voiture de Noel, celle-ci sortit les câbles. Il fallut manœuvrer un peu, mais ils finirent par réussir à redémarrer son SUV.

— Merci, dit-elle, soulagée, en montant à bord. Ça m'a bien dépannée.

Il lui fit un signe de la main.

— Je vous en prie. Ce n'était rien.

Elle lui sourit et quitta le petit parking. Quand elle s'arrêta au feu, elle jeta un coup d'œil à l'horloge et grinça des dents. Redémarrer la batterie lui avait pris plus de temps qu'elle ne le pensait. C'était l'heure de la sortie et Daisy était peut-être déjà en train de l'attendre. Tandis qu'elle attendait que le feu passe au vert, elle vérifia ses réglages pour essayer de comprendre ce qui avait pu vider sa batterie. Il ne lui fallut guère de temps pour se rendre compte que les phares avaient été passés de « automatique » à « allumé ». Ses mains devinrent moites alors qu'elle serrait le volant plus fort. Elle ne changeait jamais ce réglage. Et comme elle était la seule à conduire cette voiture, quelqu'un d'autre l'avait fait. Est-ce que c'était exprès, se demanda-t-elle ?

Est-ce que Xavier était venu à Keating Hollow et avait saboté son véhicule pour l'empêcher de se déplacer ? Ça semblait complètement fou, mais pas plus que le fait qu'il soit à Eureka et ait un lien avec un cadavre non identifié. Qu'est-ce que pouvait bien manigancer son ex ?

Noel se mit à rouler un peu plus vite que la limite autorisée en essayant de ne pas perdre son sang-froid quand elle se retrouva tout au bout de la file de voitures. Tout ce qu'elle voulait en cet instant, c'était ramener sa fille à la maison, là où elle pourrait garder un œil sur elle.

La file semblait avancer à une allure d'escargot, mais Noel était consciente qu'en réalité, c'était la même vitesse que d'habitude. Elle tourna enfin l'angle d'où on pouvait voir les enfants qui attendaient leurs parents.

Et l'homme qui marchait vers l'école, les bras grands ouverts.

Xavier.

Noel abaissa sa fenêtre juste à temps pour entendre sa fille chérie crier :

— Papa !

— Non ! hurla Noel.

Elle entendit le mot résonner dans sa tête alors qu'elle bondissait hors de la voiture.

Daisy se jeta dans les bras de Xavier. Il la souleva et la serra contre lui.

— Repose ma fille immédiatement, protesta Noel.

Le vent se leva derrière elle, comme s'il avait une volonté propre. Les feuilles dans les arbres se mirent à s'agiter de façon menaçante. Une poubelle tomba par terre et se mit à rouler.

Les enfants poussèrent des cris alarmés, surpris par le pouvoir que Noel émettait soudain.

— Noel, arrête ! ordonna Xavier en courant vers elle, Daisy dans ses bras. Contrôle ta magie. Personne ne va enlever Daisy.

Elle ne le croyait pas. Pourquoi serait-il venu ici sinon ?

— Rends-la-moi.

— Non.

Daisy enfouit son visage contre son épaule et s'accrocha à lui de toutes ses forces.

— Non, je ne veux pas laisser papa.

Noel se tenait là, sur le trottoir devant l'école, dévastée et incroyablement en colère.

— Qu'est-ce que tu fiches ? demanda-t-elle en lui prenant sa fille des bras. Tu lui brises le cœur. Tu le sais, ça, non ?

— Non, maman, non. Je veux papa, gémit Daisy.

Elle enroula ses jambes autour de sa mère tout en essayant simultanément d'atteindre son père.

— Noel, s'il te plaît, dit-il. Laisse-moi t'expliquer.

— Tu es dingue ? demanda-t-elle dans un murmure plein de colère. Je n'arrive pas à croire que tu aies fait ça. Où est-ce que tu pensais l'emmener au juste ?

— Nulle part, dit-il en levant les mains et en reculant d'un pas. Je voulais juste vous voir toutes les deux.

— Alors tu es venu ici ? Tu es complètement fou ?

Elle rejoignit l'une des maîtresses qui venaient vers eux. Après s'être excusée et lui avoir brièvement expliqué la situation, elle revint à sa voiture et mit Daisy sur la banquette arrière. Sa fille essaya tout du long d'attraper la main de son père en chouinant. Une fois qu'elle fut attachée au siège, Noel l'embrassa sur la joue et essaya de l'apaiser avec des paroles réconfortantes, mais il n'y avait rien qui puisse la calmer dans ces circonstances et elle en était consciente.

Elle se tourna vers Xavier qui était resté à proximité.

— Monte. Si tu tentes un truc ou que tu dis quelque chose qui perturbe davantage ma fille, je te castre, compris ?

Il hocha la tête et se hâta de monter dans le véhicule avant qu'elle ne change d'avis. Et elle faillit bien le faire. Tout en elle avait envie de le tirer du SUV et de le rouer de coups. Comment osait-il se pointer à l'école de Daisy comme ça ? Comment osait-il essayer de la voir sans avoir parlé à Noel d'abord ? Il avait un sacré culot.

Noel fit tout le trajet jusqu'à l'auberge en fulminant. Une fois qu'ils furent sortis de la voiture, elle attrapa la main de Daisy et indiqua à Xavier de les suivre d'un signe de tête. Mais au lieu de rentrer à l'intérieur, elle les fit passer par derrière et s'assit sur une des chaises de jardin tandis que Xavier s'installait sur la balancelle. Daisy s'y précipita et se blottit contre lui.

La scène était presque insupportable à regarder. Noel détourna la tête et frissonna dans l'air frais de l'après-midi. Si elle avait froid, Daisy devait être gelée. Elle agita la main et l'air autour d'eux se réchauffa instantanément.

— Ta magie est plus puissante qu'avant, dit Xavier.

Elle haussa les épaules.

— Elle l'est toujours quand je suis en colère.

— Ah oui… Je n'avais pas de mauvaises intentions, dit Xavier en passant un bras autour des épaules de sa fille.

— C'est pour ça que tu as saboté ma voiture ? C'était intelligent de ta part de faire passer ça pour une erreur, dit-elle d'une voix pleine de sarcasme.

— Comment ça, saboté ta voiture ?

Il fronça les sourcils, confus.

— Est-ce que tu n'es pas venue à l'école avec ?

— La batterie était morte, Xavier. Est-ce que tu es vraiment en train de nier que tu t'es débrouillé pour laisser les phares allumés ?

Il détourna le regard et tapa nerveusement du pied en disant :

— Je voulais juste un peu de temps pour dire au revoir.

— Tu es vraiment incroyable, dis donc. Tu ne pouvais pas juste me demander ? Ou bien tu avais trop peur de ce que je dirais ?

Elle avait envie de le cogner. Peut-être qu'elle l'aurait fait s'il n'avait pas eu Daisy dans les bras.

— Je parie que c'est toi qui appelais l'auberge et me raccrochais au nez.

Il prit une brève inspiration, mais ne répondit pas. Elle prit ça pour un oui. Noel détestait le fait que Daisy soit obligée d'assister à cette conversation. Son ex et elle avaient des choses à se dire, et la plupart d'entre elles ne pouvaient convenir aux oreilles de Daisy.

— Où est-ce que tu vas cette fois, Xavier ?

— Vers le sud, je pense.

— Vers le sud, tu penses ?

Noel soupira.

— Daisy, ma puce ?

Elle releva la tête et regarda sa mère.

— J'aimerais que tu ailles voir comment va Buffy. Tu veux bien faire ça pour moi ?

— Mais papa est là. Je veux pas y aller, dit-elle en se retenant à grand-peine de pleurnicher.

— Papa et moi avons besoin de parler de choses d'adultes, mon cœur. Je sais qu'il te manque, mais on a besoin de quelques minutes seuls. Je te promets qu'il ne partira pas sans avoir passé un peu de temps avec toi.

— Mais je ne veux pas que tu partes, dit-elle en le

regardant, des larmes plein les yeux.

— Je sais, choupette. Je n'ai pas le choix, mais je ne partirai pas sans te dire au revoir.

Son expression était incroyablement douce et aimante, mais ça ne fit qu'énerver Noel davantage. Où s'était trouvé cet homme pendant toutes ces années ?

À contrecœur, Daisy descendit de la balancelle. Elle traîna des pieds en partant et fusilla sa mère du regard avant de tourner à l'angle et de disparaître à la vue. Quelques instants plus tard, ils entendirent la porte claquer.

Le silence s'installa. Noel se contenta de le fixer en attendant qu'il dise ce qu'il était venu dire.

Il se racla la gorge.

— Il faut que je m'excuse.

— Oui, en effet, dit-elle en croisant les bras sur sa poitrine. Mais pas auprès de moi. Auprès de ta fille.

— Auprès de vous deux, insista-t-il.

Elle souffla.

— Ce n'est pas la peine avec moi, Xavier. Rien de ce que tu pourrais dire n'améliorera les choses.

Il grimaça et hocha la tête pour montrer qu'il comprenait.

— Je sais. Mais je suis désolé quand même. Vraiment désolé pour la façon dont ça s'est passé.

Elle cligna des yeux.

— Tu es désolé pour la façon dont ça s'est passé ? Pas d'être parti ?

— Bien sûr que je suis désolé d'être parti ! Mais je n'avais pas le choix. Il le fallait. Autrement…

Il passa une main dans ses cheveux épais. Quand il releva la tête vers elle, ses yeux verts s'étaient faits implorants.

— Il y a tant de choses à expliquer. Je ne voulais pas partir.

J'ai été forcé de le faire. Je t'en prie, Noel, écoute-moi simplement.

— D'accord. Je t'écoute.

Sa voix était agressive et pleine de scepticisme. Rien de ce qu'il pourrait dire n'arrangerait les choses, mais elle ne pouvait nier qu'elle était terriblement curieuse. Où était-il allé au juste et pourquoi avait-il dû partir de façon aussi abrupte ?

— Il y a des choses que tu ne sais pas sur mon passé, dit-il.

— À l'évidence.

— Je veux dire, mon passé avant que nous nous soyons rencontrés.

Il se pencha en avant et détourna le regard à nouveau.

— Tu m'as dit que tu avais grandi dans l'Oregon, dit-elle. Que tu étais enfant unique et que tes parents étaient morts dans un accident de voiture.

Il se tourna vers elle.

— Rien de tout cela n'est vrai.

Elle ne pouvait pas dire qu'elle était surprise. Son passé était inexistant. Il devait y avoir une raison pour laquelle il avait disparu de tous les registres imaginables.

— Je t'écoute.

Xavier la regarda droit dans les yeux et puis balança :

— J'ai grandi dans la mafia.

Franchement, c'était ce qu'elle s'était attendue à entendre. Qu'aurait-elle pu imaginer d'autre alors que son passé avait été complètement effacé ? Mais ça lui fit quand même l'effet d'un coup dans le ventre qui lui coupa la respiration. Enfin, elle réussit à demander :

— Et tu es toujours dedans ?

— Pas de façon volontaire.

Elle ferma les yeux, sans être sûre d'avoir envie d'en entendre davantage.

— Dans ce cas, tu ferais sans doute mieux de partir. Ce n'est pas sûr pour Daisy.

Ni pour lui, d'ailleurs. Si Drew se pointait, les choses risquaient de mal tourner pour Xavier.

— C'est ce que je vais faire, mais j'ai des choses à te dire d'abord.

— Alors vas-y, dis-moi tout.

C'est ce qu'il fit. Il lui expliqua comment on l'avait forcé à passer de la drogue pour son oncle depuis qu'il avait huit ans. Ado, il avait été présent quand son oncle avait exécuté trois rivaux et avait forcé la fille d'un des meneurs à rejoindre leur groupe. Il avait commencé à s'intéresser à elle et avait essayé de la forcer à devenir sa petite amie. Xavier l'avait aidée à s'échapper avant que ça n'aille trop loin, et c'était là qu'il était parti sans regarder en arrière. Il avait réussi à trouver une sorcière de terre douée pour manipuler la technologie et il l'avait payée très cher pour qu'elle le fasse disparaître. Peu de temps après ça, il avait atterri à Keating Hollow, où il avait espéré pouvoir mener une vie normale. C'était là qu'il avait rencontré Noel.

— Alors tu t'es rangé. Tant mieux pour toi. Sauf que j'aurais mérité d'être mise au courant de ton passé *avant* de t'épouser et de fonder une famille avec toi, tu ne crois pas ?

Il hocha la tête.

— Si. Mais je voulais tellement laisser le passé derrière moi. Je n'avais aucune intention de reprendre cette vie.

— Et pourtant, c'est ce que tu as fait. Je suppose que je devrais te remercier de ne pas nous avoir impliquées, moi et Daisy.

Ses yeux verts s'emplirent de douleur et il eut l'air anéanti.

— C'est pour ça que je suis parti, Noel. Ils m'ont retrouvé.

Elle prit une brève inspiration et sentit la douleur pulser au plus profond de son âme. Il n'était pas parti parce qu'il ne tenait plus à elles. Il était parti pour les protéger.

— Pourquoi tu ne m'as rien dit ? murmura-t-elle.

— Je ne voulais pas te mêler à tout ça, Noel. Comment aurais-je pu vouloir une telle chose pour toi et Daisy ?

— Mais… nous t'aimions.

Il glissa de la balancelle et se laissa tomber à genoux devant elle avant de prendre ses mains.

— Je n'ai jamais cessé de vous aimer toutes les deux. Jamais.

Elle regarda leurs mains liées et sut qu'elle ne pouvait en dire autant. L'amour qu'elle avait eu pour lui s'était transformé en ressentiment et en quelque chose qui n'était pas loin de la haine. Elle n'en était pas fière, mais après avoir vu sa fille souffrir tant de nuits parce que son père lui manquait, elle avait été incapable de pardonner. Peut-être que désormais, avec des réponses, elle pourrait aller de l'avant.

— Où est-ce que tu as été toutes ces années ?

Il resserra sa prise sur ses mains, ferma les yeux et dit :

— Je ne sais pas vraiment. Peu de temps après être parti d'ici, j'ai été drogué, et on m'a fait prendre une potion qui a effacé ma mémoire.

Oh la vache. C'était de pire en pire.

— Et maintenant ? Qu'est-ce qui s'est passé ?

Il secoua la tête.

— Je ne sais pas vraiment. Une partie de mes souvenirs commence à revenir, mais ça reste flou pour être honnête. Victor a volé mon identité parce que je n'avais pas de casier. C'est aussi lui qui me faisait prendre cette potion. Et puis, il est mort et j'ai commencé à redevenir moi-même. Et quand mes souvenirs sont revenus, j'ai atterri ici. Je devrais te dire… j'ai vu Daisy la semaine dernière.

— Pardon ?

Elle lui retira ses mains, prête à cracher du feu.

— Je t'en prie, Noel. Je n'étais pas encore pleinement moi-même. Je ne comprenais pas. Tout ce que je savais, c'était qu'il y avait quelque chose... quelqu'un que j'avais besoin de voir. Je suis venu ici, je l'ai vue, et un flot de souvenirs me sont revenus d'un coup. Je pense que peut-être elle m'a vu, mais je n'en suis pas sûr. J'étais si perdu. Je suis reparti pour pouvoir analyser tout ça au calme.

Elle commença soudain à se sentir dépassée. Son histoire était incroyable, presque littéralement. Mais en même temps, elle savait qu'il disait la vérité. Elle le sentait viscéralement.

— Est-ce que c'est la seule fois où tu es venu à Keating Hollow avant aujourd'hui ?

Il secoua la tête.

— Après avoir retrouvé mes souvenirs, je suis revenu ici. Je voulais te voir, te parler, t'expliquer. Mais...

— Mais ?

Le cœur de Noel battait à tout rompre.

— Je t'ai vue avec le shérif adjoint.

Il retourna vers la balancelle et fixa le sol.

— Je savais que je ne pouvais pas te parler tant qu'il était dans les parages, alors j'ai attendu le bon moment.

— Attendu de pouvoir l'envoyer poursuivre du vent ? compléta-t-elle.

Il hocha la tête.

— Si ton petit copain me met la main dessus, je me retrouverai en taule, aucun doute. Je suis assez sûr que tous les crimes de Victor vont me retomber dessus. J'ai besoin de temps pour arranger les choses.

— Et quand ce sera le cas ?

— J'ai déjà décidé de me rendre. Je ne peux pas vivre cette

vie. Je veux retrouver ce que nous avions, Noel. C'est tout ce que j'ai jamais voulu.

Elle le fixa, le cœur brisé. Et puis elle secoua la tête.

— Je ne peux pas revenir en arrière, Xavier. Pas maintenant. Et probablement jamais. Tu m'as menti. Tu m'as abandonnée. Mais surtout, tu ne m'as pas fait confiance. Et Daisy…

Un petit sanglot se bloqua dans sa gorge.

— Elle a souffert parce que tu nous as laissées sans explications. Je suis désolée, mais je ne peux plus participer à ça.

Une tristesse profonde émana de lui, mais il se leva et hocha la tête.

— Je comprends. Est-ce que je peux dire au revoir à ma fille ?

— Bien sûr.

Noel disparut dans l'auberge pour aller chercher Daisy. Sa fille était assise contre la porte, les bras enroulés autour des genoux, tandis qu'elle pleurait en silence.

— Viens, ma puce. Ton papa t'attend, dit Noel.

Daisy se précipita à l'extérieur et courut dans les bras de son père.

CHAPITRE 24

Drew fonçait sur la route à deux voies qui menait à Keating Hollow. Il prenait les virages trop vite et doublait toutes les voitures qui se trouvaient devant lui. Il avait essayé d'appeler Noel pas moins de six fois. À chaque essai, il se retrouvait directement sur le répondeur. Il avait même essayé d'appeler l'auberge, mais c'était pareil. Répondeur.

Où était tout le monde, bon sang ?

Ensuite, il avait appelé Clay pour lui demander d'aller voir si tout allait bien. Malheureusement, Clay avait rendez-vous avec un fournisseur à Eureka et était encore plus loin que lui.

Drew resserra sa prise sur le volant et fonça droit vers l'école. C'était désert. Il ne s'était pas vraiment attendu à ce qu'il y ait encore quelqu'un et il continua à rouler. Enfin, il se gara sur le petit parking derrière l'auberge. Il sortit et se mit à courir vers la porte, mais avant de pouvoir entrer, il entendit un cri qui venait du côté du bâtiment. Il changea aussitôt de direction et suivit le son, celui d'une petite fille en train de pleurer.

Il tourna à l'angle et aperçut Xavier qui lui tournait le dos, au milieu du patio. Daisy était dans ses bras et pleurait :

— Non, papa, non. Non.

La rage le submergea. Comment Xavier osait-il venir à Keating Hollow après l'avoir délibérément mené en bateau pour s'amuser à terroriser sa petite fille. Il ne referait jamais une telle chose. Pas tant que Drew avait son mot à dire.

— Xavier Anderson, lâchez Daisy, immédiatement !

Xavier posa Daisy et se tourna pour lui faire face.

— Daisy, viens là, ma puce, dit Noel.

Elle attrapa la main de sa fille et la prit dans ses bras dès qu'elle put.

— Emmène-la à l'intérieur, Noel. Je m'en occupe, dit Drew.

— Drew, je…

— Je t'en prie, Noel. Vas-y, l'implora-t-il en regardant sa fille.

Si les choses se passaient mal avec Xavier, il ne voulait pas que ça arrive devant Daisy.

— D'accord. Mais je t'en prie, essaie d'être raisonnable, dit-elle avant de disparaître au coin de l'auberge.

— Tu as commis une erreur en revenant ici, Anderson, dit Drew, le pistolet paralysant à la main.

— Ah oui, Baker ? répondit-il avec un rictus. Parce que tu as enfin trouvé les couilles de t'immiscer dans ma famille ?

— Tu peux parler, c'est toi qui les as abandonnées.

— Tu ne sais rien de moi, dit Xavier en le fusillant du regard.

— J'en sais assez. Maintenant, mets les mains en l'air. Tu es en état d'arrestation.

— Tu rêves. Je suis juste venu dire au revoir. Et maintenant, je me tire.

— Bouge d'un centimètre, et je te jure que je tire. C'est compris ?

— C'est quoi le problème, Baker ? Tu rages parce que tu as passé la journée à conduire autour d'Eureka pour rien ?

Drew le fusilla du regard, refusant de se laisser embobiner par ses paroles.

— Je compte jusqu'à trois. Si tu ne fais pas ce que je demande, je t'étends au sol.

Xavier renifla de rire.

— Vas-y, tu verras ce que ça te vaudra avec ma *femme.*

— *Ex-femme*, corrigea Drew.

Xavier haussa les épaules, se tourna et commença à s'éloigner.

— C'est ton dernier avertissement, Anderson. Arrête-toi ou je tire.

— Fais ce que tu as à faire, Baker, dit-il.

— Tu l'auras voulu.

— Drew, non, dit Noel derrière lui.

Mais c'était trop tard. Drew avait déjà appuyé sur la gâchette de son pistolet paralysant. Xavier tomba à genoux avant de s'effondrer en avant.

— Drew ! Qu'est-ce que tu as fait ? s'écria Noel dans un murmure sévère.

Il lui jeta un regard, un peu surpris de la colère avec laquelle elle le dévisageait.

— Je fais juste mon travail, Noel. Qu'est-ce que tu voulais que je fasse ?

— Tu te sens mieux maintenant ?

Il la regarda.

— Franchement, oui.

Elle étrécit les yeux et secoua la tête, l'air déçue et fatiguée.

— Il y a des choses que tu ne sais pas.

— J'en suis sûr.

Drew se rapprocha de Xavier et le couvrit d'un regard impassible.

— Tu ne leur feras plus jamais de mal, compris ?

Xavier cligna des yeux une fois, comme pour marquer qu'il l'avait entendu. Et puis Drew se mit au travail. Vingt minutes plus tard, il avait enfermé Xavier Anderson dans la seule cellule de la ville et appelé le shérif Barnes.

— Tu ne comprends pas, dit Noel.

Elle se tenait dans le bureau de Drew, les mains sur les hanches, et elle le fixait d'un regard mauvais.

— Je crois que si, dit-il en essayant de prendre la voix la plus raisonnable possible. Tu me dis qu'il a fait partie de la mafia pendant des années, mais tu penses que j'aurais dû le laisser partir comme ça.

— Ce n'est pas ce que je dis, protesta-t-elle. Je dis que tu n'avais pas besoin de lui tirer dessus comme ça.

— Il était en train de partir, Noel. C'était ce qu'il y avait de plus sûr à faire pour tout le monde.

— Je ne crois pas que je partage ton opinion, dit-elle d'un ton emporté. Il était juste là pour dire au revoir à Daisy. Tu n'avais pas besoin de l'électrocuter.

— Tu n'en sais rien.

Drew se leva et posa les mains sur son bureau.

— À vrai dire, tu ne sais à peu près rien de lui. Tout ce qu'il t'a dit pourrait être un mensonge.

— Je le connais, Drew. Il ne m'a pas menti. Il nous aimait et il a essayé de faire ce qu'il y avait de mieux pour nous. Ça n'est pas rien tout de même.

Drew se contenta de la fixer en se demandant d'où sortait cette personne. Est-ce qu'une seule conversation avec l'homme qui lui avait arraché le cœur et l'avait piétiné avait suffi pour qu'elle lui pardonne tout ce qu'elle avait enduré ?

— C'est quoi le problème au fond ?

— Quoi ?

Elle fronça les sourcils, perdue.

— Je ne comprends pas.

— Est-ce que tu l'aimes toujours ? Est-ce que tu penses que maintenant qu'il s'est excusé, vous pouvez essayer de sauver les meubles ? Parce que, vraiment, je ne comprends pas.

Elle le regarda, bouche bée, et il réprima une grimace. Visiblement, ce n'était pas le truc à dire.

— Tu ne peux pas être sérieux, dit-elle.

Il grinça des dents.

— Qu'est-ce que je suis censé penser ? C'est un criminel, de son propre aveu, et tu es en colère parce que je ne l'ai pas laissé partir comme ça. Je ne comprends pas ce que tu voulais que je fasse. C'est mon *travail,* je n'ai pas le choix.

Elle le fixa, ses beaux yeux bleus terriblement déçus. Et puis elle se rapprocha de la porte. Elle s'interrompit, lui jeta un dernier regard et dit :

— Tout ce que je voulais, c'était que tu écoutes.

Il ouvrit la bouche pour répondre, mais elle sortit et referma doucement la porte derrière elle.

CHAPITRE 25

Trois jours avaient passé depuis que Drew avait arrêté Xavier. Et cela faisait trois jours que Noel ne lui avait pas parlé. Il lui avait envoyé des textos pour lui demander à quel moment ils pourraient se voir, et elle lui avait dit qu'elle avait besoin de temps. Elle voulait se concentrer sur Daisy.

Ce à quoi elle ne s'était pas attendue, c'est que Daisy semblait parfaitement s'en sortir. C'était comme si avoir vu Xavier et l'avoir entendu lui dire qu'il l'aimait et qu'il n'avait pas voulu partir avait apaisé ses peurs. Bien sûr, elle était triste qu'il soit parti, mais Noel voyait que quelque chose avait changé pour sa fille. Son père était revenu la voir, et c'était ce dont elle avait eu besoin.

Ça améliorait la situation qu'elles aient pu aller à Eureka lui rendre visite. Noel n'avait pas pris cette décision à la légère. Elle ne voulait rien faire qui risque de blesser Daisy davantage, mais sa psy avait dit que ça lui ferait probablement du bien de comprendre qu'il n'avait pas disparu à nouveau. Alors elle s'était résolue à faire le trajet. Daisy avait été très silencieuse à l'aller, mais plutôt heureuse au retour. Aussi blessée que Noel soit que Xavier ne lui ait pas fait confiance et lui ait menti par omission, elle ne trouvait pas correct d'empêcher Daisy de le voir. Elle avait le droit de connaître son père.

La vérité, c'est qu'elle avait de la peine pour lui. Ce n'était pas de sa faute s'il avait grandi dans une famille horrible. Et il avait essayé de partir. De tout le temps où elle l'avait connu, il n'avait jamais donné l'impression qu'il était autre chose qu'un citoyen respectueux de la loi.

— Qu'est-ce que tu vas faire si Xavier arrive à se sortir de ce pétrin, Noel ? demanda sa plus jeune sœur, Faith, alors qu'elle tressait ses cheveux avec dextérité.

Les quatre sœurs étaient à la table de cuisine d'Yvette et s'occupaient des préparatifs pour le mariage d'Abby. Noel haussa les épaules.

— Ça dépend pas mal de lui, je suppose. Je veux que Daisy puisse passer du temps avec lui. Quels qu'aient été ses défauts, c'était un bon père.

Abby releva la tête de son carnet.

— Elle veut dire : qu'est-ce que tu vas faire à propos de Drew ?

Noel fronça les sourcils.

— Qu'est-ce que Drew a à voir là-dedans ?

— Vous ne sortez pas ensemble ? demanda Faith.

Est-ce qu'ils sortaient ensemble ? Noel ne savait plus trop où ils en étaient en ce moment. Ils n'avaient pas rompu, mais ils n'avaient pas non plus eu l'occasion de se parler dernièrement.

— Je suppose. On s'est un peu disputés, alors on va voir ce que ça donne.

Abby se rapprocha et couvrit les mains de Noel des siennes.

— On est juste inquiètes que tu sois tentée de te remettre avec Xavier.

Noel cligna des yeux.

— Qu'est-ce qui te fait penser ça ?

— Parce que c'est ton premier amour, dit Abby sur le ton de la conversation.

— Et le père de ton enfant, ajouta Yvette.

— On est juste inquiètes pour toi, acheva Faith.

— Mon premier amour ? dit Noel avec un petit rire. C'est ce que vous pensez ?

— Ce n'est pas le cas ? demanda Faith.

Noel secoua la tête.

— Non. Pour être franche, le premier homme dont je suis tombée amoureuse, c'est Drew.

Les trois sœurs reculèrent, la même expression choquée sur le visage. Enfin, Abby se racla la gorge.

— Est-ce que tu es en train de dire que tu n'as jamais aimé Xavier, ou qu'il y a eu un truc entre toi et Drew avant et que personne n'était au courant ?

Noel sourit avec patience.

— Vous vous rappelez cet été où j'ai été monitrice de colo ?

Yvette et Faith hochèrent la tête.

— J'étais déjà à La Nouvelle-Orléans ? demanda Abby.

— Oui. Drew était moniteur aussi. On n'est pas sortis ensemble, mais ce n'est pas passé loin. Et c'était mon meilleur ami. Je suis tombée follement amoureuse de lui cet été-là. Et je pense que ce ne serait pas faux de dire qu'il avait aussi des sentiments pour moi, mais il était toujours en deuil de Charlotte, et ce n'était vraiment pas le bon timing. Quand l'été s'est terminé, on est repartis chacun de notre côté. On était toujours en bons termes, mais Drew gardait ses distances. Il lui a fallu beaucoup de temps pour se remettre de sa mort. Et je crois qu'avoir des sentiments pour une Townsend ne l'a pas aidé.

— Noel, dit Abby dans un murmure. Je suis tellement désolée. Ça a dû être très dur.

— Surtout parce que tu n'étais pas là, dit Noel doucement en fixant sa tasse.

Les doigts d'Abby se resserrèrent autour de ceux de sa sœur. Quand Noel la regarda enfin, les yeux d'Abby étaient pleins de larmes.

— Je suis désolée, dit-elle. Tu sais que tu m'as manqué aussi. Plus que tu ne t'en rends compte, je pense. C'est juste… j'étais pas mal comme Drew. Trop enfermée dans ma douleur. Tu n'as pas idée à quel point je suis heureuse d'être de retour ici avec vous trois. J'ai manqué tant de vos vies.

— C'est de l'histoire ancienne. Je suis désolée de ne pas être venue te voir, dit Noel.

Elle le pensait. Peut-être que si elle avait fait l'effort d'aller vers Abby, de ne pas laisser le fossé entre elles se creuser, les choses auraient été différentes.

— On a beaucoup de temps perdu à rattraper.

Abby hocha la tête avec un sourire tremblant. Toute la douleur et la frustration de ces dernières années s'étaient enfin évanouies après le pacte qu'elles avaient fait dans la chambre d'Abby. Désormais, il fallait juste qu'elles retrouvent leur équilibre.

— Bon, on a fait le tour des problèmes de Noel, dit Yvette avec un gentil sourire. J'ai parlé à Isaac hier.

Les trois sœurs se retournèrent et lui accordèrent toute leur attention.

— Et ? demanda Noel.

— Je suis toujours en colère, mais au moins je ne le déteste plus, dit-elle. Il est venu, il s'est excusé et a demandé si on pouvait parler alors je l'ai laissé entrer. En un mot comme en cent, il est tombé amoureux de Jake. Il a dit qu'il avait toujours plus ou moins su qu'il était attiré par les hommes, mais qu'il m'aimait tellement qu'il pensait pouvoir juste faire comme si ce n'était pas le cas. Et puis Jake est arrivé. Il a dit qu'il ne voulait vraiment pas que ça arrive, mais que c'est arrivé. Les filles, il m'a dit qu'il avait honte.

— Parce qu'il t'a trompée ? demanda Abby. Il a raison. Ce n'est pas correct du tout.

— Non. Je veux dire, oui, il a honte de son comportement et de ne pas avoir été honnête avec moi, mais il voulait dire qu'il a honte d'avoir des sentiments pour un autre homme.

— Qu'est-ce que tu lui as dit ? demanda Noel.

Elle soupira.

— Je lui ai dit qu'il fallait qu'il soit honnête avec lui-même. Et puis je lui ai dit que je l'aimerais en dépit de tout et qu'il ne devrait pas avoir honte.

Des larmes brillèrent dans ses yeux sombres.

— Ça me brise le cœur qu'il pense comme ça.

— Tu es quelqu'un de bien, Vette, dit Abby.

— C'est vrai, ajouta Faith. Ça ne doit pas être facile de le soutenir après le mal qu'il t'a fait.

— Il ne voulait pas me faire de mal. Je le crois. J'ai juste le cœur brisé. Mais je ne veux pas non plus le forcer à vivre un mensonge, dit Yvette.

Noel poussa une assiette de petits gâteaux vers sa sœur.

— Aujourd'hui, on mange à la place des sentiments. Demain, peut-être qu'on pourra trouver un moyen d'être amies avec nos ex.

Yvette hocha la tête.

— Je ne veux pas le perdre. Mais j'ai besoin de temps.

— Est-ce que ça veut dire que tu as pardonné à Xavier ? demanda Faith à Noel.

— Oui, dit-elle.

C'était vrai.

— Mais nous ne serons plus jamais un couple. Parce qu'il s'avère que je suis amoureuse de quelqu'un d'autre.

Abby serra sa main contre son cœur.

— C'est vrai ? Amoureuse ?

— Oui.

Noel joua avec un des biscuits.

— Mais qui sait ce que ça va donner.

— Il faut juste que tu lui parles, dit Faith. Je suis sûre que vous pouvez démêler tout ça.

— C'est clair, ajouta Abby. Clay et moi l'avons vu hier soir. Il a l'air très mal. Abrège ses souffrances, Noel. Il essayait juste de vous protéger, toi et Daisy. Il l'aime aussi, tu sais.

Noel hocha la tête. Elle le savait. Elle n'avait pas oublié qu'il avait conduit comme un dingue pour revenir à Keating Hollow, qu'il lui avait envoyé une douzaine de messages qu'elle n'avait reçus que plus tard, et qu'il avait appelé Clay à l'aide parce qu'il pensait que Xavier était là pour enlever sa fille. Il aurait remué ciel et terre pour la protéger.

— Je lui parlerai après… quand on en aura fini avec ces préparatifs de mariage.

Abby poussa un cri de joie et elles éclatèrent toutes de rire. Et puis elle demanda :

— Qu'est-ce que vous diriez de voir arriver les mariés à la réception dans une voiturette de golf tunée ?

CHAPITRE 26

Drew faisait les cent pas dans son bureau. Il venait de raccrocher après une conversation avec le shérif d'Eureka qui lui avait confirmé que tout ce que Xavier avait dit à Noel était vrai. Après avoir vérifié son histoire, ils avaient trouvé un entrepôt caché au nord de Crescent City que la famille de Xavier avait utilisé au cours des cinq dernières années pour leur trafic de drogue. Lys et compagnie et le motel Moon River leur servaient à blanchir de l'argent. Avant ça, ils avaient eu une base à Fresno jusqu'à ce que la police ne durcisse ses mesures et ne les force à trouver un autre endroit.

Et, plus important, il s'avérait que Victor Franks, l'homme qui avait volé l'identité de Xavier, avait été assassiné par un trafiquant rival. Xavier n'avait rien à voir avec cela. C'était une victime et il ne serait pas tenu responsable des crimes qu'il avait commis au cours de ces trois années, tant qu'il acceptait d'être témoin à charge. C'était une grosse affaire et une sacrée victoire pour la police.

Drew sortit de son bureau.

— Je vais m'absenter un peu, Clarissa.

— Adjoint Baker…, dit-elle.

— Pas maintenant. J'ai quelque chose d'important à faire.

Il tendit la main vers la porte d'entrée, mais se figea en entendant une voix :

— Drew ?

— Noel ?

Il se retourna et cligna des yeux en se demandant s'il n'était pas en train d'halluciner. Est-ce qu'elle avait été là tout du long ?

— Je ne veux pas te retenir, mais si tu as un peu de temps plus tard… commença-t-elle.

— J'ai du temps maintenant.

Il la rejoignit, posa la main en bas de son dos et la guida vers son bureau sans dire un mot à Clarissa.

— Non, mais, vas-y si tu as du travail, dit-elle quand il eut refermé la porte.

Il secoua la tête et la guida jusqu'au canapé contre le mur du fond.

— C'était toi que je venais voir. J'ai des nouvelles.

Elle haussa les sourcils.

— Quel genre de nouvelles ?

— Je viens d'avoir un coup de fil du shérif d'Eureka. Xavier a été innocenté du meurtre de l'homme non identifié.

Elle hocha la tête, mais n'eut pas l'air surprise.

— C'est bien.

— Et il est devenu témoin à charge. Il ne sera pas condamné pour ce qu'il a fait et il sera même mis sous protection si c'est jugé nécessaire. Mais je ne pense pas que ce sera le cas. Ils pensent qu'ils ont eu tout le monde dans son gang.

— J'en suis heureuse, dit-elle d'un ton neutre.

Il la contempla en essayant de déterminer où elle en était avec tout ça. Où elle en était avec lui. Il n'y avait qu'une seule façon de le savoir.

— Écoute, Noel. Je crois que je te dois des excuses.

Elle fronça les sourcils et ouvrit la bouche pour répondre, mais il la coupa avant qu'elle puisse parler.

— Le jour où ton ex m'a fait courir derrière du vent, j'étais persuadé qu'il comptait faire du mal à Daisy. Je comprends maintenant qu'il voulait juste m'occuper pour pouvoir vous parler sans que j'interfère, mais je ne le savais pas à ce moment-là. Et quand j'ai eu cette vision de lui et Daisy, ça m'a foutu une trouille terrible. Je suis sûr que ça a influé sur ma réaction quand je l'ai vu avec vous deux.

— J'imagine, oui, dit-elle en le regardant avec intensité.

— C'est juste…

Il inspira un grand coup, s'assit sur le canapé à côté d'elle et prit ses mains dans les siennes.

— Je te dois des excuses. J'étais sur les nerfs ce jour-là, mais tu avais raison, j'aurais dû prendre le temps de t'écouter. Je suis désolé si je t'ai donné l'impression que ton opinion ne comptait pas. Parce qu'elle compte beaucoup. Et je suppose que je dois avouer qu'il y avait là un manque d'assurance de ma part. On venait juste de se retrouver. Je ne voulais pas vous perdre, toi et Daisy.

Noel le fixa un moment. Et puis des larmes emplirent ses yeux et roulèrent silencieusement sur ses joues.

— Noel, je… ne pleure pas.

Bon sang, qu'est-ce qu'il avait fait ? Il tendit la main vers elle et essuya délicatement les larmes, sans vraiment savoir quoi dire d'autre.

— Je suis désolée aussi, finit-elle par dire en ravalant ses larmes. Je sais que tu faisais juste ton travail. Que tu voulais simplement nous protéger. C'était très stressant comme journée. Daisy... eh bien, tu sais qu'elle a des problèmes d'angoisse depuis que son père est parti la première fois. Je ne savais pas comment tout ça l'affecterait.

— Tu n'as pas besoin de t'excuser, Noel, dit-il doucement. Comment est-ce qu'elle gère tout ça ?

Noel laissa un petit rire rauque lui échapper.

— Étonnamment, mieux que nous autres. Elle est ravie qu'il soit revenu et elle semble bien se faire à la situation. On l'a vu hier à Eureka. Je pense qu'il va rester dans les parages si tout marche bien du point de vue légal.

— Qu'est-ce que ça veut dire pour vous ? demanda Drew avec prudence.

Il avait le cœur au bord des lèvres. Si elle décidait qu'elle devait essayer de reconstruire sa famille, c'était fini pour lui. Il serait de trop dans cette histoire, et c'était bien normal. La famille, c'était trop important. Il n'essaierait pas de la faire changer d'avis.

Elle haussa les épaules.

— Je suppose que ça veut dire se mettre d'accord sur la garde et sur les droits de visite. Je veux que Daisy puisse avoir une relation avec son père.

Une petite graine d'espoir fleurit dans la poitrine de Drew.

— Et toi ? Est-ce que tu veux une relation avec lui ?

Elle lui adressa un doux sourire et caressa doucement sa joue rendue piquante par sa repousse de barbe.

— Seulement en ce qui concerne Daisy. Je veux que nous soyons des parents responsables ensemble, mais pour tout le reste... Xavier et moi, c'est terminé. Mon cœur appartient à quelqu'un d'autre.

— Mais il était à lui avant, dit Drew.

Il voulait tout mettre à plat une bonne fois pour toutes.

— Vous étiez une famille tous les trois. Ce n'est pas trop tard pour réparer les choses.

Elle laissa retomber sa main et étrécit les yeux en le regardant :

— Est-ce que tu essaies de me dire que tu ne veux plus de cette relation, Drew ? Parce que si c'est ça, il va falloir que tu sois plus clair.

Ce fut à son tour de rire, mais il n'était pas vraiment amusé.

— Pas du tout, Noel. Je suis tellement mordu que je n'ai pu penser à rien d'autre que toi depuis la dernière fois que je t'ai vue. J'étais d'une humeur si massacrante que Clarissa a menacé de m'enfermer dans la cellule si je ne retrouvais pas mes bonnes manières. Je veux juste tout mettre à plat entre nous. Si tu penses que tu pourrais avoir envie d'essayer à nouveau avec Xavier, j'ai besoin de le savoir maintenant parce que je ne veux pas – je ne peux pas – m'y opposer. Mais je t'en prie, dis-le-moi maintenant et laisse-moi faire le deuil de ce qu'on aurait pu avoir. Ça sera plus facile pour tout le monde.

Noel se leva et commença à faire les cent pas, comme pour réfléchir à ce qu'il venait de dire. Drew se pencha en avant, les mains jointes, et attendit qu'elle parle pour mettre fin à sa torture. Enfin, elle s'arrêta, posa les mains sur ses hanches et dit :

— Tu es un sacré numéro, tu le sais, ça ?

Il n'y avait pas de méchanceté dans sa voix, mais tout de même, il ne savait pas si c'était bon ou mauvais signe. Il se contenta de hausser les épaules.

— Drew, dit-elle en s'accroupissant devant lui. Il y a quelques trucs que j'ai besoin de mettre au clair.

Elle plaça ses mains par-dessus les siennes.

— Tu sais que ma mère est partie quand j'avais dix ans, hein ? Elle s'est barrée comme ça et elle n'est jamais revenue.

— Oui. Je sais, dit-il en hochant la tête.

— Tu sais aussi à quel point cette trahison m'a affectée, n'est-ce pas ?

— Oui.

Noel se redressa et s'assit à côté de lui.

— Maintenant, imagine ce que j'ai pu ressentir quand mon mari, qui était également au courant de tout cela et savait à quel point ça m'avait blessée, a fait exactement la même chose. Il est parti comme ça. Pas de lettre. Pas d'explication. Pas d'au revoir. Ajoute à ça le fait que j'ai dû regarder ma petite fille, qui l'aimait de tout son cœur, souffrir de son départ. Tu penses que je serais capable de lui pardonner, quelles qu'aient été ses raisons ?

— Il essayait de vous protéger. Tu le sais, non ? contra Drew en se demandant pourquoi il le défendait.

Sûrement parce qu'il avait besoin de savoir qu'elle était complètement sûre de sa décision.

— Je ne suis pas en sucre, Drew. Il aurait pu – non, il aurait *dû* – me parler de son passé. Même si partir était la meilleure option, je méritais de savoir pourquoi.

Ce n'est pas faux du tout, pensa-t-il.

— Alors pas de pardon ?

— Oh, je peux lui pardonner. Mais je ne peux pas être avec quelqu'un qui ne me voit pas comme son égale et qui n'est pas honnête sur son identité avec moi. Je comprends pourquoi il a fait ce qu'il a fait, mais je ne peux pas revenir en arrière. Ce qui est arrivé ne peut pas être changé. Et je suis passée à autre chose. Je suis toute au shérif adjoint, sauf si tout ça c'est trop pour lui. Dans ce cas, il faut qu'il me le dise.

L'angoisse qui avait étreint Drew au cours de ces trois derniers jours disparut et un lent sourire se peignit sur ses lèvres. Il leva une main, enserra sa nuque et dit :

— Ce n'est certainement pas trop pour lui.

— Tant mieux, dit-elle. Maintenant, embrasse-moi.

CHAPITRE 27

Noel se tenait à gauche de la tonnelle et attendait que sa sœur descende l'allée. C'était la Saint-Sylvestre et la plupart des habitants de Keating Hollow s'étaient rassemblés dans le verger de Lin pour assister aux noces de Clay et Abby.

Les sœurs Townsend s'étaient surpassées afin que le verger soit prêt pour les festivités. Yvette avait créé des centaines de bougies flottantes qui répandaient une lumière dorée. Faith, la sorcière d'eau de la famille, avait créé une demi-douzaine de portraits mouvants d'Abby, Clay et Olive, tous faits d'eau, et qui dépeignaient leur vie ensemble. Le cadeau de Noel était plus utilitariste : comme on était en décembre, elle avait créé une bulle de protection géante qui empêchait le vent de ruiner la soirée. Ce n'était pas tape-à-l'œil, mais c'était inestimable puisqu'ils avaient refusé de faire le mariage en intérieur. Abby et Clay étaient tous les deux des sorciers de terre et ils voulaient vraiment prononcer leurs vœux dehors, entourés par la nature.

Tout le reste était simple et beau. Des bouquets de rose, de lavande et de thym décoraient la tonnelle et des guirlandes lumineuses illuminaient le verger. Noel jeta un coup d'œil vers Clay, qui attendait que sa fiancée le rejoigne, et croisa le regard de Drew. Il la regardait avec un air émerveillé. Elle lui sourit et souffla un baiser dans sa direction. Les dernières semaines avaient été carrément magiques.

Xavier avait promis de coopérer avec les autorités et il avait emménagé à Keating Hollow. Il s'était trouvé un appartement et avait commencé à passer beaucoup de temps avec Daisy. Les deux faisaient la paire, ils avaient retrouvé une relation père-fille comme si rien ne s'était passé. Elle n'avait pas eu un seul cauchemar depuis le retour de Xavier. Noel lui faisait toujours voir une psy de temps en temps, par précaution, mais même la thérapeute laissait entendre qu'elles allaient pouvoir cesser les rendez-vous à moins que quelque chose ne se passe.

Quand Daisy passait la nuit chez Xavier, Noel passait la sienne avec Drew. Et en plus de ça, elle se sentait mieux que jamais. Son énergie était revenue et elle savait que c'était grâce à Drew. Il la rendait heureuse. Elle soupçonnait que ce n'était qu'une question de temps avant qu'elle et Drew se marient de leur côté, mais il fallait qu'ils donnent un peu de temps à Daisy pour s'y faire.

Noel était toujours en train de lancer des œillades à Drew quand elle entendit Bruno Mars chanter « Marry You ». Elle releva la tête et se mit à rire en apercevant Wanda conduire Abby à l'autel dans sa voiturette de golf. Wanda s'arrêta et coupa la musique.

La vraie musique du mariage, « Lucky » de Jason Mraz, se mit à jouer. Olive et Daisy sautèrent de la voiture avec des paniers de fleurs à la main et elles se mirent à jeter des pétales de rose dans l'allée. C'était la chose la plus adorable que Noel ait jamais vue.

Et puis, tout sembla s'arrêter et tous les regards se posèrent sur Abby. Elle se tenait à côté de son père, étincelante, rayonnante d'amour, et elle ne quittait pas Clay des yeux.

Le cœur de Noel enfla de bonheur au point qu'elle eut l'impression qu'il allait exploser. Sa sœur méritait d'être heureuse, et Clay et Olive aussi. Noel serra son bouquet et des larmes silencieuses coulèrent sur ses joues alors qu'elle regardait sa sœur, sa meilleure amie, épouser l'homme de ses rêves.

— Viens t'asseoir avec nous, dit Drew en arrachant Noel à l'un des cousins de Clay.

Elle lui plaisait apparemment et il ne voulait pas la lâcher.

— Il faut que j'y aille. Tu te rappelles quand je t'ai dit que j'avais un copain ? dit Noel à l'homme soûl. C'est lui.

Boon, un cousin de Clay venu du Nevada, balaya Drew du regard et dit :

— Il ne fait pas le poids contre moi.

Ça fit rire Drew.

— J'aimerais bien voir ça.

— Laisse tomber, Boon, dit Clay en arrivant derrière eux. C'est mon témoin et sa copine. C'est aussi le shérif adjoint de la ville, alors fais gaffe.

Boon grommela qu'il allait devoir se trouver une autre demoiselle d'honneur à draguer et s'en fut.

— Bonne chance, dit Noel en riant.

Les deux autres demoiselles d'honneur étaient Yvette, qui était bien trop coincée pour un coup d'un soir, et Faith, qui était beaucoup trop romantique pour ça.

— Il va sûrement s'effondrer derrière la table avant de

pouvoir en dire plus, dit Drew qui le regardait s'éloigner en titubant.

Noel hocha la tête. Il était dans un sacré état.

— Viens, dit Drew. Daisy veut te dire quelque chose.

Noel baissa les yeux vers sa fille.

— Ah bon ? Quoi donc ?

— Par ici, maman.

Daisy la prit par la main et la conduisit vers une table dans un coin un peu plus tranquille. Elle désigna une chaise avec une petite boîte au milieu d'une assiette à dessert.

— Tu t'assieds là.

Noel lui adressa un regard interrogateur, mais fit ce qu'on lui disait.

— Drew, tu te mets là, dit-elle en désignant la chaise à côté de celle de Noel.

Une fois qu'il fut assis, elle grimpa sur ses genoux. Il entoura automatiquement sa taille de son bras pour la maintenir, et le geste semblait parfaitement naturel, comme s'ils avaient fait ça toute leur vie.

Des larmes montèrent aux yeux de Noel alors qu'elle contemplait les deux êtres qu'elle aimait le plus au monde.

— Vas-y, murmura Drew à l'oreille de Daisy. Demande-lui.

Daisy fit un sourire timide à sa mère avant de se détourner.

— Non, toi tu lui demandes, dit-elle à Drew.

— Oh, non, c'est toi, répondit-il en riant. C'est toi qui as commencé. Vas-y. Demande-lui.

Noel fronça les sourcils et son regard passa d'eux à la boîte.

— Qu'est-ce qui se passe ?

— Maman, dit Daisy, hein qu'elle est jolie, tante Abby ?

— Bien sûr, oui, ma puce. Tu es allée le lui dire ?

— Pas encore, dit Daisy.

— Fais-le avant qu'on parte, d'accord ?

Daisy hocha la tête, fit une pause, prit une grande inspiration et demanda :

— Quand est-ce que toi et Drew vous allez vous marier ?

— Quoi ?

Noel recula, stupéfaite. Elle étrécit les yeux et regarda Drew pour lui demander :

— C'est toi qui lui as dit de dire ça ?

— Oh non.

Il leva une main comme s'il était en train de prêter serment.

— Elle m'a posé la même question il y a vingt minutes.

— Et qu'est-ce que tu lui as dit ? demanda-t-elle, à la fois intensément curieuse et vaguement horrifiée d'être mise sur la sellette par Drew et sa fille de six ans.

— Je lui ai dit que ça arriverait dès que tu serais prête.

Il lui adressa un sourire autosatisfait et s'il n'avait pas été en train de tenir sa fille, elle aurait sérieusement réfléchi à lui foutre un coup de poing dans le ventre. Ou à l'embrasser. Elle ne savait pas trop.

Elle tourna son attention vers sa fille, déterminée à comprendre d'où venait cette question. Est-ce que c'était juste parce qu'ils étaient au mariage d'Abby ou est-ce que ça venait de quelqu'un d'autre ? D'Abby, par exemple, qui semblait penser que comme elle et Clay s'étaient dit oui, tout le monde devrait en faire autant.

— Pourquoi est-ce que tu veux que je me marie avec Drew ?

Daisy lui fit un grand sourire.

— Tu serais très jolie dans une robe de mariée.

Noel pouffa de rire.

— D'accord, peut-être si on trouve la bonne robe. Mais ce n'est pas une assez bonne raison pour se marier.

Daisy jeta un coup d'œil vers Olive qui était assise entre Abby et Clay à une autre table. Ils la tenaient tous deux par la main et elle souriait comme si elle venait de gagner le gros lot. Noel commença à comprendre.

— Tu veux être comme Olive, ma puce ?

Daisy secoua la tête et dit d'une toute petite voix :

— Olive a deux mamans. Moi je veux deux papas.

Elle jeta un regard vers Drew.

— Mais seulement si mon deuxième papa c'est Drew.

Les yeux de ce dernier s'embuèrent et il serra Daisy contre sa poitrine et murmura :

— Ma petite chérie, il n'y a rien qui pourrait me rendre plus heureux.

Noel sentit son cœur fondre, juste là, à cette table dans le verger de son père. Qu'est-ce qu'elle était censée faire de ça ? Elle croisa le regard de Drew et se rendit compte à travers sa vision floue qu'ils pleuraient tous les deux. Elle renifla et se mit à rire :

— On dirait qu'on vient tous les deux de se faire terrasser par une gamine de six ans.

— Hein ? demanda Daisy sans comprendre.

— Rien, mon cœur, dit Noel en tendant les mains vers sa fille. Ne t'inquiète pas. Quand ce sera le bon moment, je suis sûre que Drew et moi nous marierons. En attendant, essayons de ne pas nous précipiter. D'accord ?

Daisy fronça les sourcils et regarda la boîte devant eux. Et puis elle se tourna vers sa mère et dit :

— On pourra rouler dans la voiturette pour le mariage ? C'était trop bien !

— Tout ce que tu voudras, petit monstre. Maintenant, va danser avec ta cousine, dit-elle en désignant Olive qui tournoyait sur la piste temporaire.

Le regard de Daisy s'éclaira quand elle aperçut Olive et une seconde plus tard, elle se tortillait et agitait les bras en rythme avec sa toute nouvelle cousine.

Noel se tourna vers Drew, un sourcil haussé.

— Tu l'as aidée à mettre au point cette petite embuscade.

— C'est vrai. Oui. Et je ne regrette pas du tout, dit-il en lui souriant.

Elle secoua la tête.

— Ah, je te jure…

Il tendit la main vers la boîte qu'ils avaient ignorée avec tact jusqu'alors.

— Je crois qu'il est temps que tu ouvres ça.

Elle baissa les yeux avant de les ramener vers lui, la bouche soudain sèche.

— Est-ce que c'est ce que je crois ?

— Il va falloir que tu l'ouvres pour le savoir.

— Drew…

— Ouvre-la, insista-t-il.

Elle secoua la tête et retira le couvercle de la petite boîte blanche. À l'intérieur, elle trouva une bague avec un saphir accrochée à une chaîne en argent.

— C'est la bague que mon père a offerte à ma mère en guise de serment alors que ça faisait tout juste un mois qu'ils sortaient ensemble.

Drew la lui prit des mains et l'accrocha à son cou.

— Ils ont fêté leurs quarante ans de mariage ce printemps.

Noel toucha la bague du bout des doigts.

— Tu es sûr que ce n'est pas toi qui as poussé Daisy à venir me demander ça ?

Il rit et secoua la tête.

— Jamais de la vie je ne me risquerais à faire ça. J'avais déjà prévu de t'offrir ça ce soir.

Il se rassit pour lui faire face.

— Je veux que tu saches que j'ai pleinement l'intention de

t'épouser quand tu seras prête… quand Daisy sera prête, et pas juste parce qu'elle trouve les mariages rigolos. Ça, c'est la promesse que je te fais de ne plus jamais sortir de ta vie, ni de la sienne.

Les larmes étaient de retour et cette fois Noel fut incapable de les arrêter.

— Je t'aime, Noel Townsend. Un jour, ce sera moi à cet autel et je ferai de toi ma femme.

— Je t'aime aussi, Andrew Baker. Ne me fais pas attendre trop longtemps.

— Ça marche.

Drew se pencha et effleura ses lèvres des siennes.

— La Saint-Valentin, ça te va ?

Elle pouffa de rire.

— Tu vas devoir vérifier ça avec Daisy.

Il jeta un coup d'œil à la petite fille qui était en train de manger un autre morceau du gâteau de mariage.

— Je suis assez sûr que tant qu'il y a du chocolat et une jolie robe, elle sera carrément partante.

— Tu as sûrement raison, dit Noel en souriant.

Elle se leva et lui tendit la main.

— Tu sais ce qu'ils disent, telle mère, telle fille.

Il lui jeta un regard interrogatif. Elle rit et le tira de sa chaise.

— C'est l'heure du gâteau.

CHAPITRE 28

Yvette Townsend attrapa un verre de champagne et partit s'asseoir à une table vide. Clay et Abby venaient de s'enfuir pour leur nuit de noces. Et elle, elle restait là à traîner tandis que les autres invités fêtaient le Nouvel An.

Elle avait bien failli ne pas réussir à passer la soirée. Elle avait souri jusqu'à ce qu'elle soit persuadée que son visage allait se fendre en deux. Il y avait encore quelques semaines de cela, elle avait eu hâte d'être à ce soir. Elle adorait les mariages… du moins, jusqu'à ce que son couple explose à cause d'un comptable nommé Jake.

Et là, elle faisait de son mieux pour ne pas gâcher la fête de sa sœur. Elle était ravie pour Abby, mais son cœur à elle était en miettes.

— Yvette ? l'appela une voix bien connue derrière elle.

Elle ferma les yeux et essaya de faire comme si elle n'avait pas entendu son futur-ex-mari ou le regret dans sa voix. Pourquoi était-il venu ? Abby et Clay lui avaient demandé s'ils devaient lui envoyer une invitation. Dans un moment de faiblesse, elle avait dit oui. Elle ne voulait pas qu'il soit ostracisé parce qu'il avait eu trop peur de reconnaître qui il était vraiment pendant vingt ans. Mais maintenant qu'il était là, tout ce qu'elle avait envie de faire, c'était de lui hurler dessus. Ou de le frapper. Peut-être les deux. Elle n'était pas en colère qu'il soit gay. Elle avait mal parce qu'il avait été son meilleur ami et qu'il l'avait laissé tomber.

— Vette ? répéta-t-il avec appréhension.

Ne voulant pas causer une scène, elle se retourna et lui fit face. Bon sang, il était canon. Est-ce qu'il avait perdu du poids ? Est-ce que c'était un nouveau costume ? Et sa peau était superbe. Isaac avait plus belle allure que jamais alors qu'Yvette savait qu'il lui aurait fallu une semaine complète dans un spa.

— Bonjour, Isaac. C'est gentil d'être venu.

— Tu ne m'en veux pas d'être là ? demanda-t-il en s'asseyant à côté d'elle.

Si.

— Non. Bien sûr que non. Clay est ton ami et Abby est toujours ta belle-sœur. C'est normal que tu sois là.

Il posa sa main par-dessus la sienne et elle fit un gros effort pour ne pas la retirer.

— Merci de te montrer aussi compréhensive.

Compréhensive. C'est ça. Elle haussa les épaules.

— Je suis comme ça. L'ex compréhensive qui était la dernière au courant.

Il fronça les sourcils et ses yeux sombres se troublèrent.

— Tu sais que ce n'est pas comme ça que ça s'est passé.

Merde. Putain de... Il fallait qu'elle mette un terme à cette conversation immédiatement. Revivre leur rupture dans tous ses détails n'était pas la façon dont elle voulait passer le Premier de l'an.

— Oublions ça, d'accord, Isaac ?

Elle leva son verre de champagne pour porter un toast.

— Nous sommes ici pour fêter l'amour d'Abby et Clay.

Il fit tinter son verre contre le sien et lui adressa un sourire reconnaissant. Il vida ce qui restait dans son verre, se leva et lui tendit la main.

— Tu veux bien danser avec moi ? En souvenir du bon vieux temps ?

Il était sérieux, là ?

Il la regardait avec plein de tendresse dans les yeux, comme il l'avait toujours regardée. Une douleur sourde monta en elle. Physiquement incapable de dire non, elle prit sa main et le laissa la conduire sur la piste.

Isaac passa ses mains autour de sa taille alors que « At Last » d'Etta James commençait à jouer. Yvette souhaita que la terre s'ouvre en deux sous ses pieds et l'engloutisse. Ils avaient dansé sur cette chanson à leur mariage, onze ans auparavant.

— Je t'aime vraiment, tu sais, dit Isaac.

Et le plus triste, c'est qu'elle le savait. Mais elle ne savait pas quoi faire de cette information.

— C'est juste que tu aimes quelqu'un d'autre davantage.

— Différemment, la corrigea-t-il. J'aime Jake différemment.

Elle pouffa de rire.

— Passionnément, tu veux dire.

Il ne le nia pas. Il se contenta de la serrer contre lui et murmura :

— Je suis tellement désolé, Yvette. J'espère qu'un jour tu seras capable de ne plus me haïr.

Elle recula, le regarda dans les yeux et secoua la tête :

— Je ne te hais pas. C'est juste la situation que je déteste. Peut-être qu'un jour, on pourra être amis à nouveau, mais pour le moment, j'ai besoin de temps pour que tout ça cicatrise.

Elle se pencha en avant et l'embrassa tendrement sur la joue :

— Sois heureux, Isaac.

Elle s'en alla avant qu'il puisse répondre et partit droit vers le bar. Elle se hissa sur un des tabourets et dit :

— Une téquila. Une bonne.

— Mariage difficile ? demanda le barman en tendant déjà la main vers la bouteille de Don Julio.

— Vous n'avez pas idée.

Elle dévisagea le bel homme en face d'elle. Mince, où est-ce que sa sœur l'avait déniché ? Beaux-gosses.com ? Il avait les yeux les plus verts du monde, des cheveux sombres et épais, et une barbe de trois jours tellement sexy qu'elle aurait dû être illégale.

Il déposa un shot devant elle et lui proposa du citron vert. Elle secoua la tête et vida la téquila cul sec. Elle grimaça et lui fit signe de lui en servir une autre.

— C'était l'ex, ça ? demanda-t-il en remplissant son verre.

— Oui, c'est l'ex.

Elle jeta un regard derrière lui et gronda presque en apercevant Jake.

— Et ça, c'est la personne par qui il m'a remplacée.

Le barman fronça les sourcils, l'air perdu.

— Vous parlez de l'homme qui.... oh, dit-il alors que Jake embrassait Isaac. La vache.

Elle leva le shot de téquila et le vida d'un coup. Cette fois, il descendit en douceur.

— Et ça, c'est l'épouse qui n'a rien vu venir.

Il haussa un sourcil.

— Rien ? C'était une surprise complète ?

— Oui. On couchait encore ensemble une semaine avant la rupture.

Elle sentit son visage se mettre à chauffer. Elle n'avait pas eu l'intention de raconter sa vie, mais apparemment la téquila la rendait bavarde.

— Oups. Vous n'avez probablement pas besoin d'entendre ça, hein ?

Il pouffa de rire et ses yeux pétillèrent sous la guirlande lumineuse.

— Ne vous en faites pas pour ça. Mais ralentissez peut-être avec la téquila. Vous n'avez pas vraiment envie de vous bourrer la gueule au mariage de votre sœur, si ?

— Pour tout dire, je crois que si.

Elle sourit, se sentant mieux que depuis des semaines.

— Mais comme j'aime ma sœur, je vais essayer d'être juste légèrement bourrée.

— Bon plan.

Il lui fit un clin d'œil et partit à l'autre bout du bar remplir à nouveau le verre de vin de Wanda.

— Oh là, là, dit Wanda d'une voix trop forte en attrapant son biceps. D'où est-ce que tu viens ?

Il lui adressa un sourire patient et dit :

— Californie du Sud.

— Eh bien, M. Californie du Sud, tu as une copine ?

— Pas en ce moment.

Elle haussa un sourcil.

— Un copain ?

— Pas mon genre, dit-il.

— Les dieux en soient remerciés, dit Yvette.

Il lui jeta un regard et un sourire amusé se peignit à nouveau sur ses lèvres. Wanda les regarda tour à tour et émit un petit soupir agacé.

— Eh bien d'accord. Bonne soirée, M. Californie.

Yvette regarda Wanda partir vers la piste où elle rejoignit

Hanna et Faith. Les trois filles se mirent à danser sans aucune retenue.

— Eh bien, M. Californie, vous avez un vrai prénom ? lui demanda Yvette.

— M. Californie, ça sonne bien.

Il désigna son verre à shot.

— Je te ressers ?

Elle secoua la tête.

— Je crois que je suis d'humeur pour quelque chose d'un peu plus… aventureux.

— Comme ?

Yvette le balaya du regard et laissa son imagination prendre le dessus quant à ce qui se trouvait sous sa chemise. À en juger par ses avant-bras, il était très bien foutu.

— Je vois, dit-il.

— Hein ?

Elle releva la tête et aperçut son sourire narquois.

— Oh, mince.

Elle rit nerveusement.

— Grillée.

Il leva un doigt et dit :

— Attends-moi là.

Et puis il disparut un moment. Quand il revint, il portait une veste de costume et il sortit de derrière le bar. Il marcha jusqu'à elle et se pencha à son oreille :

— Prête à y aller ?

— Où est-ce qu'on va ?

— Où tu voudras, ma belle. Où tu voudras.

Yvette le regarda, choquée. Oui, elle lui avait quasiment bavé dessus en se demandant ce qu'il y avait sous sa chemise et elle avait peut-être même imaginé ce que ce serait d'être dans ses bras. Mais elle n'avait jamais sérieusement pensé à passer la nuit avec lui.

Il jeta un coup d'œil à l'autre bout du verger vers Isaac.

— Regarde, lui dit-il.

Yvette suivit son regard et trouva Isaac qui les fixait. Il avait étréci les yeux et ses poings étaient serrés.

— Il est jaloux, dit-elle en secouant la tête. Tu te rends compte ? Il est jaloux, *lui.*

— Exactement, dit M. Californie du Sud.

Le regard d'Yvette passa d'Isaac au barman, et de nouveau à Isaac. Oui, ça serait terriblement satisfaisant de sortir d'ici avec ce superbe spécimen, si seulement elle savait qui il était. Elle le fixa.

— Comment tu t'appelles ?

— Jacob.

Elle éclata de rire.

— Tu n'es pas sérieux ?

— Si ça t'embête, tu peux m'appeler comme tu veux.

— Non.

Elle descendit de son tabouret, passa son bras sous le sien et dit :

— Si l'ex a le droit d'avoir un Jake, j'ai bien le droit d'avoir un Jacob. Allons-y.

Ils traversèrent le verger jusqu'au parking devant chez les Townsend. Jacob désigna une Mercedes argentée.

— C'est la mienne.

— Vraiment ? Les barmen gagnent assurément bien leur vie en ce moment, le taquina-t-elle.

— On peut dire ça.

D'une main au bas de son dos, il la conduisit jusqu'à la voiture et la charma en lui ouvrant la portière passager.

Elle n'hésita pas. Elle monta à l'intérieur comme si elle

n'avait pas rencontré cet homme à peine une demi-heure plus tôt.

Il s'était installé au volant avant même qu'elle ait eu le temps d'attacher sa ceinture, et il prit aussitôt la direction de la ville.

— Où est-ce que tu habites ?

— On va chez moi ? demanda-t-elle.

Il la regarda, l'air amusé.

— Oui. Où est-ce que tu pensais qu'on allait ?

— Heu, je ne sais pas. Tu loges à l'auberge ?

Il secoua la tête et pouffa de rire.

— Non. Je pensais que je te ramenais chez toi. Mais si tu as autre chose en tête…

Elle le contempla, bouche bée. Et puis elle secoua la tête.

— Ce n'est pas du tout ce que tu pensais. Et tu le sais très bien.

Il se tourna vers elle et son expression s'enflamma tandis qu'il la balayait du regard à nouveau.

— C'est ce que tu veux ?

— Oui.

Elle avait pris sa décision au moment où elle était partie avec lui. Une nuit de débauche avec un homme qu'elle ne reverrait probablement jamais, c'était exactement ce qu'il lui fallait.

— Alors allons-y.

Il accéléra, soudain empressé d'arriver à destination.

— Tourne à gauche à la prochaine, dit-elle.

Moins de deux minutes plus tard, ils étaient garés devant chez elle. Il coupa le moteur et se tourna vers elle.

— Tu es sûre ?

Yvette répondit en descendant de voiture et en lui faisant signe de la suivre. Un sourire lent s'empara de ses lèvres quand elle entendit son pas derrière elle. Il la suivait de si près qu'elle sentait son parfum boisé. Et quand elle déverrouilla la porte, son souffle vint chatouiller sa nuque. Elle se retourna, posa une main contre son torse et dit :

— Je ne fais jamais ce genre de choses.

— C'est ce qu'elles disent toutes.

— Peut-être.

Elle défit le premier bouton de sa chemise.

— Mais dans mon cas, c'est vrai. Je n'ai jamais eu de coup d'un soir de ma vie.

Son sourire narquois était de retour quand il demanda :

— Et tu pars du principe que moi si ?

— Est-ce que tu ne viens pas de laisser entendre que c'était le cas ?

Il hocha la tête.

— Si, je suppose.

— Bien. Alors tu as de l'expérience. Ma seule requête, c'est que tu fasses en sorte que ça vaille le coup.

Il posa les deux mains contre la porte, se pencha vers elle et murmura :

— Ne t'inquiète pas pour ça, beauté. Je compte te faire l'amour jusqu'à ce que le soleil se lève.

Elle haussa les sourcils, incrédule.

— Tu penses avoir assez d'endurance pour ça ?

— Fais-moi rentrer et tu verras.

Elle ouvrit la porte en riant.

— Si tu es aussi bon au lit que tu as l'air de le penser, je ne suis pas couchée.

— Ça c'est clair, dit-il en la suivant à l'intérieur.

Il était juste après huit heures en ce lundi matin quand Yvette rentra dans sa librairie. Elle avait un sourire sur le visage et le pas guilleret comme jamais depuis des semaines. Sa nuit avec Jacob avait été exactement ce qu'il lui fallait. Elle s'était réveillée détendue, repue, et complètement satisfaite.

Et seule, les dieux en soient remerciés. Elle n'était pas certaine qu'elle aurait pu lui faire face après les choses qu'ils avaient faites ensemble. Elle se sentit rougir rien qu'en pensant à lui et à ce qu'elle lui avait laissé lui faire.

— Bonjour, dit-elle à Dannika, son assistante.

— Oh, Yvette, te voilà, dit Dannika en abandonnant l'étagère qu'elle était en train d'arranger. Il est là.

— Qui est là ? demanda-t-elle en se dirigeant vers la machine à expresso derrière la caisse.

— Le nouvel investisseur. Tu as rendez-vous avec lui ce matin. Il t'attend dans ton bureau.

— Oh, merde !

Elle avait complètement oublié. À cause d'Isaac, de leur divorce imminent et de la séparation des biens, Yvette avait été forcée de prendre un investisseur. Elle avait eu de la chance : Miss Maple avait mentionné que son neveu comptait emménager en ville et serait peut-être intéressé. En moins de deux, les papiers avaient été signés et c'était aujourd'hui qu'elle devait rencontrer son bailleur de fonds. Ce n'était pas idéal, mais ça lui permettrait de garder son commerce et ses revenus.

Elle colla un sourire sur son visage et marcha jusqu'à son bureau. Elle entendait quelqu'un parler au téléphone et émettre des plans pour refaire la décoration, changer le stock de livres, et ouvrir un café. Elle appuya son oreille contre la porte et dut retenir un hoquet quand il dit :

— C'est désuet, mais Hollow Books est un petit magasin

tranquille. Je vais en faire une destination paranormale prisée. C'est ça, tout remettre à neuf.

— Excusez-moi, dit Yvette en rentrant d'un pas décidé. Les papiers précisent que vous n'êtes qu'un *bailleur de fonds.*

— Il va peut-être falloir que vous les relisiez, dit l'homme en se tournant pour la saluer.

— Jacob ? dit-elle.

— Qu'est-ce que tu fais là ? demandèrent-ils tous les deux en même temps.

Puis Jacob dit au téléphone :

— Il faut que j'y aille. Je rappellerai.

— C'est *toi* mon nouvel investisseur ?

Yvette posa les mains sur ses hanches, le visage brûlant d'embarras. *Je vous en prie, mon Dieu, faites que je n'aie pas couché avec mon nouveau partenaire économique.* Ce n'était pas possible, si ? *Je vous en prie, faites que ce ne soit pas possible.*

— Tu es barman.

Il secoua la tête.

— Je donnais juste un coup de main à un ami.

— Les papiers sont au nom de Michael J. Burton.

Il se racla la gorge.

— Le J c'est pour Jacob. Mon père s'appelle Michael aussi.

Il se leva de sa chaise, le visage aussi rouge que le sien.

— Tu ne m'as jamais dit comment tu t'appelais hier soir.

— Tu ne me l'as pas demandé, répliqua-t-elle.

— J'étais un peu distrait.

Il balaya son corps du regard et puis secoua la tête comme pour essayer d'effacer cette image de son esprit.

— Oh, mince, dit-elle en se laissant aller contre le mur.

Qu'avait-elle fait ?

À PROPOS DE L'AUTEURE

À propos de l'auteure

Deanna Chase, auteure de best-sellers aux classements du New York Times et de USA Today, a grandi en Californie, avant de s'installer dans le sud-est de la Louisiane, au rythme de vie plus tranquille. Quand elle n'écrit pas, elle passe du bon temps à La Nouvelle-Orléans avec son mari ou elle joue avec ses deux chiens shih tzu. Pour plus d'informations et actualités sur ses nouvelles parutions, visitez son site web, deannachase.com.

CPSIA information can be obtained
at www.ICGtesting.com
Printed in the USA
BVHW070721270321
603566BV00004B/562

9 781953 422095